Lara Cardella

Fedra

Roman

Aus dem Italienischen von
Christa Efkemann

Fischer Taschenbuch Verlag

Deutsche Erstausgabe
Veröffentlicht im Fischer Taschenbuch Verlag GmbH,
Frankfurt am Main, Juni 1993

Die italienische Originalausgabe erschien unter dem Titel
›Fedra se ne va‹ bei Arnoldo Mondadori Editore S. p. A., Milano
Umschlaggestaltung: Manfred Walch, Frankfurt am Main
Satz: Fotosatz Otto Gutfreund GmbH, Darmstadt
Druck und Bindung: Clausen & Bosse, Leck
Printed in Germany
ISBN 3-596-11777-1

Um die Lesbarkeit zu erleichtern, wurde in der wörtlichen Rede
auf die Unterscheidung zwischen einfachen und doppelten
Anführungszeichen verzichtet.

Gedruckt auf chlor- und säurefreiem Papier

Ich bin nicht in Vermani geboren, aber ich fühle mich wohl hier. Die Leute halten mich zwar für eine etwas merkwürdige Person, vielleicht weil ich ihnen zu ernst bin und mich zu sehr mit Problemen beschäftige, die scheinbar größer sind als ich selbst, doch eigentlich bin ich ganz normal. Ich spüre nur oft eine große Unruhe in mir. Dieses drängende Gefühl, etwas tun zu müssen, hatte ich schon immer. Aber seit meine Eltern tot sind, hat es sich zu einer quälenden Notwendigkeit gesteigert. In dem Ort, wo ich geboren wurde, konnte man ganz gut leben, nur war es eben eines dieser Dörfer, wo jeder vom anderen alles weiß. Es tat mir nicht leid, aus diesem Dorf wegzugehen. Sicher, die Erinnerungen sind in mir lebendig geblieben, aber den Wunsch, wieder dorthin zurückzukehren, den habe ich nie verspürt. Vielleicht manchmal ein wenig Heimweh nach der Via Laniosa, das schon. Schließlich habe ich in dieser Straße meine ganze Kindheit verbracht. Doch im übrigen bin ich sehr froh darüber, jetzt hier zu sein.

Ich sprach von dieser Unruhe, diesem Gefühl, etwas tun zu müssen. Ich weiß nicht, ob es anderen im Leben manchmal auch so geht, sich überall völlig unnütz zu fühlen. Mir ging es oft so, und ich muß sagen, nach dem Tod meiner Eltern eigentlich ständig. Ich fühlte, daß etwas geschehen mußte. Meine Arbeit als Sekretärin in einem Büro füllte mein Leben nicht aus und auch nicht die Gegenwart irgendeines Mannes, mit dem ich die Abende verbringen konnte und hin und wieder auch die Nächte. Ich brauchte mehr als nur das, etwas, was mir das Gefühl gab, wirklich nützlich zu sein. Gerade erst vor ein paar Monaten hatte ich von meinem Exfreund erfahren, daß es in Vermani ein Zentrum für Drogenabhängige gibt. Er hatte mir nur deshalb davon erzählt, weil er sich über meinen Wunsch, nützlich zu sein, lustig machen wollte. Ich dachte ein paar Tage darüber nach und entschied mich dann, von einem Augenblick zum anderen, alles aufzugeben. Was war mir schon geblieben von meinem Dorf? In der Via Laniosa war ich schon seit Jahren nicht mehr gewesen, schon seit der Zeit nicht mehr, als wir in eine größere Wohnung im Ortszentrum umgezogen waren. Die Freunde? Da war niemand, wegen dem ich meine Entscheidung hätte bedauern müssen. Was blieb, war die Arbeit...

Vermani war ein viel größerer Ort als dieses Dorf, mit Sicherheit würde ich irgendeine Arbeit finden. Ich wäre auch mit einem viel geringeren Gehalt zufrieden gewesen, nur um etwas zu tun, das mir das Gefühl gab, für jemanden wichtig zu sein. So entschloß ich mich also von einem Tag auf den anderen, hierherzukommen und mich als freiwillige Mitarbeiterin in diesem Drogenzentrum zur Verfügung zu stellen. Die meisten, die hier Hilfe suchen, sind junge Männer – ungefähr in meinem Alter. Wie viele von ihnen habe ich in den letzten Monaten kennengelernt? Jetzt endlich fühle ich mich wichtig. Ich bin wichtig für sie. Sie warten auf mich, sie vertrauen sich mir an, weil sie wissen, daß ich ihnen Verständnis und Mitgefühl entgegenbringe. Sicher, wenn sie sich besser fühlen, kommt es manchmal auch vor, daß sie mehr von mir wollen. Aber eigentlich glauben sie selbst nicht daran. Sie probieren es einfach mal aus, mehr um sich selbst zu beweisen: sie leben noch, vor allem deshalb. Ich, im übrigen, verhalte mich allen gegenüber gleich. Ich bin durchaus nicht der Engel, den sie vielleicht gerne hätten... Ich behandele sie durchaus nicht wie Kinder, denen alles erlaubt ist, denn ich weiß nur zu gut, daß sie sich nicht zuletzt wegen einer solchen Einstellung an diesem Punkt ihres Lebens befinden. Nicht immer ist es mir gelungen, gleich eine gute Beziehung aufzubauen. Manche, die hierhergeschickt werden, ziehen sich anfangs völlig in sich zurück. Aber mit der Zeit und vorausgesetzt, sie haben den festen Willen, aus den Drogen auszusteigen, beginnen sie dann mit allen Kontakt zu haben. Wie ich schon sagte, versuche ich mich zu allen gleich zu verhalten, obwohl es mir natürlich passieren kann, für einen von ihnen große Sympathie zu empfinden... Aber ich habe es immer vermieden, diese Sympathie in eine Beziehung münden zu lassen, selbst dann nicht, wenn es mir Spaß gemacht hätte.

Es kommt allerdings vor, daß ich mit besonderem Interesse die Angelegenheiten des einen oder anderen von ihnen verfolge. Manchmal aus Sympathie, manchmal aus Neugier und manchmal auch aus einer Art Zärtlichkeit heraus. Ippolito weckt in mir alle diese drei Empfindungen gleichzeitig. Er ist letzte Woche unter vollem Entzug ins Zentrum gekommen. Aus verschiedenen Gründen fiel er mir sofort auf. Der erste und offensichtlichste war sein Aussehen. Er hat so ein edles Gesicht, feingezeichnete Linien, lange blonde Haare, er sieht einfach unwahrscheinlich gut aus. Außerdem, und das ist ein sehr ungewöhnlicher Umstand, ist er von sich aus hierhergekommen, aus eigenem Antrieb. Normalerweise sucht ein Drogenabhängiger, der auf Entzug ist, Drogen. Er hat uns gesucht, von sich aus, ganz alleine. Und alleine ist er auch geblieben. Keine Besuche und auch keine Telefonanrufe, um sich zu erkundigen, wie es ihm geht. Er verbringt die Tage damit zu arbeiten, so wie alle anderen, aber am Abend, wenn die anderen sich zusammensetzen, um zu reden oder zu scherzen, verkriecht er sich in sein Bett und starrt geistesabwesend an die Decke. Das alles hatte mich neugierig auf ihn gemacht.

Seit ich nun auch noch herausgefunden habe, daß er aus

meinem Heimatdorf stammt, ist meine Neugier natürlich noch gewachsen. Ich erinnerte mich an einen Ippolito, der in meiner Straße wohnte, in der Via Laniosa. Ich hoffte sehr, er wäre es, um an irgend etwas Gemeinsames anknüpfen zu können, irgendeine Erinnerung auffrischen zu können. Aber Ippolito hat mir nur bestätigt, dieser Junge zu sein, sonst nichts. Ich erinnere mich undeutlich an eine merkwürdige Geschichte, die ihn und seine Familie betraf. Sein Vater ist ein einflußreicher Mann in unserem Ort. Doch ehrlich gesagt, ich erinnere mich kaum noch, auch deshalb nicht, weil inzwischen sechs Jahre vergangen sind und mein eigenes Leben mich völlig in Anspruch genommen hat. Aber ich würde gerne verstehen, warum Ippolito hier ist, warum er immer so alleine ist und was vor vielen Jahren geschah. Seine Antwort ist immer dieselbe. Er will nicht reden.

»Du willst wissen, was los ist? Wende dich an sie.«

Das ist die einzige Antwort, der er mich würdigt. Und wenn ich ihn frage, wer denn ›sie‹ sind, antwortet er nur schulterzuckend: »Na ja, eben sie.«

Es ist ganz klar, wenn er in dieser Weise darüber redet, mußte irgend etwas geschehen sein. Ich will es wissen. Ich würde ihn so gerne einmal lächeln sehen, verstehen, warum er hier ist, warum er mir Erinnerungen an meine Kindheit wieder zurückgebracht hat, aber den Zauber, der damit verbunden war, zerstört hat. Deshalb habe ich, ohne ihm etwas davon zu sagen, eine Woche Urlaub genommen und bin in mein Dorf zurückgekehrt. Ich weiß nicht warum, aber ich bildete mir ein, in der ganzen Zeit meiner Abwesenheit wäre wer weiß was passiert. Jemand hätte mich vermißt, das Dorf selbst hätte ohne mich nicht auskommen können. Doch alles ist genauso wie immer. Nur hier und da hat jemand eine Kleinigkeit verändert. Die Straßen sind dieselben geblieben, die Leute, selbst die, die ich nicht kenne, nie gekannt habe, sehen aus wie immer. Man glaubt, man dreht einem Ort den Rücken zu, und er versinkt hinter einem; wenn man selbst nicht mehr da ist, kann auch alles andere nicht sein, und dann stellt man fest, für die anderen geht das Leben weiter, immer weiter...

Da ist sie, die Via Laniosa, die Straße meiner Kindheit. Wie viele Erinnerungen verbinden sich mit diesen Mauern, die mit geklauter Schulkreide bekritzelt sind? Die abschüssige Via Laniosa war nie eine schöne Straße, gesäumt von einförmigen, häßlichen Häusern. Die Türen der Häuser in der Via Laniosa waren früher aus dunklem Holz und alle gleich alt und schäbig. Jetzt sind sie durch moderne Türen aus Aluminium, Stahl und Glas ersetzt worden. Die Leute hielten sich immer vor ihren Häusern auf; die Alten saßen auf ihren kaputten Stühlen, sahen dem Treiben zu und gaben ihre Kommentare ab. Jetzt stehen keine Stühle mehr vor den Häusern, und auch die Kinder spielen nicht mehr auf der Straße. Es sieht fast so aus, als lebe hier überhaupt niemand mehr. Trotzdem, die Nummer zehn der Via Laniosa ist noch bewohnt. Ich habe mich erkundigt, sie wohnen noch immer dort. Wir waren keine direkten Nachbarn. Meine Familie wohnte ein Stück weiter die Straße hinauf, aber damals schien es mir so, als gehörten wir alle zusammen. Wir wußten alles voneinander, fast so wie in einer großen Familie, deren Mitglieder miteinander vertraut sind und sich gegenseitig respektieren.

Man sprach vor allem über sie ... vor allem über Teseo und Marianna. Auch ihr Haus ist gleich geblieben, bis auf die Tür, auch sie ist jetzt modern. Als Marianna sich aus dem Fenster beugt, fällt mir ein, daß ich eigentlich gar nicht weiß, was ich ihr sagen soll. Über Ippolito will ich mit ihr nicht reden, es erscheint mir nicht angebracht. Als ich ihr meinen Namen nenne, öffnet sie mir sofort. Sie erinnert sich noch an mich aus der Zeit, als wir hier wohnten. Eigentlich hatte ich vorgehabt, so zu tun, als wollte ich ihr nur einen Höflichkeitsbesuch abstatten, doch jetzt will ich, daß sie redet, auch wenn es so aussieht, als hätte sie nicht im geringsten Lust dazu. Sie wiederholt immer und immer wieder, sie will ihre Ruhe haben. Ich werde ein wenig mehr aus mir herausgehen müssen, damit unser Gespräch vertraulicher wird.

»Es ist schon lange her, seit ich nicht mehr in dieser Straße wohne, aber bevor meine Eltern starben, habe ich immer viel über euch gehört.«

Marianna antwortet mir in sizilianischem Dialekt. »Ja, sicher, von Leuten, die den lieben langen Tag nichts besseres zu tun haben, als über andere herzuziehen.«

»Und was ist mit Teseo? Er hat sich wieder verheiratet, soviel ich weiß, mit Fedra ...«

»Ach, du meine Güte, du hast ja überhaupt keine Ahnung!«

»Wieso? Was ist denn passiert?«

»Nein, nein, mein Schatz, wer nichts weiß, wird von mir auch nichts erfahren.«

»Nun ja, ich weiß, daß Fedra ihn verlassen hat. Ich hab sogar ihre Telefonnummer.«

»Gut, dann ruf sie an. Laß dir halt von ihr erzählen, was passiert ist. Ich will davon nichts mehr hören. Nichts mehr will ich davon hören.«

»Würde es dir etwas ausmachen, wenn ich sie von hier aus anrufe?«

Sie begleitet mich zum Telefon und tut so, als hörte sie mir nicht zu. Vielleicht glaubt sie nicht, daß ich tatsächlich mit Fedra telefoniere. Aber im Dorf hatten sie mir wirklich ihre Telefonnummer gegeben. Ich hatte eigentlich nicht vorgehabt, sie von hier aus anzurufen, ich wollte mich bei ihr melden, nachdem ich mit Marianna gesprochen hatte, aber ...

»Fedra ...? Nein, du kennst mich nicht. Ich habe früher in der Via Laniosa gewohnt, so wie du, aber ich bin hier weggezogen, als ich noch sehr klein war ... Nein, es ist nichts ... Ich bin nur bei Marianna und versuche zu verstehen, was vor fünf Jahren passiert ist ... Sicher, sie wird es mir auch erzählen ... Nein, natürlich nicht hier. Ich wohne jetzt in Vermani, kennst du dich aus in Vermani? Ach so, ja, ich wohne in der Via dei Santi, hinterm Rathaus, eine kleine Wohnung, nichts besonderes, ehrlich gesagt, aber wenn du schon mal in Vermani warst, wirst du es ohne Schwierigkeiten finden ... Hausnummer fünf, wir könnten uns heute nachmittag treffen, wenn es dir recht ist ... Ja, um sechs paßt mir ausgezeichnet. Also gut, ich warte auf dich. Danke.«

Marianna hatte mich alleine gelassen und war in die Küche gegangen. Als ich aufgelegt hatte, ging ich ihr hinterher.

»Siehst du? Fedra ist einverstanden. Sie wird mir alles erzählen ...«

»Na und? Was hat sie schon zu verlieren? Ich kann nicht, wirklich nicht. Teseo will das nicht.«

»Die Wahrheit werde ich trotzdem erfahren. Es interessiert mich nur, auch deine Version zu hören.«

»Ich weiß nicht mal, wo ich anfangen soll. Schreibst du etwa alles auf? Ich hab ja noch gar nichts gesagt. Du schreibst schon, bevor ich auch nur ein Wort gesagt habe.«

»Marianna ...«

»Nenn mich halt ›Zia‹, die Tante, so wie mich alle nennen.«

»Nennt Teseo dich auch so?«

»Früher schon, aber jetzt nur noch manchmal.«

»Zia, ich schreibe alles auf, was du mir sagst. Denn im Moment, wo du anfängst zu reden, bist du nicht mehr Marianna.«

»So? Und was bin ich dann?«

»Dann bist du die Figur der ›Zia‹, dann bist du die Tante. Aber das ist nicht so wichtig. Jetzt kommt es nur darauf an, daß du mir alles erzählst, und zwar von Anfang an.«

»Aber Teseo ...«

»Teseo wird sicher bald nach Hause kommen. Wenn er dann etwas zu sagen hat, wird er es schon sagen ...«

»Aber ich kann nicht so reden wie die feinen Leute. Ich rede im Dialekt. Glaubst du, das werden die verstehen?«

»Mach dir keine Sorgen, ich werde alles, was du sagst, in Italienisch aufschreiben.«

»Ja, was soll ich sagen? Muß ich die ganze Geschichte von Anfang an erzählen? Teseo wird darüber bestimmt nicht sehr glücklich sein, ganz bestimmt nicht. Ich bin ja auch eigentlich nur die Tante von Ippolito, die Schwester seiner Mutter, auch wenn mich alle ›Zia‹ nennen. Aber geht das nicht alles ein bißchen durcheinander? Am besten, ich fang noch mal ganz von vorne an. Also, ich bin jetzt fünfzig Jahre alt, und ich war die älteste von zwei Schwestern. Die andere, Franca, war vier Jahre jünger als ich. Wir waren eine ziemlich glückliche Familie, und wir beiden Schwestern haben uns immer sehr gemocht. Wir waren unzertrennlich. Damals war es Brauch, daß die ältere Schwester zuerst verheiratet werden mußte. Die Mitgift stand schon seit Jahren bereit. Nur passiert es eben manchmal, daß man niemanden findet oder daß man keine Lust hat, sich zu verheiraten, weil man seine Familie nicht verlassen will. Ich war nie eine Schönheit, das gebe ich zu, aber an Heiratsanträgen hat es mir trotzdem nicht gemangelt. Vielleicht auch deshalb, weil unsere Familie wohlhabend und überall bekannt und angesehen war. Keiner gefiel mir, und obwohl ich schon dreiundzwanzig Jahre alt war, hoffte ich immer noch auf eine Liebesheirat mit dem Mann meiner Träume... Hin und wieder, wenn die Partie besonders gut war, gab es in der Familie eine kleine Diskussion, aber ansonsten machten meine Eltern sich weiter keine Gedanken und drängten mich nicht. Franca war im Gegensatz zu mir wunderschön. Sie hatte ein Gesicht wie ein Engel und lange, glatte, hellblonde Haare. Meine Eltern hatten immer ein Auge auf sie, aber vorher mußten sie mich unter die Haube bringen. Eigentlich war das wirklich kein Problem, sie mußten nur abwarten, bis ich mir gewisse Flausen aus dem Kopf geschlagen hatte. Eines Tages jedoch, beim Abendessen, machte mein Vater einen sehr besorgten, fast ärgerlichen Eindruck. Meine Mutter fragte ihn, was los sei, aber er winkte nur ab. Franca und ich schenkten dem weiter keine Beachtung. Wir waren viel zu sehr mit unseren eigenen Angelegenheiten und dem Austausch unserer Zukunftsträume beschäftigt. Tags darauf sagte unser Vater nur so viel: »Heute kommt ein sehr angesehener und reicher Mann. Er heißt Teseo.«

Kaum hatte ich diesen Namen gehört, wurde ich puterrot im Gesicht. Teseo galt als der bestaussehendste und reichste Mann im Ort, schlichtweg als die beste Partie. Er war damals dreißig Jahre alt und stammte aus einer reichen Familie. Doch er gehörte nicht zu diesen jungen Herumtreibern, die sich auf Kosten ihrer Väter ein schönes Leben machen. Teseo hatte immer gearbeitet, er war nicht besonders gebildet, aber ein erfolgreicher Geschäftsmann. Ein schlauer Fuchs, aber nicht nur auf Kosten anderer Leute. Wie auch immer, jedenfalls spielte ich zum erstenmal mit dem Gedanken zu heiraten. Ich fieberte aufgeregt dem Abend entgegen und bereitete mich mit Hilfe der ganzen Familie so gut wie möglich darauf vor. Vor allem mein Vater redete mir gut zu, nicht so schüchtern zu sein und mich liebenswürdig und entgegenkommend zu benehmen. Franca sagte zu all dem kein Wort, sogar meinem Blick wich sie aus. Ich dachte, sie sei vielleicht neidisch, obwohl ich wußte, daß Neid nicht zu ihrem Charakter paßte. Aber ich war so glücklich... Erst als er kam, verstand ich. Oder besser gesagt, ich verstand zwar, aber nicht gleich das ganze Ausmaß. Sicher, mir war sein kühler Händedruck nicht entgangen und daß sein Blick mich nur flüchtig streifte. Die schmachtenden Blicke dagegen, die er Franca zuwarf! Mit den Augen verschlang er sie beinahe, während ihr Blick starr auf den Saum ihres Rockes geheftet blieb. Mein Vater rühmte in den höchsten Tönen meine Tugenden, während er nur Augen für Franca hatte. Meine Folter dauerte eine halbe Stunde, dann forderte mein Vater uns auf, uns zurückzuziehen, er wolle nun alleine mit dem Signore reden. Franca befolgte die Aufforderung mit großer Erleichterung und lief in ihr Zimmer, unsere Mutter ging in die Küche, und ich blieb hinter der Tür zum Wohnzimmer stehen, um zu lauschen. Erst dort verstand ich das volle Ausmaß der Realität.

»Ich verstehe Ihren Wunsch sehr gut, die ältere Schwester zu verheiraten. Aber ich kann mich dazu nicht durchringen. Ich liebe Franca.«

Diese Worte klangen schrecklich in meinen Ohren, aber noch schlimmer klangen die Einwände meines Vaters. Was gab es da noch einzuwenden? Teseo wollte nicht mich, er wollte Franca. Meine Enttäuschung war grenzenlos, aber ich entschloß mich, mir nichts anmerken zu lassen, vor allem auch deshalb nicht, weil etwas in mir Franca nicht verzeihen konnte.

Warum hatte sie mir nicht längst etwas gesagt, da sie doch ganz ohne Zweifel von den wahren Absichten Teseos gewußt hatte? Warum hatte sie mich so getäuscht, warum hatte sie meine tragikomische Vorbereitung auf diesen Abend zugelassen, warum war sie schöner als ich, und warum mußte Teseo sie lieben? Schließlich gewann mein Stolz die Oberhand über die Enttäuschung, oder zumindest gelang es mir dadurch, diese gut zu verbergen. Ich ging zu Franca. Noch bevor mein Vater mit uns sprach, mußte ich allem zuvorkommen. Ich fand sie weinend auf dem Bett und belog sie zum erstenmal in meinem Leben. Aber ich tat es nicht für sie, damit sie etwa keine Gewissensbisse zu haben brauchte. Ich tat es nur für mich.

»Franca, hör auf damit. Ich weiß, warum du weinst«, sagte ich zu ihr. »Du glaubst, ich würde heiraten, und wir könnten uns dann nicht mehr sehen, wir könnten dann nicht mehr jeden Tag zusammensein.«

Sie schluchzte nur noch lauter, ihre Gewissensbisse wurden immer heftiger.

»Du mußt dir keine Gedanken machen. Dieser Teseo... Sicher, er hat mir gefallen, das weißt du. Aber jetzt, nachdem ich ihn gesehen habe, nachdem ich gehört habe, wie er redet... Das ist nichts für mich. Der Mann, von dem ich träume, muß auch einigermaßen anständig reden können, aber er, mit all seinem Geld, er spricht nur sizilianischen Dialekt. Nicht mal zwei Sätze in richtigem Italienisch bringt er zustande. Es tut mir leid für unseren Vater und die Mutter, aber ich will ihn nicht.«

Franca versuchte erst gar nicht, ihn zu verteidigen. Sie fragte mich nur, ob das auch wirklich wahr sei, was ich da gesagt hatte, und sie ließ es mich sogar schwören. Schließlich war sie überzeugt, hörte zu weinen auf und umarmte mich heftig. Ich wiederholte dasselbe vor meiner Mutter und dann noch einmal vor meinem Vater, ohne ihnen Zeit zu lassen, irgendwelche Einwände zu machen. So rückte mein Vater schließlich mit der Wahrheit heraus, die Franca und mir schon wohlbekannt war. Er wußte nicht, was er tun sollte. Er mußte zuerst mich verheiraten, aber eine so gute Partie zu verlieren, wäre verrückt gewesen. Ausgerechnet ich war es, die ihn schließlich überzeugte. Mein verletzter Stolz kannte keine Grenzen mehr, ich mußte bis zum bitteren Ende gehen. Es wurde entschieden, daß Franca und Teseo, nach ungefähr einem Jahr Verlobungszeit, heiraten sollten. Um ehrlich zu sein, meine Wut und mein Schmerz waren anfangs sehr heftig. Mit der Zeit allerdings begann ich, wenn auch nicht zu vergessen, so doch zumindest ein wenig zu verstehen. Außerdem war es nicht einfach, Franca zu hassen. Es war unmöglich, ihr gegenüber für längere Zeit ein Gefühl der Abneigung zu hegen. Sie war zu gut, zu hilfsbereit, zu liebenswürdig, zu schön ... Nein, nein, nein!« rief Marianna plötzlich. »Streich das alles wieder aus, was ich dir da gesagt habe. Kein Mensch hat je etwas davon erfahren. Nicht einmal Teseo. Streich es weg! ... Allerdings ...«, fuhr sie nach einer Weile nachdenklich fort, »es ist die reine Wahrheit, und wer weiß, vielleicht ist es richtig, wenn man davon erfährt. Was hatte ich gerade gesagt? ... Ah, ja, sie haben geheiratet, und die Ehe hatte Franca, wenn das überhaupt möglich war, noch schöner gemacht. Sie war glücklich. Auch deshalb, weil sie im Jahr darauf schwanger wurde, und Teseo vor Freude fast überschnappte. Sie hatte jede Art von Fürsorge und Aufmerksamkeit, er las ihr jeden Wunsch von den Augen ab. So geliebt zu werden!

Dann wurde Ippolito geboren. Ein Junge, genau wie sie es sich gewünscht hatten, und so schön wie seine Mutter. Zart, hellblond und feingliedrig ... Ich half ihr bei der Geburt, und ich litt mit ihr. Ihr Schmerz war mein Schmerz, und ihre Freude über dieses Kind war auch mein Glück. Wir kümmerten uns gemeinsam um ihn, erlebten zusammen seine ersten Schritte, seine ersten Worte. Aber Franca wurde krank. Teseo tat alles nur Erdenkliche, er brachte sie zu den besten Ärzten, aber der Tumor, der vor Jahren zuerst meine Großtante und dann meine Großmutter umgebracht hatte, zerstörte auch sie. Es war fast so, als sollte sie für ihre Schönheit bezahlen. Sie starb, als Ippolito kaum drei Jahre alt war. Teseo, meine Mutter und ich waren immer um sie. Mein Vater, der Glückliche, war einige Monate zuvor von uns gegangen. Vor allem ich war immer in ihrer Nähe. Meine Mutter war völlig dumpf geworden, der Schmerz hatte sie betäubt, und sie reagierte auf nichts mehr. Sie war wie paralysiert und redete mit niemandem mehr. Der Herr befreite sie, drei Monate nach Francas Tod, von ihrer Qual. Teseo, der immer den Anschein erweckt hatte, stark und mutig zu sein, verwandelte sich in ein hilfloses Kind, das fast mehr der Pflege und des Mitgefühls bedurfte als Franca und Ippolito. Als schließlich Franca gestorben war, hinterließ sie eine Leere, die keiner jemals wieder füllen konnte.

Teseo hatte seine Geschäfte aufgegeben, ließ sich treiben und kümmerte sich auch nicht um dieses wunderbare kleine Wesen, das nie fragte, aber alles zu verstehen schien. Ich pflegte meine Mutter, mit der es nun langsam zu Ende ging, und teilte mich zwischen den beiden auf. Als auch meine Mutter mich verließ, wurde mir klar, daß mein Platz jetzt an ihrer Seite war. Die Reaktion der Leute darauf, und sogar der Verwandten, war allerdings sehr sonderbar. In den drei Monaten, die dem Tod meiner Schwester folgten, hatten sie Teseo und mich um die Wette bedauert und uns immer wieder versichert, wir dürften nun den Kopf nicht hängenlassen. Vor allem für Teseo, vor allem für ihn, schien ihr Vorrat an Phrasen und ungeschickten Versuchen, ihm Mut zuzusprechen, unerschöpflich zu sein. Sie drängten ihn, er müsse sofort wieder seinen Geschäften nachgehen und sich nun vor allem um das Kind kümmern. Aber kaum war ich zu ihnen gezogen, um ihnen zu helfen und ihnen beizustehen, fingen sie an, sich das Maul zu zerreißen. Der Klatsch, die übelste Nachrede, entstanden nicht sofort. Irgendwer fing mit dem Gerede an, und anfangs schien es sogar eine Art Mitgefühl auszudrücken, fast so etwas wie Bewunderung für das, was ich tat. Dann begann man sich zu erinnern, daß ich vor der Heirat meiner Schwester zuweilen selbst ein gewisses Interesse an Teseo gezeigt hatte, sicher, später natürlich nicht mehr, aber . . . Und dann war es nicht gerade passend, wenn sich dort, in ihrem Haus, nach kaum drei Monaten wieder eine Frau einnistete? Sicher, sie ist die Schwägerin, aber andererseits . . . Meinst du, sie kam wirklich gut mit ihrer Schwester aus? . . . Klar, sie kam mit ihr aus, warum auch nicht? Aber ein bißchen neidisch wird sie schon gewesen sein. Das ist normal. Franca war die schönere, die liebenswürdigere, jeder mochte sie. Ein bißchen Neid ist da ganz natürlich. Die eine verheiratet, die andere eine alte Jungfer . . . Weißt du eigentlich, warum sie nicht geheiratet hat? . . . Wollen wir mal ganz ehrlich sein, der eine oder andere hätte sie schon genommen, aber nachdem ihre Schwester geheiratet hatte, hat sie keinen mehr gewollt. Und warum nicht? . . . Es ist ja auch weiter nicht schlimm, es ist nichts als die Wahrheit. Sie hatte eben ihr Herz an ihn verloren. Entweder der oder keiner. Aber in Wahrheit hat sie Teseo nie vergessen können. Oh, ich will damit nicht sagen, sie hätte mit dem Tod ihrer Schwester etwas zu tun gehabt. Gott bewahre . . . Aber . . .«

Marianna rang die Hände. »Verstehst du jetzt? Und du willst mir was von Familie erzählen! Was für eine Familie? Schlangen! Verdammte Vipern! O ja . . ., o ja . . . Ich wußte, wie sie über mich geredet haben. Vielleicht hätte ich mehr auf meinen guten Ruf bedacht sein sollen, aber da war dieses Kind, dieses Kind, das mich inzwischen ›Mama‹ nannte und auch den Vater so gut wie verloren hatte, dieses Kind ging mir über alles. Denn ich mußte ihm erklären, daß ich nicht seine Mutter war, auch wenn es jetzt nur noch mich sah, ich war nur die ›Zia‹, ich war nur seine Tante. Seine Mutter war die Frau auf der Fotografie, und nur sie durfte es ›Mama‹ nennen.

Übrigens, was Teseo anbelangte, den ließ das Gerede völlig kalt, er hörte nicht einmal hin. Alles war ihm gleichgültig geworden, alles war ihm egal. Ich war es, die ihn schließlich dazu zwang, in irgendeiner Art und Weise wieder am Leben teilzunehmen. Ich sagte ihm klar und deutlich, ich verstünde zwar seinen Schmerz, aber jetzt sei es genug. Er müsse auch an seinen Sohn denken und an mich. An seinen Sohn, weil der es nicht verdiene, nicht geliebt zu werden, auch wenn er noch klein sei. Seine Empfindsamkeit und seinen Schmerz könne man nicht einfach so beiseite schieben. An mich, weil ich das Opfer von vielen gemeinen Verdächtigungen sei, die jeden Tag unerträglicher wurden. Eigentlich war es mir, was mich anbetraf, egal, aber alles war mir recht, um ihn zum Handeln zu zwingen. Und Teseo handelte. Er veränderte sein Verhalten, zumindest nach außen hin. Der Ärmste stürzte sich kopfüber in seine Arbeit und wurde noch erfolgreicher. Vielleicht, weil sich zu seiner angeborenen Schlauheit nun auch noch ein gewisses Maß an Skrupellosigkeit hinzugesellte, fast so etwas wie Zynismus, was nun, hervorgerufen durch die schlimme Erfahrung, Einfluß auf seinen Charakter nahm.

Ausgerechnet jetzt, wo es ihn nicht mehr im geringsten interessierte ›Geld zu machen‹, scheffelte er es in Hülle und Fülle. Aber das reichte natürlich nicht aus, um den gehässigen Klatsch zum Schweigen zu bringen, ganz im Gegenteil. Teseo mußte unter allen Umständen dem anderen Geschlecht ein gewisses Interesse entgegenbringen, um zu beweisen, daß zwischen mir und ihm nichts war. So wurde er ein Frauenheld.

Oh, wenn du ihn heute siehst, erscheint dir das fast unmöglich, aber damals, vor vielen Jahren, war es tatsächlich so. Natürlich benahm er sich nicht gerade sehr galant. Er hatte einen Zorn in sich, der ihn dazu trieb, immer mehr Frauen kennenzulernen und bei keiner zu bleiben. Es mag merkwürdig erscheinen, aber da war keine, ich meine keine von den Frauen, die Teseo kennenlernte, die sich ihm verweigert hätte. Dabei waren das durchaus keine sogenannten leichten Mädchen ... Alles andere als das. Es war die Blüte der Jugend und Reinheit. Mit Begeisterung gaben sie sich ihm hin, denn sie hofften, er würde sie heiraten. Selbst die Eltern dieser Mädchen hatten nicht nur keine Einwände, sondern ermutigten ihre Töchter geradezu zu diesem Witwer, der ihrer Meinung nach die Frau seines Lebens suchte.

Auch hier verhielt sich Teseo schlau und berechnend. Er ließ sich nie mit der Frau seiner momentanen Wahl sehen, er hatte immer eine andere parat, mit der er sich in der Öffentlichkeit zeigte und die ihm als eine Art Schutzschild diente. Eigentlich tat er mit diesen Frauen nichts anderes, als im Dorf auf- und abzuspazieren. Sein Vergnügen hatte er mit den anderen. Frauen, die fast immer unter dreißig waren, mit denen er sich auf abgelegenen Plätzen traf und über die er niemals redete. Sie allerdings redeten und redeten, aber sie verschwiegen dabei die einsamen Plätze und was sie dort miteinander trieben. Schließlich mußten sie auf ihren guten Ruf bedacht sein. Teseo widersprach ihnen nie und verhielt sich im übrigen so, als hätte er sie nie gekannt. Einige von ihnen warteten geduldig auf ihre große Chance, andere wiederum versuchten, sich ihm zu verweigern und spielten die Tugendhaften. In diesen Fällen verhielt sich Teseo noch grausamer. Er gab zu verstehen, er wolle niemanden drängen, ganz im Gegenteil, er schätze die Tugend sehr und würde sich niemals erlauben, jemanden zu zwingen, sie seinetwegen aufzugeben. Sie beharrten auf ihrem Standpunkt, gaben unnütze Erklärungen ab, ließen sich auf tausend Diskussionen ein, in der Hoffnung auf ein Minimum an Entgegenkommen seitens Teseos. Aber Teseo war, was das anbetraf, auf beiden Ohren taub. Er machte ihnen den Hof, wohl wissend, sie würden nachgeben, ohne daß es eines einzigen Wortes von ihm bedurft hätte, mehr noch, er versuchte geradezu, sie vom Gegenteil zu überzeugen. Spiele unter Verliebten, meinst du? Aber Teseo war in keine von ihnen je verliebt, noch waren sie in ihn verliebt. Verliebt waren sie nur in die Vorstellung, ihn zu heiraten, und diese Vorstellung erschien ihnen um so reizvoller, je mehr sie miteinander wetteiferten und jede von ihnen überzeugt war, sie hätte es geschafft oder zumindest um ein Haar geschafft. An diesem Punkt angelangt, verließ Teseo sie.

Er ließ die Erinnerung an die verstorbene Ehefrau wieder auferstehen, bedankte sich für die Hilfe und das Verständnis, das sie ihm entgegengebracht hätten, um diese schwere Zeit zu überstehen, aber trotz allem gelänge es ihm nicht, seine Frau zu vergessen. Mehr noch, das, was zwischen ihnen geschehen sei, empfände er sogar als eine Art Betrug. So gut wie nie machten sie ihm eine Szene oder drohten ihm. Die Angst, ausgelacht, bloßgestellt und ins Gerede gezogen zu werden, hielt sie zurück. Im übrigen dauerten diese Verhältnisse nie länger als ein paar Monate, und Teseo besaß zumindest den Anstand, sich nie in ihrer Gesellschaft sehen zu lassen. Er hinterließ keine Spuren. Ich weiß von all diesen Geschichten, weil er sie mir erzählt hat. Nicht etwa, weil er zu dieser Art Männer gehört, die sich mit ihren Eroberungen brüsten, ganz im Gegenteil. Ich war es, die sich um ihn Sorgen machte, ihn bat, sich wieder zu verheiraten, dem kleinen Ippolito wieder eine Mutter zu geben, und als Antwort darauf erzählte mir

Teseo von diesen Frauen. Jedenfalls hatte er keinerlei Absichten, sich wieder ein neues Leben aufzubauen. Er sagte zu mir: »Warum denn? Haben wir es nicht gut so?«

Tatsächlich, es schien wirklich so, als ob wir eine Familie wären. Ippolito hing wie eine Klette an mir, er vergötterte mich, er wich mir nie von der Seite. Ich mußte ihm von seiner Mutter erzählen, wie sie gewesen war, und nur bei mir weinte er sich aus. Vor dem Vater zeigte er sich immer fröhlich, immer problemlos. Ippolito wuchs heran. Er wurde immer schöner und immer verständiger. Mit sechs Jahren kam er in die Schule. Ich erinnere mich noch, wie wir ihn am ersten Tag begleiteten. Solange der Vater da war, machte er einen fröhlichen Eindruck, aber ich wußte, wie er sich fühlte und wie sehr er die ganze vorhergehende Nacht geweint hatte. Er fürchtete sich vor den Leuten, vor ihren Blicken, vor ihren Bemerkungen. Als er nach Hause kam, verhielt er sich merkwürdig ruhig, zu ruhig, um nicht zu vermuten, daß etwas nicht stimmte. Er hatte sich mit niemandem gestritten. Er war nur auf einer winzigen kleinen Bank neben dem Pult alleine geblieben. Doch er hatte es selbst so gewollt, das bestätigte mir auch seine Lehrerin. Ippolito wollte alleine bleiben, oder besser gesagt, er besaß nicht den Mut oder die Kraft, sich an die anderen anzuschließen. Aber er war ein außerordentlich guter Schüler. Er hatte nur die besten Noten, seine Zeugnisse waren voller Einser, nie gab es Beschwerden über sein Betragen.

Teseo war sehr stolz auf Ippolito und begann schon Pläne über seine berufliche Zukunft zu machen. Er wollte ihm die Ausbildung zukommen lassen, die er selbst für überflüssig gehalten hatte. Ippolito stellte ihn in allem zufrieden und erbat nie etwas für sich. Er wollte keine Spielsachen, nichts hätte ihn von dem abhalten können, was er für seine Mission hielt: den Vater glücklich zu machen. Teseo lebte inzwischen sein eigenes Leben, interessierte sich fast nur noch für seine Geschäfte und fuhr fort, sich mit diesen Frauen zu treffen.

Alles lief wirklich erstaunlich gut. In ›unserem‹ Haus war endlich der Frieden eingekehrt. Ippolito war inzwischen schon ein gutaussehender junger Mann geworden. Er lernte noch immer mit demselben Eifer, gab seinem Vater keinerlei Anlaß zur Sorge, und trotzdem, es gab da irgend etwas, was nicht in Ordnung war.«

Das Telefon läutete und Marianna stand auf. »Warte einen Moment, das Telefon ... Hallo ... Oh, du bist es ... Ja, sie ist da ... ich geb sie dir gleich. Wie geht es dir denn? ... Ich freu mich, wirklich ... Ja, warte ... Es ist Ippolito, er will mit dir reden.«

»Ippolito? ... Ja, wir sind dabei, alles aufzuschreiben. Klar, auch über dich. Warum willst du es mir nicht selbst erzählen? Komm halt her ... Ja, ich verstehe. Na und? ... Schon gut ... Wir sehen uns dann dort. Morgen, gegen Mittag. Wir können dann zusammen essen. Ciao ...«

»Was hat er gesagt?«

»Er ist jetzt bereit, seine Geschichte zu erzählen.«

»Er kommt also her!«

»Nein, wir treffen uns morgen im Restaurant, bei Constantino. Er wollte nicht herkommen.«

»Ich kann ihn verstehen, vielleicht ist es auch besser so. Wenn Teseo ihn sieht ... Und was ist mit Fedra?«

»Ich weiß nicht. Hör mal, kann ich sie noch mal anrufen? Wenn sie weiß, daß Ippolito redet, könnten wir uns ja vielleicht ...«

»Na gut, aber mach es vorher mit ihr aus, ruf sie an.«

»Natürlich, mach dir keine Sorgen. Ich hab die Nummer ... Hallo? ... Fedra? ... Ich weiß schon, du willst nicht herkommen... Ich wollte dir nur sagen, Ippolito hat mich gerade angerufen. Er will morgen mit mir reden. Da es darum geht, die Wahrheit herauszufinden, dachte ich... Na gut, hier willst du nicht. Du weißt ja, wo ich wohne. Wir treffen uns also später bei mir?... Gut, in zwei Stunden. Ciao.«

»Ich hab dir ja gleich gesagt, sie kommt nicht. Alles ist zerstört, alles.«

»Wenn es uns gelingen würde, die Zusammenhänge zu klären, vielleicht...«

»Es gibt nichts mehr zu klären. Da kann man nichts mehr machen...«

»Gut, wir werden sehen. Erzähl jetzt weiter.«

»Wo war ich stehengeblieben?«

»Warte... Du sagtest, Ippolito lernte noch immer mit demselben Eifer, aber da gab es irgend etwas, was nicht in Ordnung war.«

»Ah, ja, genau. Uns fiel auf, daß dieser Junge, genauso wie er als Kind kein Interesse für Spielsachen gehabt hatte, nun als junger Mann keine Interesse für die Mädchen hatte. Überflüssig zu sagen, daß Teseo alles versuchte. Er nahm ihn mit und bot ihm sogar eine dieser Frauen an, um, wie soll ich sagen, praktische Erfahrung zu sammeln. Es war alles umsonst. Anfangs dachten wir, er sei schüchtern, was sollten wir auch sonst denken? Ippolito aber versuchte, mir die Wahrheit beizubringen. Er sagte: »Zia, ich kann nichts dafür. Ich bin nun mal so gemacht, ich kann es nicht ändern. Ich versuche es, aber es gelingt mir nicht«, und er weinte. Ich antwortete ihm, das läge am Alter, es sei normal, er müsse sich Zeit lassen. Er schüttelte nur den Kopf, und ich wußte nicht mehr, was ich ihm sagen sollte. Teseo hingegen fuhr mit seinen Versuchen fort, ihn ›aufzuwecken‹, und ging dabei mit gutem Beispiel voran. Wie nutzlos das alles war, verstand er erst, als ihm ein Bekannter sagte, Ippolito hätte sich mit einem anderen Jungen geküßt. Auf den Mund. O Gott, der arme Teseo. Als er nach Hause zurückkam, war er wie am Boden zerstört. Einmal schrie er wie ein Verrückter herum, dann wieder schien er wie vor den Kopf geschlagen. Diesen Tag werde ich nie vergessen. Er sagte kein Wort, setzte sich, starrte die Wand an und begann unverständliche Worte vor sich hin zu murmeln. Dann sprang er plötzlich auf, schlug sich mit den Fäusten an den Kopf, fluchte und schrie: »Warum nur? Warum?«, setzte sich wieder und verbarg den Kopf in den Händen. Aber er sagte nicht, worum es ging, und meinte nur, der würde schon sehen, wenn er nach Hause käme. Diese wenigen Andeutungen genügten mir, um zu verstehen, was passiert war. Den Rest reimte ich mir aus dem zusammen, was ich schon immer gewußt hatte und nie hatte wissen wollen. Als dann Ippolito kam, war Teseos Zorn auf dem Siedepunkt. Ich hoffte im geheimen, Ippolito würde alles ableugnen, aber natürlich tat er genau das Gegenteil.

Er entschuldigte sich bei seinem Vater, daß er nicht so sein konnte, wie er es sich gewünscht habe, er habe es versucht, aber vor allem entschuldigte er sich dafür, nicht gleich ganz ehrlich gewesen zu sein, denn dieses ›Verhältnis‹ dauerte schon ein ganzes Jahr. Ippolito fühlte sich erleichtert und redete und redete, auch deshalb, weil Teseo ihm nichts erwiderte, ihn gewähren ließ und nur hin und wieder den Kopf senkte. Aber es war klar, er verstand überhaupt nicht, was Ippolito ihm sagte. Schließlich konnte er nicht mehr an sich halten. Er stürzte sich auf ihn, warf ihn zu Boden, beschimpfte ihn auf die übelste Art und Weise und deckte ihn mit Faustschlägen und Fußtritten ein. Ippolito wehrte sich nicht, er schien geradezu froh darüber zu sein, daß der Vater in dem Moment, wo ihm klargeworden war, er würde ihn nicht mehr ändern können, ein Ventil für seinen Zorn gefunden hatte. Ich versuchte ein paarmal Teseo aufzuhalten, und als es mir schließlich gelang, hatte er seine Entscheidung bereits gefällt. Er warf seinen Sohn aus dem Haus. Und Ippolito ging. Einen Sohn verlieren, es war für mich wie einen Sohn verlieren ...

Nein, ich glaube nicht, daß Teseo ihn wegen der öffentlichen Meinung rauswarf. Inzwischen kenne ich ihn sehr gut, und ich bin sicher, er tat es nicht deswegen. Teseo war wirklich zutiefst enttäuscht. So sehr, um den eigenen Sohn zu verstoßen? Es ist schwer zu erklären, aber es ist so. Nicht mehr und nicht weniger, als wenn ein Mädchen ›entehrt‹ ist, eher noch schlimmer. Wenn ein Mädchen in gewisser Weise seine Ehre verliert, fühlen die Eltern sich schuldig, aber da ist so eine Art Fatalismus, eine Art, sich in die Dinge zu fügen, die es nicht gibt, die es nicht geben kann, wenn dein Sohn ... wie sagt man? ... anders ist. Der Vater fühlt sich verantwortlich, er gibt sich tief im Inneren selbst die Schuld, jedenfalls kann er sich nicht damit abfinden. Schon deshalb nicht, weil man die Unschuld nur einmal verlieren kann, wohingegen die Tatsache, so einen Sohn zu haben, dir die Hoffnung läßt, er könnte sich noch ändern. Es ist wirklich so, die größten Enttäuschungen entstehen aus dieser Illusion heraus, aus dieser Hoffnung. Das weiß ich aus eigener Erfahrung.

Denn ich blieb in Kontakt mit Ippolito, er schrieb mir. Er wohnte jetzt mit diesem Freund zusammen in einer nahe gelegenen Kleinstadt, und ich wußte aus seinen Briefen, daß sie sich ein paar Monate später getrennt hatten. Ich erzählte es Teseo, weil auch ich mir Illusionen gemacht hatte. Ich sagte ihm, Ippolito erwarte vielleicht – nein, ganz sicher – nur ein kleines Entgegenkommen von seiten des Vaters, um zurückzukommen und auf ›den richtigen Weg‹ zurückzukehren. Teseo hörte sich alles an, tat so, als würde er wütend, weil ich immer noch Kontakt zu seinem Sohn hatte, meinte dann, es sei ihm egal, er habe nun mal seine Entscheidung getroffen, und ließ sich schließlich sozusagen überzeugen, die Verbindung mit ihm wieder aufzunehmen. Seine Augen glänzten vor Freude. Er hatte sehr unter der Trennung gelitten, sein Sohn hatte ihm sehr gefehlt. Er rief Ippolito an. Es war schrecklich für ihn ... ja, ich gebe es zu, auch für mich, aber in völlig anderer Weise. Für Teseo bedeutete es, sich nun, egal wie, endgültig mit einem widrigen Schicksal abfinden zu müssen. Der Schmerz von ein paar Monaten vorher war wieder aufgebrochen, und jetzt natürlich, durch die Enttäuschung, noch größer geworden. Für mich war das anders. Ich hatte viele widerstreitende Gefühle. Sicher, da war einerseits die Enttäuschung, aber ich fühlte auch so eine Art schlechtes Gewissen dem Vater und dem Sohn gegenüber. Teseo gegenüber, weil ich ihm falsche Hoffnungen gemacht hatte, Ippolito gegenüber, weil ich ihn dadurch, daß ich kein Verständnis für ihn hatte und ihn nicht so akzeptierte, wie er war, verraten hatte.

Teseo selbst machte es mir etwas leichter, als er den Hörer auflegte und mich anschrie. Es geschah mir ganz recht, so behandelt zu werden. Ippolito hingegen verstand mich und verzieh mir. Von diesem Tag an durfte Ippolitos Name in diesem Haus nicht mehr ausgesprochen werden, und Teseo machte so weiter wie immer, das heißt, er lernte weiter Frauen kennen und betrog sie, nur mit noch größerer Wut als zuvor. Er wollte sich selbst beweisen, daß er ›normal‹ war, daß es an ihm nicht liegen konnte. Ich war immer öfter alleine und sehr traurig. Mein Leben erschien mir öde und leer, auch wenn in Wirklichkeit mein Glück immer nur ein Abglanz des Glückes anderer gewesen war. Aber nun, Teseo in dieser Verfassung, und mein Ippolito fern von mir ..., ihn nicht sehen zu können ... Selbst meine letzte Hoffnung schwand dahin. Ich glaubte, das Schicksal habe sich gegen uns verschworen, es bereite ihm Vergnügen, uns leiden zu sehen.

Ich glaubte, es könnte nicht mehr schlimmer kommen, es gäbe kein schlimmeres Unheil als dieses. Aber es war nur der Anfang. Das schlimmste stand uns noch bevor, dem lieben Herrgott schien es noch nicht genug zu sein, er schickte uns auch noch diese Hexe. Schau mich nicht so an, du hast ganz richtig gehört, ich rede von Hexerei, dieser wahren, die nur dazu da ist, den Menschen Schaden zuzufügen. Du glaubst nicht an diese Dinge. Aber ich glaube daran, genauso wie Teresa. Wer Teresa ist? Ach so, das kannst du ja nicht wissen, über sie hat nie einer geredet, oder besser gesagt, sie haben es alle vorgezogen, dieses Weibsstück zu vergessen. Ja, denn in der Via Laniosa hatte Teresa dafür gesorgt, daß jeder sie kannte. Wie ich dir schon sagte, trieb Teseo sich wieder mit diesen Frauen herum, aber jetzt kannte er keine Grenzen mehr, seine frühere Klugheit hatte er verloren, dafür hatte er zuviel Wut im Bauch. Er kannte Mädchen aus guter Familie, die, einmal abgelegt, schwiegen, aber er kannte auch solche Weiber wie Teresa. Eine Schlampe, nicht häßlich, alles andere als das, aber vulgär. Eine von der übelsten Sorte. Teseo hatte sein Vergnügen mit ihr, so wie mit allen anderen auch, aber sie und ihre Mutter, die von genau demselben Schlag war, hatten die Rechnung so nicht gemacht. Sie hatten sich das anders vorgestellt. Teresa sollte, koste es, was es wolle, Teseo heiraten.

Er machte sich weiter keine Gedanken darüber, aber ich, obwohl ich sie nur vom Hörensagen kannte, sagte ihm gleich, er solle vorsichtig sein, mit dieser Art von Leuten sei nicht zu scherzen. Doch er mußte seinen eigenen Kopf durchsetzen. Es kam so wie immer, als er genug von ihr hatte, verließ er sie. Nur, sie war nicht wie die anderen. Sie fürchtete keine Skandale, kein Geschrei, keine Szenen. Zusammen mit ihrer Mutter kam sie hierher. Sie beschimpften mich und nannten mich eine, die es ... eine, die mit dem Mann ihrer Schwester zusammenlebt. Was für ein Geschrei! Die Leute hingen an den Fenstern, die ganze Straße hörte zu. Und dann ihr Fluch! Sie schrie: »In diesem Haus wird kein Frieden mehr einkehren. Niemals mehr!« Du meinst, das sind nur Worte? Tatsachen sind das! Sie war es. Denn alles ist zerstört, für immer ...

Ja, Teseo lernte Fedra kennen und verliebte sich in sie, aber wieviel Unheil ist über uns gekommen seit damals, wieviel Unheil! Nein, Fedra war nicht von hier. Teseo hatte sie in ihrem Dorf gesehen und sich in sie verliebt, denn sie war wirklich sehr schön. Nicht so wie Franca, sie hatte eine ganz andere Art von Schönheit. Francas Blick war klar und heiter, alleine sie anzuschauen, vermittelte ein Gefühl von Ruhe und Frieden. Fedras Augen hingegen sprühten Feuer. Sie war unbändig, mit langen, wilden Haaren und den wachen Augen einer Frau, die noch nicht gelebt hat und leben, alles sehen will. Aber sie war sehr liebenswert. Ich mochte sie sofort, ich spürte sofort, daß sie ein wunderbares Mädchen war, und ich hieß sie von ganzem Herzen willkommen. Wie hätte ich denn auch wissen sollen, was da auf uns zukam?

Fedra stammte aus einer sehr armen Familie und hatte nie etwas anderes gelernt als Hausarbeit. Doch sie war an allem interessiert und redete nicht nur sizilianischen Dialekt, sondern las und sprach auch Italienisch. Sie konnte sich wie eine Dame benehmen, auch wenn sie im Grunde ihres Herzens wild und ungezähmt war. Natürlich, sie war nicht gerade leidenschaftlich in Teseo verliebt, aber sie war ihm gegenüber von Anfang an ehrlich gewesen. Sie hatte ihm gleich gesagt, sie liebe ihn nicht, aber sie respektiere und achte ihn, und sie würde sich immer an ihr Versprechen halten, ihm Treue und Gehorsam entgegenzubringen ... Teseo behandelte sie wie eine Königin. Einerseits erfüllte er ihr jeden Wunsch, wie einem Kind, andererseits liebte er sie als Frau. In einer einzigen Person vereinigte sich für ihn das Glück, wieder eine Ehefrau gefunden zu haben, die er liebte, und gleichzeitig das Kind, das er verhätscheln und verwöhnen konnte. Das Leid der Vergangenheit schien für immer vergessen zu sein, bis schließlich der Fluch seine Wirkung tat.

Ja, der Fluch, denn anders kann man es nicht erklären. Fedra lebte bereits seit einem Jahr mit Teseo zusammen, aber sie kannte Ippolito nicht, sie hatte noch nie seinen Namen aussprechen hören. Es gab nur ein Foto von ihm, das ich versteckt hielt. Eines Tages sah sie es ... Hat man jemals so was gehört, nur wegen eines Fotos? ... Nein, das war Hexerei, der Fluch war daran schuld! Fedra wurde völlig verrückt, völlig verrückt nach Ippolito, ohne ihn überhaupt zu kennen, ohne irgend etwas über ihn zu wissen. Sie starrte geistesabwesend auf das Foto mit diesem lächelnden großen Jungen, fragte mich, wer das sei, und ich deutete ihr ausweichend an, Teseo habe einen Sohn, mit dem er sich nicht besonders gut verstehe. Für diesen Tag gab sie sich zufrieden, aber sie wurde immer seltsamer, immer verträumter und lief herum wie auf Wolken. Mit der Zeit wollte sie mehr und mehr wissen, bis ich ihr schließlich die ganze Geschichte erzählte und ihr sogar die Briefe zeigte. Anfangs dachte ich, es sei nur Neugier, und selbst als sie immer wieder davon anfing, kam mir nicht der geringste Verdacht. Im Gegenteil, ich war froh darüber, endlich mit jemandem über meinen kleinen Jungen reden zu können.

Wie hätte ich denn jemals das Unheil ahnen können? Das einzige, was mir auffiel, war, daß Fedra sich immer seltsamer benahm. Sie war es nun, die auf die Briefe wartete und sie auch als erste öffnete. Ich mußte ihr immer und immer wieder erzählen, was Ippolito gesagt und getan hatte, als er noch bei uns wohnte, und mit der Zeit verschlimmerte sich ihre Krankheit. Ja, es war eine Art Krankheit. Sie hatte ihren gesunden Menschenverstand verloren und jede Vernunft. Sie wollte wissen, ob Ippolito denn nie nach ihr frage, faselte davon, ihm zu schreiben, ihn anzurufen, wollte ihn kennenlernen. Da wurde mir langsam klar, was Fedra für Ippolito empfand. Sie selbst machte vor mir kein Geheimnis daraus, schob jedes Gefühl von Scham für diesen Wahnsinn beiseite und gestand mir, was sie für ihn fühlte.

Wie oft habe ich versucht, sie zur Vernunft zu bringen, sie daran zu erinnern, wie sehr Teseo sie liebte. Es ging so weit, daß ich ihr sagte, selbst wenn sie es noch so sehr wolle, sei Ippolito niemals in der Lage, ihre Gefühle zu erwidern, denn Frauen interessierten ihn nicht. Ich zeigte ihr einige Briefe, in denen Ippolito mir von seiner Liebe zu diesem jungen Mann erzählte. Sie weinte, sie gab sich geschlagen, aber dann ging alles wieder von vorne los. Sie liebe ihn über alles. Wenn er nur von ihr wüßte oder sie einmal sehen würde, könne er nicht anders, als ihre Gefühle erwidern. Es gab nichts, was sie hätte überzeugen können. Ihre Liebe für Ippolito schien unheilbar zu sein. Es war ein Fluch! Es kann keine andere Erklärung dafür geben! Fedra hatte den Verstand verloren, die Versprechen vergessen, die sie ihrem Ehemann gegeben hatte, sie dachte ständig und immer nur an ihn, an diesen abwesenden Ippolito, der sie noch nicht einmal kannte. Ich hab es schon gesagt, sie hatte jedes Gefühl für Anstand verloren, aber nicht nur mir, sondern auch manchmal Teseo gegenüber. Jetzt konnte sie ihn nicht mehr ertragen. Seine körperliche Gegenwart, Teseos bloße Gegenwart, reizte sie. Sie fand ihn in allem vulgär, in seiner Art zu reden, sich zu setzen, zu essen, in allem, einfach in allem. Und er, der arme Mann, verstand gar nichts mehr. Er bat mich um Erklärungen, er wußte, wie sehr ich Fedra mochte und daß sie sich mir wie einer älteren Schwester anvertraute. Aber was konnte ich ihm antworten? Es ging nicht darum, ob ich auf Fedras Seite stand oder nicht, darum ging es nicht.

Wenn ich Teseo nicht sofort alles gesagt habe, geschah das nicht aus einer Art weiblicher Solidarität heraus, und auch nicht deshalb, weil ich aus moralischer Sicht Fedras Leidenschaft unterstützte. Ich kann es nicht erklären, einerseits empfand ich fast eine Art Zärtlichkeit für sie, andererseits hoffte ich, hoffte darauf, ... dieser verdammte Fluch würde sich in seinen Auswirkungen endlich erschöpfen, obwohl ich nur zu gut weiß, daß solche Dinge erst mit der totalen Zerstörung einer Person oder der ›verfluchten‹ Sache zu Ende sind. Was ich sagen will, ich war nicht im Einverständnis mit Fedra, aber ich konnte sie auch nicht tadeln. Ich wußte, es war nicht ihre Schuld, und vielleicht selbst dann, wenn es ihre Schuld gewesen wäre, hätte ich sie nicht verraten. Das ist nicht sehr logisch, ich weiß, und auch nicht sehr christlich, denn es ging schließlich um Ehebruch, aber ich verriet sie nicht. Auch deshalb nicht, weil ich hoffte, mit der Zeit würde alles wieder in Ordnung kommen, ohne daß Teseo davon erfuhr, ohne ihn noch einmal unnütz leiden zu lassen. Ich hoffte, Fedra käme irgendwie wieder zur Vernunft, und zwar schnell. Aber Fedras Krankheit wurde nur noch schlimmer. Jeder Tag, der verging, brachte wieder neue und noch seltsamere Ideen in den Kopf des armen Mädchens. Sie wollte um jeden Preis Ippolito kennenlernen, so überzeugt wie sie war, es zu schaffen, ihn in sich verliebt zu machen. Natürlich versuchte ich, sie mit aller Kraft davon abzubringen, aber Fedra war inzwischen eine andere geworden. Sie drohte ständig, sich umzubringen, und verbrachte die Tage damit, weinend ins Leere zu starren.

Ich mußte zum Wohle aller eine Lösung finden. Also dachte ich, wenn sie sich treffen würden, bliebe Fedra, mit dem harten Nein Ippolitos konfrontiert, schließlich nichts anderes übrig, als ihre Hirngespinste aufzugeben und wieder die gehorsame und liebevolle Ehefrau zu werden, die sie früher war. Ich sprach mit ihr darüber, und wie es leicht voraussehbar war, war Fedra von der Idee begeistert. Sie war felsenfest davon überzeugt, sich ihren Liebestraum erfüllen zu können. Ich meinerseits stellte ihr drastische Bedingungen, die sie alle sofort akzeptierte, vielleicht hörte sie ja nicht einmal hin. Ich sagte ihr, sobald Teseo abgereist sei, würde ich es sein, die Ippolito unter einem Vorwand darum bitten würde, ins Haus zu kommen, und nur ich alleine würde ihm von ihrer Liebe erzählen. Wenn Ippolito nein sagen würde, hätte Fedra sofort alles aufgeben müssen. Fedra stimmte zu. So kam die Nacht vor Teseos Abreise. Fedra war in einem Zustand, wie soll ich sagen, sie fieberte fast vor Glück, aber sie fürchtete sich auch. Jetzt, wo der Moment näher kam, Teseo zu ›betrügen‹, hatte sie Angst. Es waren nicht etwa moralische Bedenken, die sie hatte. Sie hatte Angst davor, es würde ihr nicht gelingen, ihren Ehemann im Schlafzimmer zu betrügen, ich meine, im Ehebett. Deshalb bat sie mich, diese Nacht mit ihr zu verbringen, irgendeine Ausrede zu erfinden, damit ihr diese Probe erspart bliebe. Aber da war nichts zu machen, es war unvermeidlich. Teseo wollte noch ein wenig, wie sagt man ... mit ihr intim sein, bevor er abreiste, und sie mußte entweder eine Ausrede erfinden oder aber, mit ihren Gedanken bei Ippolito, ihm nachgeben. Ich hoffte, bei dieser Vorstellung würde ihr die Lust vergehen, ihren Ehemann zu betrügen, denn Fedra war ehrlich, das wußte ich, und sie konnte nichts verbergen ... Ich weiß nicht, was in dieser Nacht zwischen Teseo und Fedra geschah. Aber am nächsten Morgen sah sie wie erschlagen aus und hatte Ringe unter den Augen, man sah, daß sie kein Auge zugetan hatte. Diese Nacht mußte die Hölle für sie gewesen sein. Und noch immer hoffte ich. Aber Fedra enttäuschte alle meine Hoffnungen, sie war nicht nur fest entschlossen, sie wollte sogar, daß ich ihn sofort anrief, um sieben Uhr morgens...« Marianna sprang auf: »Da kommt Teseo... Teseo kommt... Schluß jetzt, um Gottes willen! Schluß!...«

»Hör zu, wir reden weiter, wenn er wieder gegangen ist.«

»Was willst du noch? Ich hab dir die ganze Vergangenheit erzählt. Den Rest laß dir von den anderen erzählen. Ich hab schon genug mitgemacht, ich will endlich meine Ruhe haben. Ist das so schwer zu verstehen?«

Marianna hatte also ihre Erzählung unterbrochen. Sicher, wer hätte ihren Wunsch, endlich in Ruhe gelassen zu werden, nicht verstehen können? Denn sie, die eigentlich im Hintergrund des Geschehens stand, war die am meisten Betroffene, diejenige, die vielleicht mehr als alle anderen gelitten hatte. Marianna will jetzt nicht mehr reden. Aber wer weiß, wenn ich erst mit Fedra gesprochen habe, ob sie dann nicht doch noch etwas hinzuzufügen hat. Fedra ... Sie ist hier, hier bei mir zu Hause, sie sitzt mir gegenüber. Sie ist genauso, wie Marianna sie beschrieben hat. Eine Sinnlichkeit spricht aus ihren Augen, die nichts Vulgäres hat, eher etwas Ungezähmtes. Sie schaut oft auf ihre Hände, streicht sich durchs Haar, ist sich ihrer Schönheit bewußt, aber sie bildet sich nichts darauf ein. Sie ist angespannt. Ihr Blick versucht sich irgendwo festzuhalten, und sie tut so, als ob sie sich für eines der scheußlichen Bilder interessiert, die meine Wände schmükken. Sie sitzt da und schaut die Bilder an. Ganz im Gegensatz zu Marianna fühlt sie sich keineswegs sicher. Marianna fühlte sich zwar auch unbehaglich, aber nur wegen eines äußeren Umstandes, nur aus der Angst heraus, Teseo könnte erfahren, daß sie mir alles erzählte.

Nicht so Fedra. Sie fühlt sich, zumindest ist das mein Eindruck, fast so wie auf der Anklagebank. Sie fürchtet, verurteilt zu werden, aber vor allem fürchtet sie, nicht verstanden zu werden. Ich sagte, sie fühlt sich nicht sicher. Sie wagt es nicht, mich zu unterbrechen, aber ich spüre, wie sie immer nervöser wird. Die Bilder an den Wänden sind alle ausgiebig betrachtet, und reden mag sie auch nicht, wenn ich nicht den Anfang mache.

»Fedra, ich verstehe dich sehr gut. Es muß für dich ziemlich schmerzlich sein, dich an diese Ereignisse zu erinnern. Aber ich würde sehr gerne deine Version hören, vom Moment an, wo du die ...«

»... wo ich die Schuldige bin. Sprich es ruhig aus, es beleidigt mich nicht.«

»Wieso schuldig?«

»Was heißt wieso? Natürlich deshalb, weil alles nur meine Schuld ist, oder etwa nicht? Ich bin schließlich der Grund dafür, daß alles so gekommen ist.«

»Wer sagt das?«

»Jeder sagt das ..., und es ist ja auch wahr.«

»Also denkst du genauso darüber. Aber was genau sollte denn deine Schuld gewesen sein?«

»Na ja, ich hab mich in Ippolito verliebt, ich hab den Frieden in diesem Haus zerstört.«

»Marianna meint, es sei nicht deine Schuld gewesen, du seist das Opfer eines Fluches.«

»Schon wieder diese Geschichte mit Teresa. Kaum bringt die arme Frau in ihrer Wut zwei Sätze heraus, und schon soll sie an allem schuld gewesen sein. So was wie Hexerei gibt es nicht. Sie existiert nur in den Köpfen von Leuten, die ein reines Gewissen haben wollen, von solchen, die sagen: ›Es mußte ja so kommen. Ich hätte sowieso nichts daran ändern können.‹ Das ist nicht mein Fall. Mein Schicksal habe ich mir selbst zu verdanken. Niemand hat mich dazu gezwungen, mich zu verlieben.«

»Aber wie ist es möglich, sich nur wegen eines Fotos so heftig zu verlieben?«

»Du kannst sicher sein, da hätte viel weniger genügt. Das kannst du nicht verstehen. Ich habe mich in Ippolito verliebt, weil ich es so wollte, weil ich es brauchte.«

»Nun gut, aber warum hast du dich dann nicht in Teseo verliebt, in deinen Mann?«

»Das hatte viele Gründe. Teseo war ein wundervoller Mann, liebenswürdig und verständnisvoll, aber er gehörte zu sehr der Wirklichkeit an. In einem gewissem Sinne verkörperte er mein Schicksal, das, was das Schicksal für mich vorgesehen hatte. Jetzt verstehst du noch weniger als vorher, stimmt's? Weißt du, es ist schwierig, alles der Reihe nach zu erzählen, den Ereignissen zu folgen, so wie sie sich im Lauf der Zeit abgespielt haben. Das Gedächtnis hat seine eigene Reihenfolge, die sich vom tatsächlichen Ablauf der Dinge völlig unterscheidet. Ich hatte keine sehr schöne Kindheit. Man wird es dir sicher erzählt haben, ich komme aus einer sehr armen Familie. Die Armut macht dich weder besser noch klüger. Bestenfalls nährt sie in dir ein Gefühl von Stolz, so etwas wie: ›Ich muß es alleine schaffen. Ich darf niemandem zur Last fallen.‹ Aber das ist gar nicht so einfach. Ich hätte gerne gearbeitet, ich wollte meinen Eltern nicht auf der Tasche liegen, aber ich hatte nichts gelernt. Die Schule? Ja, sicher, ich habe meinen Realschulabschluß gemacht, aber das war auch schon alles. Mein Vater wollte nicht, daß ich für jemand anderen arbeitete und dadurch abhängig wäre. Er meinte, ich sei zu schön, um mich zu schinden. Sicher, bei der Hausarbeit durfte ich mich schinden, aber das war ja auch etwas anderes. Er erträumte sich für mich das, was sich schließlich auch verwirklicht hat: einen angesehenen Mann, der mich heiraten und mir das Leben einer feinen Dame bieten würde.

Wir kannten Teseo nicht, wir wohnten in einem anderen Dorf, deshalb dachte mein Vater auch an einen Mann aus unserem Ort. Es fehlte mir nicht an Verehrern, die mich gerne zur Frau gehabt hätten, aber meinem Vater waren sie alle nicht gut genug. Nicht, daß sie nicht reich genug gewesen wären, o nein, das nicht. Aber sie waren Bauern, so wie wir, und sicher hätten sie mir kein anderes Leben bieten können als das, was ich führte. Mein Vater hatte für die bäuerliche Mentalität – seine eigene – nichts übrig. Nie eine Zerstreuung, das Geld zusammenhalten und den Sparstrumpf immer gut versteckt. Bauern gab es genug oder Söhne von reichen Bauern... Aber der Bauer sei geizig, sagte er mir, je mehr Geld er habe, desto mehr wolle er. Er wartete darauf, daß die Doktoren, die Lehrer, die Rechtsanwälte vorsprechen würden. Aber noch vor ihnen kam Teseo. Teseo war reich, er wollte ein Stück Land in unserem Dorf kaufen. Deshalb hatte man ihm gesagt, er solle sich an meinen Vater wenden, der in seiner Freizeit sich hin und wieder auch als Makler betätigte. Teseo kam zu uns nach Hause und sah mich... Ich legte es nicht darauf an, seine Aufmerksamkeit auf mich zu ziehen. Er interessierte mich nicht. Es ist schon wahr, ich träumte von einem Mann, der liebevoll war und angesehen... sicher, auch reich, warum auch nicht? Aber ich stellte ihn mir jung vor, schön, ich wollte nicht einen, bloß um versorgt zu sein, sondern einen, in den ich mich verlieben konnte. Deshalb würdigte ich Teseo auch keines besonderen Blickes. Er machte den Eindruck, als wäre er daran gewöhnt, daß die Frauen in seinem Dorf ihm geradezu hinterherliefen... Na ja, jedenfalls verliebte er sich in mich. Teseo war sehr spontan, einer, der alles aus dem Gefühl heraus entschied. Er hielt sofort um meine Hand an, in meiner Gegenwart, und ich war nicht gerade wenig verblüfft.

Mein Vater antwortete ihm weder ja noch nein. Er kannte ihn nicht, er mußte sich vorher über ihn informieren und wollte vor allen Dingen wissen, was ich davon hielt. Was sollte ich schon davon halten? Ich wußte es nicht. Ich war ganz bestimmt nicht in Teseo verliebt, in diesem Punkt war ich mir ganz sicher, aber er war sehr nett. Er behandelte mich wirklich auf eine besondere Art und Weise, und ich wollte meinen Eltern nicht weiter zur Last fallen, die im übrigen, nachdem sie Erkundigungen über ihn eingezogen hatten, nur noch auf mein Ja hofften. Also stimmte ich zu, und kurze Zeit später heirateten wir. Wir zogen in eben diese Via Laniosa, wo Teseo der einzige war, der Geld hatte und über den mehr oder weniger jeden Tag geredet wurde. Ich machte Teseo sofort klar, daß ich ihn nicht liebte. Ich sagte ihm, es würde mir nie gelingen, und ich wäre auch nie in der Lage, seine erste Frau zu ersetzen. Ich würde ihm Zuneigung und Achtung entgegenbringen, aber mehr nicht. Teseo schien das ausreichend zu sein. Er erzählte mir von seinem Leben, den trostlosen, unglücklichen Tagen, und es war für mich wahrhaftig kein großes Opfer, mit ihm zusammenzusein und ihm zuzuhören. Im Gegenteil, es gefiel mir sogar. Er versicherte mir immer wieder, wie wichtig ich für ihn sei, und verstärkte dadurch noch die tiefe Zuneigung, die ich für ihn empfand. Er erzählte mir von Marianna, und ich muß sagen, anfangs war ich nicht sehr von der Vorstellung begeistert, mit der Schwester seiner ersten Frau zusammenzuwohnen. Ich befürchtete, sie würde mir immer vor Augen halten, daß ich ja nur die zweite Frau war, und nicht mit Vergleichen und Bemerkungen geizen, die nicht besonders schmeichelhaft für mich wären. Aber als ich die Zia kennenlernte, wurde mir klar, daß es keinesfalls so sein würde. Sie hat alles für mich getan, und ich werde ihr dafür immer dankbar sein.

Teseo hatte mir gegenüber nie erwähnt, daß er einen Sohn hatte. Fast ein ganzes Jahr lang wußte ich nichts von dessen Existenz. Manchmal, wenn wir miteinander schliefen, sagte Teseo, er wünsche sich ein Kind von mir, doch um alles in der Welt keinen Sohn! Ich fragte ihn, warum keinen Sohn, aber jedesmal kam er mit einer anderen Entschuldigung und immer neuen Ausflüchten. Ich bin sicher, er war von der Idee besessen, ein Kind zu haben, oder besser gesagt, eine Tochter, denn er kam immer wieder darauf zurück. Aber ich wollte nicht, noch nicht. Ich fühlte mich ja selbst noch als halbes Kind. Ich wollte nicht. Unsere Beziehung war nicht gerade von großer Leidenschaft geprägt, zumindest was mich anbetraf. Ich wußte nichts von der körperlichen Liebe, lag nur da, wartete ab und fühlte nur Schmerz und ein wenig Angst. Ja, auch Angst, wegen der Verwandlung, die mit Teseo unter der Bettdecke vor sich ging. Er war leidenschaftlich, feurig, und er machte mir Angst. Ich beobachtete ihn, während er auf mir lag und verstand nichts. Es ist so, als wenn du streitende Menschen durch ein Fenster hindurch beobachtest. Du siehst Personen, die sich bewegen, die sich erhitzen, aber du verstehst nicht warum. Ich wußte nur, daß ich es war, die diese Verwandlung verursachte. Das gefiel mir. Auch seine Orgasmen gefielen mir. Ich hatte ihn glücklich gemacht. Er sagte nichts, aber sein heftiger Atem, sein entspannter Gesichtsausdruck gaben mir endlich das Gefühl, nützlich zu sein. Ob Teseo damit zufrieden war? Nein, sicher nicht immer. Manchmal versuchte er mich zu überreden, etwas mehr ... etwas aktiver zu sein. Ich antwortete ihm, ich sei nun mal so gemacht, und er bedrängte mich nicht weiter. Er regte sich nicht weiter auf, gab sich mit der Vorstellung zufrieden, mit mir zu schlafen, und versuchte, nicht daran zu denken, daß er nur mit der Vorstellung von mir schlief. Ich war nicht unglücklich mit ihm. Sicher, glücklich war ich auch nicht, aber zumindest ging es mir gut. Teseo behandelte mich wie eine Königin, es fehlte mir an nichts, und ich hatte ja noch die Zia, um mich nicht einsam zu fühlen. Ein vages Gefühl von Unzufriedenheit stieg langsam in mir auf, aber ich konnte diese Empfindung, die sich hin und wieder meiner bemächtigte, nicht so genau einordnen... Vielleicht habe ich mich deshalb in Ippolito verliebt. Denn ich brauchte etwas, womit ich mein Leben ausfüllen konnte, etwas, was wahr war und stark.

Da sah ich das Foto. Die Zia hatte es in einer Schublade versteckt, zusammen mit ein paar Briefen. Ich sagte ihr, ich hätte es zufällig gefunden, aber das war nicht ganz ehrlich. Immer wenn ich spürte, wie mich diese Unruhe überkam, versuchte ich mich mit irgend etwas abzulenken, und da mich die Zia keine Hausarbeit machen ließ, stöberte ich dann überall herum. So fand ich dieses Foto. Bis jetzt habe ich versucht, dir die rationale Erklärung für das Entstehen dieser seltsamen Empfindung zu geben, aber was nun folgte, war alles andere als rational. Die Liebe für Ippolito war von einem Augenblick auf den anderen da, ohne daß ich auch nur das geringste von ihm wußte. Vielleicht war ich deshalb so überzeugt davon, auch er könnte sich in mich verlieben, ohne mich zu kennen. Jedenfalls, im Moment, als ich diese Fotografie sah, wurde mir klar, daß mein Leben sich verändern würde. Ich hatte etwas gefunden, was mir das Gefühl gab, lebendig zu sein, etwas, für das es sich lohnte zu leben. Ich fragte also die Zia, wer dieser Junge sei. Sie wollte mir nicht antworten. Das steigerte nur noch mein Verlangen und meine Neugier. Ich dachte nur noch an ihn und stellte mir die unterschiedlichsten Gründe für das hartnäckige Schweigen der Zia vor. Ich dachte, es wäre ihr Sohn aus irgendeiner verbotenen Beziehung oder sogar von meinem Mann. Ich glaubte, mein Gefühl sei nur Neugier, und je mehr sie schwieg, um so neugieriger wurde ich. Als sie sich dann entschloß, mir die ganze Geschichte zu erzählen, war somit die Ausrede, warum ich mich immer weiter für ihn interessierte, schon parat. Ich denke, du weißt, was zwischen Teseo und Ippolito vorgefallen ist, alle kennen diese Geschichte. Jedenfalls erzählte mir die Zia schließlich, Teseo habe seinen Sohn aus dem Haus geworfen, weil er homosexuell sei.

Anstatt mich zu überzeugen, davon abzulassen, entzündete das in mir etwas noch Stärkeres als nur Neugier. Ich sah es als eine Art Herausforderung an, so etwas wie, ich würde es schon schaffen, ihn ›normal‹ zu machen. Aber das sind nur Erklärungen, die ich mir später selbst gegeben habe, so eine Art Rechtfertigung. In Wirklichkeit war ich total verrückt geworden. Ippolito ... dieser Name hatte sich in meinem Kopf festgesetzt, und es gab keine Möglichkeit, ihn wieder herauszubringen. Ich dachte nur an ihn, ich wartete nur noch auf seine Briefe, ich fühlte, wann sie kommen mußten. Es ging mir schlecht, aber mein Kummer hatte einen merkwürdigen Beigeschmack, er erfüllte mich mit Leben. Ich sehnte mich nach den Tränen, und wenn der Kloß im Hals sich nicht löste, holte ich schnell die Fotos von ihm hervor, denn inzwischen hatte ich auch noch andere gefunden. Die Zia hatte sie mir gezeigt und damit unbewußt meiner Liebe noch Nahrung gegeben. Sie sprach gerne von Ippolito, zu lange hatte sie keine Gelegenheit dazu gehabt. Sie hatte alles in sich verschlossen und konnte es kaum fassen, endlich jemanden gefunden zu haben, der ihr zuhörte, und noch dazu mit welchem Interesse! Für einige Zeit hielt ich meine Liebe geheim, doch dann wurde es offensichtlich, daß mein Interesse mehr sein mußte als nur Neugier. Von da an begann sie mit ihren klugen Ratschlägen und ihren Ermahnungen. Es war alles umsonst. Alles nutzte nichts, oder besser gesagt, es nutzte nur dazu, mich noch verliebter zu machen. Weil es nicht erlaubt war, weil es falsch war. Ippolito ... Seine Briefe ... Wie schamlos kam er mir vor, wie grausam, der Zia von seinen Männerliebschaften zu berichten. Hatte er denn kein Mitleid mit mir? Ich, nur ich liebte ihn. Ich war eifersüchtig auf seinen Liebhaber. Auf die Momente, die er mit ihm verbrachte, mit meinem Ippolito. Eifersüchtig darauf, daß sie miteinander ins Bett gingen. Wozu? Vor allem das verstand ich nicht. Ich glühte vor Eifersucht... Warum fragte er nie nach mir? Er wußte doch ganz genau, daß sein Vater sich wieder verheiratet hatte. Warum fragte er nicht ein einziges Mal nach mir? Es interessierte ihn nicht einmal, wer seine Stiefmutter eigentlich war. An alles das dachte ich. Ich dachte daran und litt darunter, aber wie ich schon sagte, dieser Schmerz war mir schon fast lieb geworden. Außerdem konnte ich jetzt auch vor der Zia weinen, sie wußte ja nun alles. Vor Teseo alles zu verbergen, das war das wahre Drama, so zu tun, als ob alles so weiterginge wie bisher. Teseo wollte nicht nur Worte hören, er wollte mich glücklich sehen. Ich mußte es einfach sein, da es keinen Grund gab, warum ich es nicht sein sollte. Er hatte ja recht, er tat alles, was er konnte, was also war nicht in Ordnung? Es war die Zia, die sich vor mich stellte in den Fällen, wo es zu schwierig für mich wurde, mich zu verstellen. Und das kam mit jedem Tag häufiger vor.

Was hat Teresa mit all dem zu tun? Was hat ein Fluch damit zu tun? Das Schicksal?... Ich weiß nicht, ob es Liebe war, was ich damals fühlte, vielleicht war es auch nur ein Traum, aber was auch immer es war, es lohnte sich, dafür zu leben. Natürlich, die Gewissensbisse machten es mir nicht gerade leichter, dieses Gefühl auszukosten. Aber es war schön, warum soll ich das nicht zugeben? Es war sogar schön zu wissen, nur in Gedanken jemandem Leid zufügen zu können. Denn es ist wahr, ich betrog Teseo. Ich fühlte für Ippolito die Leidenschaft, die mein Mann mit Recht für sich hätte beanspruchen können. Es ist seltsam, aber gerade mit Ippolito wurden meine Träume kühner. Es genügte, mir Ippolito vorzustellen, und ich wurde sexuell erregt. Aber ich dachte nie an Ippolito, während Teseo über mir war. In diesen Momenten versuchte ich, mich nur auf ihn zu konzentrieren, um herauszufinden, was er empfand, und vielleicht so zu tun, als ob auch ich es empfände. War die Nacht vorbei, galt alles andere nur noch Ippolito. Seine Briefe, eilig aufgerissen, in einem Atemzug gelesen, in jeder Zeile auf der Suche nach einer winzigen Andeutung... Bei jedem Wort, das mit einem ›F‹ begann, fuhr ich zusammen, und bei dem Wort ›Liebe‹, das tatsächlich oft in seinen Briefen vorkam, fing ich zu zittern an. Warum sollte er nicht wissen, daß ich ihn liebte? Was war schlecht an meiner Liebe? Worin unterschied sic sich von jeder anderen Liebe? Warum sollte sie nicht das Recht haben zu existieren? Warum sollte sie geheimgehalten werden? Ich liebte und tat nichts Schlechtes, ich schadete niemandem, außer mir selbst. Ich sprach nicht gleich mit der Zia darüber, ich trug mich lange mit dem Gedanken, Ippolito zu treffen. In einem gewissen Sinn war es auch schön, nicht darüber zu reden. Ich wußte, die Zia würde es für eine Verrücktheit halten und alles tun, um es mir auszureden.

Ich wollte diesen Traum ganz für mich alleine, auch deshalb, weil ich mir selbst nicht so ganz sicher war, ob ich Ippolito wirklich kennenlernen wollte. Es war einfach etwas Neues, was mir Hoffnung gab, weiterzuleben. Denn eigentlich wußte ich nicht einmal, was ich ihm hätte sagen sollen, wenn er vor mir gestanden hätte. Konnte ich ihm etwa von den unzähligen Tagen erzählen, die ich damit verbracht hatte, an ihn zu denken? Von meinen Anfällen reinsten Wahnsinns, wenn ich seine Briefe las und nicht den geringsten Hinweis auf mich fand? Vom Geschmack meiner Tränen, die ich, obwohl sie mich anekelten, gierig aufleckte? Von meinen Liebesträumen, diesen Träumen, die ihn leidenschaftlich neben einer neuen Fedra sahen, von deren Existenz ich selbst nichts wußte und für die ich mich heftig schämte? Wie hätte ich den Mut aufbringen sollen, mit ihm zu reden? Ich wußte ja noch nicht einmal, wie seine Stimme klang. Ich stellte sie mir sanft vor und gleichzeitig männlich, aber wie würde sie wirklich sein? Wer war dieser Ippolito in Wirklichkeit? Ich will ganz ehrlich sein, da war ein Teil von mir, der ihn gar nicht kennenlernen wollte, ein Teil, der fürchtete, enttäuscht zu werden, aber nicht von seinem Nein, darüber machte ich mir keine Sorgen, ich fürchtete, mich der Realität stellen zu müssen, mir eingestehen zu müssen, daß er überhaupt nicht so war, wie ich ihn mir vorgestellt hatte. Doch diese Befürchtungen betrafen nur einen Teil meiner selbst. Der andere Teil kannte keinerlei Furcht und wollte sich nur endlich verwirklicht sehen. Es war der Teil von mir, der noch nicht erwachsen geworden, fast noch ein Kind war, die Lust zu leben und zu lieben, der Wunsch, mich wenigstens einmal glücklich zu fühlen.

Als ich begann, der Zia von diesem Traum zu erzählen, war ihre Reaktion darauf nicht so, wie ich es mir vorgestellt hatte. O ja, sie rief alle Heiligen an, verwünschte diese arme Teresa, sie rief mir weinend in Erinnerung, was für ein guter, vom Unglück verfolgter Mensch Teseo doch sei, der neuen Kummer nicht verdiene. Aber ihre Einwände wurden immer schwächer. Auch sie dachte, dies sei im Grunde die einzige Lösung. Sie glaubte, alles würde sich mit Ippolitos Nein erledigen, und rechnete mit meiner sofortigen Rückkehr in die Rolle der gehorsamen Ehefrau, ohne Hirngespinste im Kopf. Im Grunde verstand sie vielleicht, daß ich noch ein halbes Kind war, oder vielleicht auch nicht, und sie dachte nur, dieser Fluch würde früher oder später seine Wirkung verlieren.

So wurde also entschieden, daß ich Ippolito treffen sollte.

Die Zia selbst sollte ihm von meiner Liebe zu ihm erzählen, ich würde nicht dabeisein und nur hinterher von seiner Reaktion darauf unterrichtet werden. Teseo unternahm wieder eine seiner üblichen Geschäftsreisen. Wir hatten schon entschieden, daß die Zia am nächsten Tag Ippolito anrufen und ihn unter einem Vorwand bitten würde, zu uns zu kommen. Es war der schlimmste Tag meines Lebens. Ja, es stimmt, seit einiger Zeit schon waren meine sexuellen Kontakte mit Teseo seltener geworden, aber es war der Abend vor seiner Abreise, und wie immer würde Teseo mit Sicherheit seine Ansprüche geltend machen ... Sich verstellen? ... Ich hatte mich schon so lange Zeit verstellt, aber jetzt drohte es meine Kräfte zu übersteigen. Mit ihm ins Bett zu gehen, er über mir, mit dem Gedanken, daß ich am nächsten Tag Ippolito sehen würde und, egal wie die Sache auch ausging, mein Leben verändert sein würde. Nein, ich fühlte mich dazu nicht in der Lage. Ich bat die Zia um Hilfe, ich bat sie, sich irgend etwas auszudenken, damit ich mich nicht dieser Zerreißprobe aussetzen müßte. Doch die Zia war unerbittlich. Ich erinnere mich noch sehr gut an den Klang ihrer Worte, an den Ton mehr als an den Sinn: »Wenn du es schaffst, deinem Mann im eigenen Bett etwas vorzumachen, erst dann bist du wirklich bereit, ihn zu betrügen.« Sie hatte recht, ich brauchte diese Probe. Danach hätte ich nicht mehr zurückgekonnt, und ich mußte jetzt gleich verstehen, ob es die Sache wert war. Schrecklich, es war schrecklich ...

Ich erinnere mich, es war Winter. Ein Wintertag, wie man ihn in dieser Gegend nur selten erlebt. Teseo war sich nicht ganz sicher, ob er abreisen sollte. Er hatte immer Angst vorm Fliegen gehabt, und dieses Hundewetter ermunterte ihn nicht gerade dazu. Also verstellte ich mich. Um mein Recht zu lieben zu verteidigen war ich bereit, alles zu tun. Ich wurde sogar gehässig. Ich erinnerte mich daran, daß Teseo mir einmal einen Hut versprochen hatte, den ich an einer anderen Frau gesehen hatte und der mir wirklich gut gefiel. Ich warf ihm vor, er würde seine Versprechen nicht einhalten, aber es sei auch nicht weiter wichtig, schließlich sei ich lange genug daran gewöhnt gewesen, nichts vom Leben zu erwarten. Ich ... ja, ich war sehr gemein. Teseo tat das weh, aber er ließ mich gewähren. Ich verletzte ihn, weil ich Angst hatte. Ich mußte ihm weh tun, ich wollte ihn wütend machen, ich wollte, daß er mich beleidigt. Ich wollte einen Grund finden, wenigstens ein Motiv, um ihn zu betrügen. Natürlich gab es keinen Grund, noch hätte es je einen geben können, denn Teseo liebte mich, las mir jeden Wunsch von den Augen ab, und er wurde auch nicht wütend. Das machte es an diesem Abend noch schwieriger.

Es war noch nicht einmal sieben Uhr, als Teseo ins Bett gehen wollte. Am nächsten Morgen mußte er früh aufstehen. Er zog sich eilig aus, er wollte nicht eine Minute verlieren, nicht eine meiner Umarmungen, nicht einen meiner Küsse. Er war schon im Bett, als ich immer noch völlig angekleidet und, ich erinnere mich, dazu noch in eine Wolldecke eingewikkelt, neben der Kommode stand. Teseo wartete ungeduldig auf mich. Ich versuchte, seinem fragenden Blick auszuweichen. Aber es konnte nur von kurzer Dauer sein. Teseo wollte mich neben sich im Bett haben. Ich gab vor, Kopfschmerzen zu haben. Aber auch diese Ausrede ließ er nicht gelten: Kopfschmerzen kuriert man am besten im Bett, in den Armen eines Mannes, der dich liebt. Ich mußte zu ihm ins Bett gehen. So begann ich mich langsam, mit einer aufreizenden Langsamkeit, auszuziehen. Es war kalt, ich konnte mich nicht bis auf die Haut ausziehen. Ich wollte nicht mit ihm schlafen, und ich wollte auch nicht, daß er mit mir schlief. Wenn er mich vielleicht wirklich nur in die Arme genommen hätte, vielleicht ... Nein, es hätte nichts geändert. Ich war schon dabei, ihn zu betrügen. Statt seines, sah ich schon Ippolitos Gesicht vor mir, und die Worte in seinen Briefen erfüllten die Stille ... Zum ersten Mal in meinem Leben genoß ich die körperliche Liebe. Es war unglaublich schön. Teseo war an diesem Abend im siebten Himmel, er glaubte, endlich empfände ich etwas für ihn. Wenn das nicht betrügen ist. Es wurde Tag, und Teseo reiste ab. Er war eingeschlafen, hinterher. Ich war wach geblieben, um zu träumen und zu warten. Die Stunden schlichen dahin, und ich konnte noch nicht einmal auf den Wecker schauen, mich im Bett nicht bewegen und mußte einen regelmäßigen Atem vortäuschen, um mich nicht zu verraten. Reue? Nein. Ich empfand nichts anderes als Glück und Ungeduld. Vielleicht war es die Ungeduld, die mich glücklich machte, das Wissen darum, irgend etwas würde geschehen. Kannst du verstehen, was ich meine? Wenn du wirklich ernsthaft krank bist, hast du nur zwei Möglichkeiten der Hoffnung: Entweder du wirst geheilt, oder du stirbst. Dich in deine Krankheit verkriechen? Dich daran gewöhnen? Nein, ich bin nicht sehr geduldig, oder vielleicht doch, wenn diese Geduld zu etwas führen kann, aber nur so vor sich hin zu leben, das war nichts für mich. Ich war krank ... Ich weiß nicht, ob ich geheilt werden oder sterben wollte, aber ich wollte nur eines von beiden. Für zu viele Jahre hatte ich mein Leben von anderen bestimmen lassen, jetzt wollte ich etwas, was mehr war als das.

Sicher, die Vorstellung, Ippolito könnte mich zurückweisen, kam mir manchmal in den Sinn, aber tief in meinem Inneren wußte ich genau, was auch immer geschehen würde, etwas würde sich verändern ... Vielleicht war es nicht Liebe. Es war Wahnsinn, nur der Wunsch zu leben, eine Art Revanche dem Schicksal gegenüber. Nicht weil es mir etwas angetan hatte, sondern nur deshalb, weil es eben das Schicksal war. Und im übrigen, was war das eigentlich, dieses Schicksal? Also dachte ich, es wäre Teseo. Dieses graue Leben, ohne Leidenschaft, ohne alles. Ich verstand nicht, daß Schicksal alles ist, auch Ippolito. Es war eine Herausforderung geworden zwischen mir und ihm, fast eine Herausforderung zwischen mir und Gott. Teseo hatte damit nichts zu tun. Ich hatte ihn getäuscht in dieser Nacht, und wenn er es gewußt hätte, hätte er sehr gelitten, aber es war mir egal. Alleine darum zu wissen, ließ es mir bessergehen. Ich weiß nicht, wie ich es erklären soll, aber genauso war es. Nicht, daß ich Teseo unglücklich machen wollte, aber ihm weh zu tun, ohne daß er es wußte, das gefiel mir... Eines ist klar, alles das war mir damals nicht bewußt. Im Gegenteil, ich lebte damals in einem Zustand andauernder Gewissensbisse. Zumindest glaubte ich das. Ich weiß, alles das hat mit Liebe nichts zu tun, aber erst jetzt bin ich in der Lage, mir vor mir selbst Klarheit zu verschaffen, zu verstehen, was mir passiert ist. Manchmal scheint es mir so, als hätte diese Zeit nie existiert, diese Gefühle, diese Leidenschaften scheinen mir zu weit zurückzuliegen, um zu glauben, daß wirklich ich es war, die das alles so empfand. Für einen Mann den Verstand zu verlieren erscheint mir heute unmöglich. Und ich hatte den Verstand verloren. Vielleicht nicht unbedingt für einen Mann, aber ich war wirklich verrückt. Ich habe Verwirrung und Kummer in eine Familie gebracht, die schon genug gelitten hatte, und es war mir völlig gleichgültig. Ich hatte die Probe bestanden, nur das war wichtig. Es war mir gelungen, den Feind zu täuschen, und ich wiederhole mich, dieser Feind war nicht Teseo, es war das Schicksal. Wie konnte die Zia darauf hoffen, ich würde meine Meinung ändern, nach all dem?

Trotzdem war ihr Blick an diesem Morgen voller Hoffnung. Ich erinnere mich, daß wir nach Teseos Abreise, nachdem wir alleine zurückgeblieben waren, nicht viel miteinander redeten. Sie hoffte darauf, ich hätte meine Meinung geändert, und ich schämte mich, sie darum zu bitten, Ippolito anzurufen. Dann wurde auch ihr Schweigen zu einer Herausforderung für mich. Auch sie schien meinem Glück im Wege zu stehen, auch sie war ein Teil des Schicksals. Also gab ich mir einen dreisten und frechen Anstrich und verlangte klipp und klar, sie solle jetzt auf der Stelle Ippolito anrufen und ihn dazu bringen, hierherzukommen. Es war acht Uhr morgens. Die Zia war von dem Ton, den ich anschlug, etwas schockiert. Sie war daran gewöhnt, mich weinen und meistens im stillen leiden zu sehen, ohne andere etwas davon merken zu lassen. Meine Dreistigkeit traf sie unvorbereitet, sie hätte sich einen nachgiebigeren Ton erwartet, einen sanfteren und schamhafteren, wegen meines schlechten Gewissens. Vielleicht versuchte sie deshalb nicht noch einmal, mich von meinem Vorhaben abzubringen, und rief sofort Ippolito an. Sie sagte ihm, sie müsse dringend mit ihm reden, aber das ginge nicht am Telefon. Teseo war verreist, es sei niemand sonst zu Hause ... Ippolito war einverstanden und wollte gegen zehn kommen. Zwei lange Stunden. Zwei Stunden mit der Zia, in denen ich Haltung bewahren mußte, aber wie? ... Ich hatte mich dreist und herausfordernd verhalten, konnte ich jetzt wieder zurück?

Die Zia ließ mir nicht viel Zeit zum Nachdenken, sie hatte Angst. Wie sollte sie ihrem Neffen die Sache erklären? Wie würde seine Reaktion darauf sein? Sie befand sich in keiner sehr angenehmen Lage. Die Komplizin einer Fremden gegen den Schwager, den sie hatte leiden sehen und mit dem sie die Hälfte ihres Lebens verbracht hatte. Ja, die Zia hatte Angst.

Sie war für ein ruhiges Leben geschaffen, nur deshalb hatte sie diese Situation akzeptiert. Sie glaubte, mit dem Nein Ippolitos würde alles wieder zu den normalen Lebensumständen zurückkehren. Genau das hoffte sie, denn was das Nein Ippolitos anbetraf, hatte sie nicht die geringsten Zweifel. Das machte ihr bestimmt keine Sorgen, auch nicht, daß Teseo auf irgendeine Art und Weise von der ganzen Geschichte erfahren könnte. Wer hätte schon daran Interesse haben können, ihm davon zu erzählen? Ich ganz sicher nicht, da ich ihm ja bald wieder eine gute Ehefrau sein würde. Sie nicht, die ihm um nichts auf der Welt Kummer oder Schmerzen zufügen würde, und sicher nicht Ippolito, der, obwohl er weggegangen war, oder besser gesagt, weggeschickt worden war, seinen Vater über alles liebte.

Ihren wahren Kummer offenbarte sie mir unter Tränen und mit halben Sätzen. Sie redete von einem Fluch, wie sehr sie ihre Schwester geliebt habe, von Ippolito, mehr Sohn als Neffe, von Teseo. Ihn bedauerte sie am meisten. Ich hatte einige Male von einer alten Liebe zwischen ihm und der Zia gehört, aber ich hatte dem Gerede keine Beachtung geschenkt und auch nicht mit ihr darüber sprechen wollen, es erschien mir überflüssig. Ich wollte mit diesen Verleumdungen nichts zu tun haben und wollte sie auch nicht beschuldigen. Im übrigen war ihre Beziehung klar und ohne den geringsten Schatten eines Zweifels. Seit ich in dieses Haus gekommen war, war die Zia für mich wie eine Mutter gewesen und für Teseo wie eine Schwester. Selbst Teseo nannte sie Zia, die Tante. Nein, zwischen ihnen konnte nichts gewesen sein. Teseo sah sie nicht einmal als Frau. Ich erinnere mich, daß uns einige Monate nach unserer Hochzeit ein stattlicher Mann von ungefähr sechzig Jahren besuchte. Er sprach in meiner Anwesenheit mit Teseo und hielt um die Hand der Zia an.

Teseo war nun wieder verheiratet, er hatte jemanden, der sich um ihn kümmerte. War nun nicht der Augenblick gekommen, der es auch der Zia erlaubte, an ihr eigenes Leben zu denken? Es schien, als ob dieser Mann sie seit vielen Jahren kannte, als ob er sie seit langer Zeit im geheimen geliebt und geduldig auf diesen Augenblick gewartet hätte. Teseos Reaktion darauf war seltsam. Er war nicht so egoistisch, eine Person an sich zu binden und ihr ein eigenes Leben zu verwehren, das war es nicht. Er war nur fassungslos. Er hatte seine Schwägerin nie als eine Frau angesehen, und die Vorstellung, einer könnte sie lieben und Jahre auf sie warten, brachte ihn völlig durcheinander. Ich verstand von all dem nur wenig. Ich stellte mir eine zärtliche Liebesgeschichte vor und glaubte, die Zia sei schon immer in diesen Mann verliebt gewesen und hätte nur zugunsten des häuslichen Friedens auf ihr Glück verzichtet. Teseo wußte nicht, was er antworten sollte, wirklich, er hatte nie eine solche Möglichkeit in Betracht gezogen. Er meinte nur, er würde mit Marianna reden und ihn dann darüber informieren. Hier sprach der Mann einen Satz, dessen Sinn ich damals nicht verstand, der mir aber nachträglich ganz klar wurde. Er bat: »Sagen Sie ihr, Signor Teseo, Sie wollen es. Sagen Sie ihr, es sei nur zu ihrem Besten.« Auch Teseo verstand nicht, was das genau zu bedeuten hatte. »Schon gut, schon gut«, antwortete er ihm und begleitete ihn hinaus. Er war völlig verwirrt, das sah man. Er saß schweigend da und schien sich meiner Anwesenheit gar nicht bewußt zu sein. Seine Reaktion kam mir etwas übertrieben vor, und ich sagte es ihm. Er schwieg noch immer und fragte mich dann, ob nicht ich mit der Zia reden könne, ihm sei die Sache zu peinlich. Ich war einverstanden. »Laß es mich dann wissen...« In seiner Stimme schwang eine seltsame Furcht mit. Ich maß dem keine Bedeutung bei und ging, um mit der Zia zu reden.

Ich mußte ein wenig lachen. Diese Szenen kannte ich nur zu gut von meinen Eltern, als meine Mutter mich verheiraten wollte. Jetzt war ich es, die diese Rolle übernahm. Was sollte ich ihr bloß sagen? ›Du bist nun kein kleines Mädchen mehr, das weißt du ... und die Männer bemerken das auch ... Du mußt nun daran denken, einen eigenen Hausstand zu gründen ... Ein Signore, eine sehr gute Partie, ist heute gekommen und hat um deine Hand angehalten ...‹ Wie oft hatte ich meine Mutter diese Worte sagen hören. Ich kannte sie auswendig. Konnte ich sie vor Marianna wiederholen, einer Frau in reiferen Jahren, die an alles andere mehr zu denken schien, als einen eigenen Hausstand zu gründen? Doch ich dachte, die Zia wüßte wohl von dieser Liebe und würde sie erwidern. Also ging ich zu ihr, überzeugt davon, ihr eine überraschende und durchaus erfreuliche Nachricht zu überbringen. Ich fand sie in ihrem Zimmer über ein Stück Stoff gebeugt, aus dem sie sich einen neuen Rock schneidern wollte. Ihre Röcke waren alle gleich. Die Farbe wechselte zwischen Braun und Grau ab, und die Länge ging bis unters Knie, immer dieselben. Nein, sie wußte nichts von dieser Liebe, ich verstand es aus der Art, wie sie mich ansah, als ich ihr davon erzählte. Vielleicht hielt sie sich schon selbst nicht mehr für eine Frau. Sie war zuerst überrascht und dann ärgerlich. Sie hatte alles, was sie brauchte, was wollte ich von ihr? Sie hatte schon ihren Hausstand, sie hatte schon eine Familie. Sie kam mir so alt vor. Ich dachte, sie wollte sich vielleicht für uns aufopfern, und deshalb sagte ich ihr die Worte, die dieser Signore uns aufgetragen hatte, ihr zu wiederholen: »Teseo will es, es würde ihn glücklich machen.« Kaum hatte sie das gehört, wurde sie sehr traurig. »Teseo will es? Er will, daß ich mich verheirate? Ich soll gehen?« So also hatte sie den Sinn dieser Worte aufgefaßt, und vergeblich versuchte ich ihr zu erklären, daß niemand sie wegschicken wollte und wir nur um ihr Glück besorgt waren. Sie wollte mit Teseo reden, auf der Stelle. Sie rannte zu ihm hinüber. Die Tränen kamen ihr, aber sie beherrschte sich. Teseo saß noch immer im Dunkeln. »Teseo, du mußt mir die Wahrheit sagen. Willst du, daß ich gehe?« Teseo hob verwundert den Kopf und antwortete ihr fast zärtlich: »Ich? Was sagst du da? Du weißt, wie gern ich dich habe. Aber dieser Signore meint, du vergeudest hier dein Leben, es wäre nun an der Zeit, an dich selbst zu denken.«

»Aber du, willst du, daß ich gehe?«

»Nein. Aber wenn es zu deinem Besten ist...«

»Also, dann Schluß damit. Sagt diesem Signore, daß ich keinerlei Absichten habe, mich zu verheiraten. Ich hab schon meine Familie, stimmt's, Teseo?«

So endete Mariannas Heiratsmöglichkeit. Damals verstand ich nicht. Ich dachte, es sei für sie zu schwer, mit einem Unbekannten noch einmal von vorne anzufangen, nach einem halben Leben, das sie in diesem Haus verbracht hatte. Auch ich sah sie eigentlich nicht als eine Frau an, doch der Grund, warum sie sich nicht verheiraten wollte, war ganz offensichtlich. Die mitfühlenden Worte, die sie an diesem Morgen für Teseo fand, waren noch ein Beweis mehr dafür. Aber wem hätte so was schon auffallen sollen?... Mir jedenfalls fiel es nicht auf, auch nicht an diesem Morgen. Vielleicht, weil es mich nicht interessierte. Bald würde Ippolito kommen, was sonst hätte mich noch interessieren können? Die Tränen der Zia rührten mich nicht, ich empfand kein Mitleid mit ihr. Ich sah, wie sehr sie litt, aber was konnte ich daran ändern? Sollte ich auf alles verzichten? Das hätte auch nichts geholfen. Zumindest ein paar Worte des Trostes war ich ihr schuldig, aber ich konnte nicht. Die Angst hatte mich so sehr gepackt, daß mir sogar das Sprechen schwerfiel, ja fast unmöglich wurde.

Außerdem machte sie mich nervös ... Sich an das vergangene Unglück der Familie zu erinnern half vielleicht ihr, um besser weinen und ihr Herz ausschütten zu können, aber was hatte ich damit zu tun? Ich hatte Franca, die erste Frau Teseos, nicht gekannt, ich hatte mit Ippolitos Homosexualität nichts zu tun. Die unglücklichen Ereignisse in dieser Familie waren vorher passiert, was also wollten sie von mir? Hatte ich nicht im Grunde Teseo ein Jahr meiner Jugend geopfert? Hatte ich ihm nicht meine Frische, meine Unbeschwertheit, meine Unschuld geschenkt? Er hatte dabei kein schlechtes Geschäft gemacht. Meine Rechnung mit ihm, meine Rechnung mit dem Schicksal, war ausgeglichen. Und sie, die Zia, wie konnte sie erwarten, daß ich um ihrer Tränen willen darauf verzichten würde zu leben? Jeder entscheidet selbst über sein Leben, zahlt pflichtgemäß seinen schmerzlichen Tribut an das Schicksal, und dann ist er frei, so zu leben, wie er will. Hatte ich etwa von ihr gefordert, sich in dieses Haus einzuschließen und ihr Leben mit Warten zu verbringen? Gut, sie wollte es nicht anders, warum also weinte sie dann? Warum machte sie sich Vorwürfe? Sicher wollte sie mir nur ein noch schlechteres Gewissen machen, als ich schon hatte. Versuchte sie mich wieder mal zur Vernunft zu bringen, oder wollte sie einfach nur ihren Kummer bei mir abladen? Jedenfalls war es mir lästig. Welche Worte des Trostes sollte ich für sie finden? Ich hatte keine, und ich wollte auch keine suchen. Ich wollte nur in Ruhe gelassen werden mit meiner Angst. Es gab kein Mittel gegen dieses Angstgefühl ... Es waren keine Bedenken, nicht die Furcht, zurückgewiesen zu werden, Scham oder irgend etwas anderes. Es war reine Angst und sonst nichts.

Die Minuten dehnten sich zu einer Ewigkeit, und ich dachte, die traurige Gesellschaft der Zia wäre daran schuld. Also versuchte ich mich zurückzuziehen, daran zu denken, was geschehen würde. Ich stellte mir Ippolitos Ankunft vor, die Zia würde ihn umarmen, küssen, mit der Hand durch seine Haare streichen und würde ihn dann ins Haus führen, vielleicht in die Küche, und dort würde sie ihm alles erklären. Für mehr reichte meine Vorstellungskraft nicht aus, es gelang mir nicht, an Ippolitos Reaktion zu denken. Ich übersprang diesen Teil und stürzte mich auf die Zukunft, die mich an seiner Seite sehen würde, weit weg vom Schicksal... Er war homosexuell. Nein, daran dachte ich nicht. Ich hab es schon gesagt, dieser Teil in meinem Kopf war umnebelt. Die Zia mußte jetzt endlich mit ihrem Gejammer aufhören. Ich mußte mich entscheiden, und zwar gleich, was ich ihm sagen würde und wie ich mich ihm gegenüber verhalten sollte. Sie dazu bringen, damit aufzuhören, aber wie? Dazu bedurfte es sanfter, verständnisvoller Worte, Worte, die ich nicht hatte. Ich machte es brutal und sagte ihr, es sei jetzt zu spät, sich Vorwürfe zu machen, wenn sie mir nicht helfen wolle, brauchte sie es nur zu sagen, ich würde auch alleine zurechtkommen. Sie begann nur noch verzweifelter zu weinen. Nicht nur, daß ich ihr kein Verständnis entgegenbrachte, trotz allem, was sie für mich tat, wies ich sie auch noch zurecht. Es war halb zehn, ich wurde rasend. Ich mußte an den Augenblick denken, an die Gegenwart, an mich. Was hatte Franca damit zu tun, Teresa, aber vor allem, was hatte Teseo damit zu tun?

Verdammt noch mal, was würde sie Ippolito sagen? Meine Nerven waren zum Zerreißen gespannt.

Sie antwortete nur: »Ich weiß es nicht ... ich weiß es nicht...«

Eine halbe Stunde bevor Ippolito kam, besaß sie die Stirn, mir zu sagen, sie wüßte es nicht. Ich glaubte, verrückt zu werden. Ich wollte sie schütteln, ohrfeigen, sie wieder zu sich bringen. Statt dessen rührte ich mich nicht von der Stelle, unfähig, irgend etwas zu tun. Ippolito kam zehn Minuten früher, und die Zia und ich in diesem Zustand. Sie schaute mich verwirrt an: »Was sollen wir denn jetzt machen?« Sie schien völlig kindisch geworden zu sein. Ippolito klingelte ein zweites Mal. Voller Wut ging ich an ihr vorbei auf die Tür zu und sagte: »Ich brauche dich nicht. Ich krieg das schon selber hin. Geh und heul dich über dein Unglück woanders aus.« Dann ging ich zur Tür, um zu öffnen. Die Zia blieb dort, wo sie war, und trocknete sich die Tränen. Ippolito... Als ich öffnete, stand Ippolito vor der Tür. Mein Gott, wie schön er war. Ich wollte ihn auf der Stelle umarmen und küssen. Er war schöner als auf dem Foto, schöner als ich ihn mir je erträumt hatte. Ich umarmte ihn ganz impulsiv, und er erstarrte zu Eis. Er war viel größer als ich und schaute verwundert auf mich herunter. Am liebsten hätte ich ihm gleich alles gesagt. Ich liebte ihn so sehr, aber mir fehlten die Worte... Was sollte ich ihm bloß sagen?

»Du kennst mich nicht... Ich bin Fedra.«

»Ah, die Frau von Papa.«

Nein, ich war nicht die Frau von Papa, ich war nur Fedra. Fedra, die in dich verliebt ist, Fedra, die verrückt nach dir ist. Was kümmerte uns Teseo?

»Ja, seine Frau. Komm herein...«

»Wo ist die Zia? Sie wollte mit mir sprechen. Ist irgend etwas passiert?«

Die Zia. Er hatte mich kaum angeschaut, ich interessierte ihn tatsächlich überhaupt nicht. Was war schon passiert? Daß ich mich verliebt hatte, dich für mich wollte, mir nichts anderes mehr auf der Welt wichtig war als nur noch du. Wie ein Traum warst du in mein Leben eingetreten, und nun solltest du meine Wirklichkeit werden, das war passiert. Die Zia stand auf und ging Ippolito entgegen. Sie umarmte ihn heftig und bedeckte sein Gesicht mit Küssen. Er streichelte sie. Und ich? Ich war es, die in ihn verliebt war, diese Zärtlichkeiten waren für mich bestimmt. Warum mußte ich abseits stehen und ihnen zuschauen? Die Zia begann wieder zu weinen. Ich war immer noch vervös, sogar sehr viel mehr als vorher, doch nun fand ich die sanften Worte, um sie zu beruhigen. Vielleicht, weil jetzt die Angst verschwunden war und ich nur noch Wut fühlte. Oder vielleicht auch deshalb, weil ich nicht wollte, daß Ippolito sie weiter umarmte und streichelte, so wie er es immer noch tat. »Zia, hör bitte zu weinen auf, oder Ippolito glaubt noch, es sei wer weiß was für eine Tragödie passiert.«

Ippolito würdigte mich nur eines kurzen, eisigen Blickes. Ich war eine Fremde in diesem Haus. Ich war eine Fremde zwischen ihnen. Die Zia hörte zu weinen auf, aber sie konnte sich nicht dazu durchringen, Ippolito beiseite zu nehmen, um mit ihm zu reden. Alles mußte ich machen, ich stand ganz alleine gegen das Schicksal.

»Ippolito, mach dir keine Gedanken. Es ist nichts passiert. Wir lassen jetzt die Zia hier und gehen in die Küche. Ich werde dir alles erklären.«

»Nein, ich muß es tun, ich muß mit meinem Ippolito reden. Denn ich hab ihn großgezogen, ich hab ihn lieb. Ich muß es ihm sagen.« Eine Reaktion der Zia, die mich verstummen ließ und Ippolito ernstlich alarmierte.

»Ist etwas mit meinem Vater?«

»Nein, Ippolito, ich hab es dir schon gesagt. Mach dir keine Sorgen. Ich werde dir gleich alles erklären.« Ich zog ihn in die Küche, während die Zia sich wieder hinsetzte, wieder zu weinen anfing und weiter über alles Unglück der Vergangenheit nachsann. Ja, ich mußte die Sache alleine in die Hand nehmen.

Ich weiß nicht genau, wie ich mich in diesem Moment

fühlte. Einesteils war ich stolz auf mich, denn ich war in der Lage gewesen, die schwierige Situation zu meistern und Ippolito alleine gegenüberzutreten. Aber ich war auch sehr verwirrt, denn ich fühlte, daß ich wahnsinnig in einen Mann verliebt war, den ich überhaupt nicht kannte. Welche Worte mußte ich benutzen, um es ihm begreiflich zu machen oder ihn zumindest nicht vor den Kopf zu stoßen? Tatsächlich hatte ich keinen Augenblick daran gedacht, meine Liebeserklärung könnte ihn verblüffen. Es erschien mir so natürlich, ich fühlte mich so frei von jedem konventionellen Rahmen, daß ich tatsächlich nicht an eine solche Möglichkeit gedacht hatte. Ich hatte überhaupt nicht über irgendeine Reaktion nachgedacht. Wir gingen auf die Küche zu, ich voraus, er schweigend hinterher. Ippolito war angespannt und ärgerlich. Ich glaube nicht, daß er etwas gegen mich hatte, auch nicht, daß er voreingenommen war, er war nur verärgert, weil eine Fremde dabei war, ihm etwas zu erzählen, das, wie er glaubte, sie eigentlich gar nichts anging. Eine Unbekannte hatte seine Zia zum Schweigen gebracht, nahm nun ihre Rolle ein und spielte die Herrin im Haus. Sicher, ich war die Frau seines Vaters und somit die Hausherrin, aber er kannte mich nicht. Auch die Vertrautheit, die ich ihm gegenüber an den Tag legte, war ihm lästig. Ich bemerkte das. Ippolito hatte einen offenen Blick, er konnte sich nicht verstellen, und ich ging ihm auf die Nerven, er ließ mich das spüren. Aber ich wollte nicht aufgeben. Ich weiß nicht, auf was ich hoffte, aber umkehren, das wollte ich um keinen Preis. Wir betraten die Küche, und ich forderte Ippolito mit seiner wachsenden Neugier auf, sich zu setzen. Mein Benehmen mußte ihm wirklich merkwürdig vorkommen. Ich hatte ihn gleich viel zu herzlich umarmt, kaum daß ich ihn zum erstenmal gesehen hatte, und nun benahm ich mich so, daß er sich wie ein Fremder in seinem eigenen Elternhaus fühlen mußte. Wir setzten uns einander gegenüber. Ich bot ihm eine Zigarette an. Er rauchte nicht. Ich fragte ihn, ob er einen Kaffee wolle oder irgend etwas anderes zu trinken. Er wollte nichts. Er wollte nur wissen, was los war. Nun konnte ich keine Ausflüchte mehr suchen, ich mußte reden. Ich begann das Gespräch und holte dabei so weit wie möglich aus, was natürlich völlig verkehrt war. Aber an diesem Tag schien alles, was ich tat, falsch zu sein.

»Ich weiß, warum du nicht mehr bei deinem Vater wohnst.« Ich erinnere mich nicht mehr genau an die Worte, die ich ihm sagte, aber der Sinn war dieser. Ippolito antwortete nicht. Die Hände auf die Oberschenkel gestützt, saß er schweigend da und wartete ab. Nur hin und wieder fuhr er sich mit der Hand durch die langen blonden Haare. Mit jedem Satz wuchs meine Verlegenheit.

»Ich wollte damit sagen ... Ich weiß, daß ihr Unstimmigkeiten hattet ... Keiner verurteilt dich, ich bitte dich. Jeder lebt sein Leben so, wie es ihm paßt ...«

Ippolito schwieg beharrlich.

»Du wirst dich fragen, woher ich das alles weiß. Auch wenn ich, ... ja, auch wenn ich Teseos Frau bin, er hat mir nie etwas gesagt. Nie. Nicht, daß er dich nicht gern hätte, ganz im Gegenteil, meiner Meinung nach betet er dich geradezu an.«

Inzwischen war ich dabei, einen Monolog zu halten, dem Ippolito jedoch aufmerksam lauschte, während er mich beobachtete, um herauszufinden, worauf ich hinauswollte. Also fuhr ich fort: »Die Zia hat mir davon erzählt.«

Bei diesen Worten machte er eine leicht abwehrende Bewegung. Es gefiel ihm nicht, daß ich Marianna ›Zia‹ nannte, aber er sagte kein Wort.

»Ja, auch ich nenne sie Zia. Ich hoffe, das macht dir nichts aus, sie selbst hat mich darum gebeten.«

Ein Achselzucken war seine Antwort.

»Außerdem ist sie ein so guter und verständnisvoller Mensch, und sie hat dich wirklich sehr gern. Denk ja nicht, sie hat es mir einfach nur so erzählt, so aus Geschwätzigkeit. Denk das ja nicht. Es war meine Schuld. Ich suchte etwas in einer Schublade in ihrem Zimmer. Du mußt jetzt nicht glauben, ich würde überall herumschnüffeln, ich hab es nur aus Zufall gefunden, das schwör ich dir. Nun ja, ich hab ein Foto von dir gesehen, ein Foto, was schon vor ein paar Jahren gemacht wurde und was sie zusammen mit deinen Briefen versteckt hatte.«

Zum erstenmal fuhr ein kleines Lächeln über sein Gesicht.

»Kommt dir das lächerlich vor? Aber sie liebt dich wirklich wie einen Sohn... Seit dem Tod deiner...« Wieder verfinsterte sich sein Gesichtsausdruck. Was ging mich das alles an? Ich war eine Fremde.

»Nun ja, jedenfalls war sie es, die mir von dir erzählt hat, denn ich wußte noch nicht einmal, daß Teseo einen Sohn hatte. Sie hat mir alles gesagt.« Er erwiderte noch immer nichts. Mir fiel nichts mehr ein. Es schien unmöglich, einen Kontakt zwischen uns herzustellen. »Du denkst natürlich mit Recht, das alles geht mich eigentlich gar nichts an.«

Da endlich bemerkte er müde: »Ich möchte nur wissen, was passiert ist.«

»Nichts, was sollte denn passiert sein?«

Jetzt war der richtige Moment gekommen, jetzt mußte ich reden. Aber sein Blick machte mir Angst. Ippolito war wirklich so schön wie in meinen kühnsten Träumen, noch viel schöner, aber er war wie aus Eis, und das verwirrte mich.

»Reicht es denn nicht, wenn ich dich kennenlernen will? Seit einem Jahr bin ich verheiratet, und ich kenn dich überhaupt nicht.«

Ich wurde wieder nervös, der Verdruß, den ich ihm bereitete, war nicht zu übersehen. Auch mir wurde es langsam zuviel, ich wurde unruhig. Er benahm sich wie alle anderen, auch er war ein Teil des Schicksals, und das brachte mich auf.

»Wollen Sie damit sagen, die Zia hat mich hierherkommen lassen, nur um Ihre Bekanntschaft zu machen?«

Er sprach mich mit Sie an! Er machte sich überhaupt nichts aus mir. Ich hatte ihm noch kein Wort von meiner Liebe erzählt, und schon verachtete er mich. Das war deutlich genug. Langsam wurde mir klar, mein Traum würde sich niemals verwirklichen, aber ich wollte bis zum Äußersten gehen.

»Willst du damit sagen, es lohnt sich nicht, mich kennenzulernen? Verachtest du mich so sehr, daß du gar nicht wissen willst, wer ich eigentlich bin?«

Seine Antwort war ehrlich, er glaubte, mich beleidigt zu haben. »Nein, natürlich nicht! Wie käme ich denn dazu, Sie zu verachten, wenn ich Sie noch nicht einmal kenne!«

»Genau! Und deshalb verstehe ich auch nicht dein Benehmen mir gegenüber. Du antwortest mir nicht, du schaust mich mißmutig an, du redest mich mit Sie an. Ich hab dir nichts Böses getan, scheint mir.«

Meine Worte beeindruckten ihn.

»Oh, ich bitte Sie um ... nein, ich bitte dich um Entschuldigung, ich wollte nicht einen solchen Eindruck auf dich machen. Es ist nur ... Die Situation ist ziemlich peinlich, Fedra ... Du redest von gewissen Dingen, die uns betreffen, ich meine von sehr persönlichen Dingen, und ich weiß nicht, was ich dir antworten soll. Aber ich hab nichts gegen dich. Ganz im Gegenteil, du bist sehr nett, und ich bin wirklich froh, daß mein Vater eine Frau wie dich gefunden hat, die ihm zur Seite steht, nach allem, was er mitgemacht hat. Er braucht viel Liebe und Zuneigung.«

»Ich auch.«

Es war fast wie ein Schrei, aber Ippolito verstand nicht, was dieser Ausbruch zu bedeuten hatte oder wem er galt.

»Sicher, du auch. Du bist noch sehr jung.«

»Ja, ich bin jung. Und ganz unansehnlich bin ich auch nicht, oder? Findest du mich schön, Ippolito?«

»Nun ja, sicher, du bist schön. Und mein Vater liebt dich, da kannst du sicher sein. Liegt da das Problem? Weint die Zia deshalb? Denkst du, mein Vater könnte dich betrügen?«

Jetzt platzte ich fast vor Wut. Erst sagte er, ich sei schön, dann begann er wieder von der Zia zu reden, als wäre ich Luft für ihn. Ich konnte nicht mehr. Wütend fuhr ich auf: »Teseo, mich betrügen? Daß ich nicht lache! Da würde ich eher sagen, ganz im Gegenteil.« Ich konnte nicht mehr an mich halten. Seine Nähe, sein Unverständnis, seine Kälte hatten mich völlig durcheinandergebracht. Ippolito verstand noch immer nicht ganz, aber er erriet einen Teil der Wahrheit.

»Willst du damit sagen, du ... du liebst meinen Vater nicht, du willst ihn für einen anderen verlassen?«

Wie nahe warst du an der Wahrheit, aber noch immer sträubtest du dich, sie zu erkennen.

»Ja, so ist es. Ich habe Teseo nie geliebt, aber ich bin bei ihm geblieben, ohne je um etwas zu bitten. Ich erfüllte meine Pflicht, ihm treu zu bleiben, und vergaß dabei sogar mein Recht zu leben, zu lieben. Denn auch ich habe dieses Recht, oder etwa nicht? Warum soll ich nicht lieben dürfen? Warum soll ich jemanden glücklich machen, mit dem ich nicht leben will, während auch ich mein Glück finden könnte, zum erstenmal in meinem Leben? Warum nicht ich? Was hab ich Schlimmes getan? Warum sollte ich nicht verliebt sein dürfen?«

Ippolito war jetzt sehr bewegt, er kam zu mir und streichelte mir übers Haar.

»Fedra, keiner sagt, du darfst nicht glücklich sein, ganz bestimmt nicht. Wenn du meinen Vater nicht liebst, ist es nutzlos, sogar schädlich, bei ihm zu bleiben. Du schadest dir selbst und auch ihm, indem du ihm etwas vormachst. Sprich mit ihm darüber, sag ihm ganz offen, was du empfindest, und dann geh unbesorgt deines Wegs. Keiner kann dir etwas verübeln, wenn du verliebt bist.«

Wieder streichelte er über mein Haar und drückte meine Schultern, dann nahm er ein Papiertaschentuch und trocknete mir sanft die Tränen. Ich verstand überhaupt nichts mehr. Mir schien, als wäre mein Traum nun doch noch Wirklichkeit geworden. Seine Hände streichelten mein Gesicht, sein Blick war liebevoll, beschützend. Es konnte nicht anders sein, auch er liebte mich. Ich ergriff seine Hände und begann sie heftig zu küssen. Ippolito verstand nicht und ließ es geschehen. Ich war trunken vor Glück, vor Liebe, vor Leben. Ich stand auf, drückte ihn fest an mich und bedeckte seinen ganzen Körper mit Küssen, gierig nach ihm, gierig nach dem Leben. Jetzt stieß er mich zurück und meinte, ich sei wahnsinnig, aber ich begriff überhaupt nichts mehr. Ich zwang ihn, meine Brust zu berühren. Ich wollte mit ihm schlafen, sofort. Ich zerrte an seinem Mantel und hielt ihn daran fest, denn er wollte gehen. Und ich zog mich aus. Ich war wie besessen. Aber als ich begann, seine Hose aufzuknöpfen, gab mir Ippolito eine Ohrfeige, daß ich zu Boden fiel. Ich raffte mich wieder auf und klammerte mich an seinen Hosenbeinen fest, aber er schüttelte mich ab und schrie mir ins Gesicht, ich ekele ihn an, ich sei schlimmer als eine Hure, sein Vater täte ihm leid. Auf sein Geschrei hin kam die Zia angerannt, und das war die Szene, die sich ihr bot: Ippolito, der versuchte, seine Kleidung wieder in Ordnung zu bringen und mich dabei weiter beschimpfte, ich am Boden, mit unbedeckter Brust und verzweifelt schluchzend. Als Ippolito die Zia sah, warf er auch ihr schreckliche Dinge an den Kopf: »Du ... du, die ich immer wie eine Mutter geliebt habe ... Es ekelt mich vor dir! Wie konntest du das nur tun? Warum hast du mir das angetan? Und meinem Vater! Wie konntest du nur mit ihr gemeinsame Sache machen? Mit einer Hure! Weißt du, warum ich meinem Vater davon nichts sage? Weil ich, ich ihn liebe, und weil es ihn umbringen würde, wenn er es wüßte.«

An diesem Punkt angekommen, raffte ich mich vom Boden auf und stürzte mich wie eine Furie auf ihn.

»Und du meinst, dein Vater würde dir glauben? Einem Schwulen wie dir würde er glauben? Einem Mann, der gar keiner ist?«

Ippolito musterte mich von oben bis unten, sein Blick blieb auf meiner nackten Brust haften, und mit einer angeekelten Grimasse sagte er zur Zia: »Sieh zu, daß sie sich bedeckt und wieder zu sich kommt. So ist sie nur eine läufige Hündin.«

Er machte Anstalten zu gehen. Die Zia rannte hinter ihm her und flehte ihn an, ihr zu verzeihen, sie habe nur das Beste gewollt, ich könne nichts dafür, ein Fluch sei daran schuld. Ippolito verstand nur wenig von dem, was sie sagte, denn ich schrie aus Leibeskräften hinter ihm her: »Du mieser Schwuler! Du bist ja nur ein Schwuler!«

Als ich hörte, wie die Tür ins Schloß fiel, begriff ich, daß mein Traum nun endgültig ausgeträumt war, und fing wieder zu weinen an. Die Zia stand neben mir und half mir, mich wieder einigermaßen herzurichten. Sie brachte kein Wort heraus und weinte still vor sich hin. Meine Enttäuschung und der verletzte Stolz wandten sich nun gegen sie.

»Was heulst du? Ich bin es, die er abgewiesen hat, dich bestimmt nicht. Es ist mein Leben, das zerstört ist, was hast du damit zu tun? Was führst du dich so auf? Ich hab's dir versprochen, ich werd bei Teseo bleiben, und dein Neffe, sei ganz beruhigt, der hat dir schon verziehen. Die einzige hier, die das Recht hat zu weinen, bin ich.«

»Aber warum hast du das getan, Fedra? Ich hätte schon mit ihm geredet. Warum mußte es soweit kommen?«

Sie schaute auf meine zerrissene Kleidung, und ich fuhr sie weiter an: »Reg dich bloß nicht auf. Du wirst dein ruhiges Leben schon bekommen, genauso wie du es dir immer vorgestellt hast. Mach dir keine Sorgen . . .«

In diesem Moment hörten wir lautes Schreien von der Straße her. Es war Teseos Stimme. Wir liefen ans Fenster und sahen, wie Teseo über Ippolito war und ihn mit Fußtritten traktierte. Ringsum hingen die Leute an den Fenstern. Wir rannten hinunter. Als Teseo uns sah, schrie er, wir sollten sofort wieder ins Haus gehen, es gäbe nichts zu sehen. Die Zia hängte sich an ihn, um ihn zurückzuhalten, und fragte, was denn passiert sei, und Teseo, rot im Gesicht und mit zerzausten Haaren, antwortete ihr: »Was passiert ist? Diesen verdammten Kerl hier habe ich vorm Haus getroffen und ihn zur Rede gestellt, was er hier zu suchen hat. Und weißt du, Fedra, was er mir geantwortet hat? Weißt du, was er die Frechheit hatte zu behaupten? Du hättest versucht, ihn zu vergewaltigen. Einen Schwulen, verstehst du!?«

Nein, ich verstand gar nichts. Ich sah nur Ippolitos schönes Gesicht voller Blut. Ich sah nur seinen Körper, der auf dem Boden ausgestreckt war, und all dieses Blut. Teseo redete immer weiter, aber ich war schon über Ippolito, streichelte über seine blutverschmierten blonden Haare und küßte sein zerschlagenes Gesicht. Ippolito stieß mich mit letzter Kraft von sich, aber ich beugte mich gleich wieder über ihn, um ihn mit meiner Liebe zu heilen. So sah mich Teseo und all die Nachbarn, die an den Fenstern hingen. Es war wie ein Dolchstoß für ihn: »Es ist also wahr? Die Schwuchtel hatte recht! Eine schöne Familie hab ich da, eine Schwuchtel, eine Kupplerin, eine Hure und ein Gehörnter. Hure, widerwärtige Hure! Nach allem, was ich für dich getan habe! Kaum hör ich, das Flugzeug startet nicht, setz ich Idiot mich sofort ins Auto, um zu ihr zu kommen. Zu meiner kleinen Frau. Die es mit meinem schwulen Sohn treibt. Mit Hilfe meiner Schwägerin, die die Kupplerin spielt. Scheißkerl! Und du, du Hure, glaub ja nicht, daß du so davonkommst. Erst wenn du tot bist, erst wenn ich dich mit meinen eigenen Händen erwürgt habe, wirst du Ruhe haben.«

Seine Fußtritte, seine Faustschläge, die Blicke der Leute, die Tränen der Zia, alles war mir egal. Ich war verzweifelt. Denn Ippolito stieß mich immer wieder zurück, er wollte sich noch nicht einmal von mir berühren lassen. Nur deshalb war ich verzweifelt. Dann erhob sich Ippolito mühsam und ging. Ich versuchte, hinter ihm herzulaufen, aber Teseo hielt mich an den Haaren fest. Schließlich gelang es der Zia, ihn zu beruhigen. Sie überredete ihn dazu, erst einmal einen langen Spaziergang zu machen. Teseo ließ mich los und schrie: »Aber eines sag ich euch, wenn ich zurückkomme, bring ich sie um!« und damit ging auch er.

Die Leute hinter den Fenstern und auf den Balkonen hatten der Szene atemlos zugesehen. Jetzt, wo die Zia mich ins Haus zog, hörte man ratloses Getuschel, niemand schloß das Fenster, auch nicht, nachdem wir im Haus verschwunden waren, vielleicht hofften sie auf eine Zugabe. Drinnen angekommen, kümmerte sich die Zia sofort um mich, ich blutete ...

Ich sagte kein Wort. In wenigen Minuten war mein Leben zerstört worden, und ich hatte nun keinen Traum mehr, an den ich glauben konnte. Ich hatte nichts mehr zu erhoffen, ich konnte nur noch weggehen, und das so schnell wie möglich.

Natürlich nicht aus Angst vor Teseo, der mir jetzt, wenn er mich umgebracht hätte, damit einen Gefallen getan hätte. Ich mußte gehen, weil ich dort nicht mehr bleiben konnte. In meinem Kopf verwirrten sich die Gedanken. Vielleicht sollte ich Ippolito aufsuchen, um ihm alles zu erklären. Aber was? Er hatte sich mir gegenüber sehr ungerecht verhalten, sogar grausam. Bis zu einem gewissen Punkt hatte er akzeptiert, daß ich seinen Vater nicht liebte und in einen anderen verliebt war. Warum konnte nicht er dieser andere sein? Warum hatte er mich auf diese Weise zurückgewiesen? Seine Reaktion in der Küche konnte ich noch verstehen, aber dann, auf der Straße, warum...? Ich konnte mir nicht erklären, warum er alles seinem Vater erzählt hatte. Vielleicht war sein Abscheu noch stärker gewesen als sein Mitleid mit Teseo. Aber warum hatte er meine Hilfe zurückgewiesen? Warum wollte er nicht, daß ich ihn auch nur berührte? Vielleicht wollte er vor dem Vater seine Unschuld beweisen.

Ich... Ich war enttäuscht, leer, ich fühlte mich vollkommen alleine, abgewiesen nicht nur von Ippolito, sondern vom Leben selbst. Nur Verachtung schlug mir entgegen. Von allen. Ich hatte keine Familie, zu der ich zurückkehren konnte. Sicher, meine Eltern liebten mich, aber diese Geschichte hätten sie ganz sicher nicht verwunden, und ich hatte die Kraft verloren, den Willen, mich gegen das Schicksal zu stellen. Jetzt war die Zia bei mir, sie versorgte mich. Aber sie war innerlich aufgewühlt, das sah man. Ihr Schweigen sagte es mir. Sie hatte Angst. Der Frieden im Haus war unwiderruflich zerstört. Was würde aus dieser Familie werden? Teseo würde bald wiederkommen, was sollte sie tun? Als sie schließlich anfing zu reden, versuchte sie, ihre Befürchtungen vor mir zu verbergen:

»Mach dir keine Sorgen, alles wird wieder gut werden, alles

wird wieder in Ordnung kommen. Du wirst Teseo sagen, du bereust, was geschehen ist, und er wird dir verzeihen. Er ist kein schlechter Mensch, und er hat dich gern. Du sagst ihm, du hast einen Fehler gemacht, und ihr werdet wieder Mann und Frau, genauso wie vorher.«

Genauso wie vorher. Vielleicht hätte Teseo mir wirklich verziehen, vielleicht wollte er nichts anderes. Aber konnte alles wieder so werden wie vorher? Wollte ich, daß alles wieder so würde wie vorher? Wollte ich wirklich vergessen oder so tun, als ob ich vergessen hätte, daß ich geliebt hatte, geträumt, mich voller Leben gefühlt hatte, nur um alles wieder so werden zu lassen, wie es vorher war?

Die Zia sprach von Ruhe und Frieden, die zurückkehren würden, wenn ich es nur wollte: »Was geschehen ist, ist geschehen. Das heißt, es mußte so kommen. Sie mußte gewinnen. Aber, mein Kind, das heißt nicht, die Dinge könnten nicht wieder in Ordnung kommen. Sie hat ihre Revanche gehabt. Sie wird sich jetzt zufriedengeben.«

Sie sprach noch immer von Teresa, die arme Frau. Obwohl Teresa inzwischen verheiratet war, glaubte sie oder wollte noch immer glauben, die Wurzel allen Übels sei sie. Als ob sie nichts besseres zu tun gehabt hätte. Schuld, wenn es überhaupt eine Schuld gab, hatte eigentlich niemand. Noch nicht einmal ich. Ich will mich nicht rechtfertigen, du hast es selbst gehört, ich hab dir alles erzählt, ohne mich zu schonen.

Aber in Geschichten wie diesen, in all diesen Geschichten gibt es keine Schuld. Denn welche Wahl du auch immer triffst, nie bist du es, die über dein Leben entscheidet. Du kannst dich nicht dagegen auflehnen, alles nimmt in einer bestimmten Art und Weise seinen Lauf, und dir bleibt nur die Illusion, selbst der Urheber gewesen zu sein ... Jetzt weiß ich das, und deshalb lehne ich mich nicht mehr auf. An diesem Tag begann sich meine Vorstellung vom Leben zu ändern. Ich fühlte mich müde und sehr einsam. Alles andere habe ich erst mit der Zeit begriffen und durch viele Fehler, die ich weiterhin machte. Ja, denn ich habe auch später wieder Fehler gemacht, sehr viele Fehler, denn ich wollte mich nicht in diese scheinbar so einfache Wahrheit ergeben. Ich wollte über mein Leben selbst bestimmen. Und ich glaubte, es sei wieder einmal das Schicksal, was von mir verlangte, mich mit Teseo auszusöhnen. Ich liebte ihn nicht, nun noch weniger als je zuvor. Ein Leben an seiner Seite wäre unmöglich gewesen. Ich konnte dort nicht mehr bleiben. Aber ich wollte nicht die Flucht ergreifen, denn ich hatte keine Angst vor Teseo. Ich ließ die Zia reden und ließ sie alles sagen über Ruhe und Frieden, Fluch, Unglück und Ergebenheit, ohne ihr zu widersprechen, ohne ihr zu antworten. Ich wartete jetzt auf Teseos Rückkehr. Keiner sollte glauben, ich gäbe mich geschlagen, ich würde bereuen. Keinen Schritt würde ich zurückweichen, ich würde ihn nicht um Verzeihung bitten. Ich war wieder stark und mutig. Ich brauchte nur an das Schicksal zu denken und gewann eine unglaubliche und unerwartete Kraft zurück. Ich war noch immer tief enttäuscht, aber ich hatte meine Lust zu leben zurückgewonnen, etwas anderes trieb mich nun an. Vorher hatte ich nur für die Liebe gelebt, dafür, mir meinen unsinnigen Liebestraum zu erfüllen. Jetzt lebte ich für den Haß, Haß auf das Schicksal. Es war ein noch größerer Lebensantrieb als die Liebe, es war ein Gefühl, was mich ganz ausfüllte, eine unbezähmbare Leidenschaft. Der Haß ließ mich nun mich selbst lieben, denn ich kämpfte gegen das Schicksal, ich kämpfte für mich, um mich zu behaupten. Und endlich kam Teseo zurück. Ein seltsames Wesen, was da die Macht des Schicksals darstellen sollte! Er war betrunken, so trostlos und so alt, ich war ein Riese gegen ihn. Das Gegenteil hätte der

Fall sein müssen; er stark und in seiner Ehre gekränkt, ich klein und um Verzeihung flehend. Diese Umkehrung der Rollen machte mich noch stärker und sicherer. Der Feind war schon halb geschlagen. Teseo, ein Feind! Er, der eigentlich nur umarmt und wieder beruhigt werden wollte, so hilflos wie er da stand, mit gesenktem Blick, zerwühlten Haaren und heraushängendem Hemd. Er setzte sich aufs Sofa, senkte den Kopf und stützte ihn schwer in beide Hände. Er weinte. Mein Feind weinte, ohne mir die Möglichkeit zu geben, mit ihm zu kämpfen. Die Zia eilte an seine Seite, setzte sich neben ihn und wiederholte ihm weinend alles das, was sie zuvor schon mir gesagt hatte. Teseo ließ den Kopf noch tiefer hängen, als wollte er sagen, ›Ja, schon gut.‹ Ich, die daneben stand, betrachtete von oben herab diese Szene. Sie berührte mich, und das durfte nicht geschehen. Oh, wieviel Mitleid hatte ich mit ihnen. Sie waren so schrecklich klein, diese beiden.

»Nein, Teseo, hör auf. Fedra hat dich gern, nicht wahr, Fedra? Jetzt seid ihr wieder zusammen, es wird keine Probleme mehr geben. Sie hat es jetzt verstanden. Es ist nicht ihre Schuld. Komm, hör auf. Fedra . . .«

Ich hätte an Stelle der Zia sein sollen, ich hätte ihm über das Haar streicheln, seinen Kopf in meinem Schoß halten und ihm sagen müssen, alles sei nur ein böser Traum gewesen, nun sei alles wieder gut.

Statt dessen stand ich unbeweglich da und beobachtete sie. Als ich begriff, daß mein Schweigen als Kapitulation ausgelegt werden könnte, reagierte ich. Erbarmungslos. Die Zia flehte mich an, zu Teseo irgend etwas zu sagen, ihm meine Reue zu zeigen, ihn um Verzeihung zu bitten oder ihm doch zumindest gut zuzusprechen. Alles würde wieder so sein wie früher. Ich konnte nicht mehr schweigen.

»Nichts wird wieder so sein wie früher.«

Ich hatte die Worte mit lauter Stimme gesagt, in einem unwiderruflichen Tonfall. Sie hatten das sehr wohl gehört, aber ich bekam keine Antwort. Glaubten sie vielleicht, es wäre der Anfang eines reuevollen Eingeständnisses? Ich mußte noch deutlicher werden, ohne Mitleid. Mit mir hätte auch niemand Mitleid gehabt.

»Nichts wird wieder so sein wie früher. Ich bleibe nicht mehr hier! Ich gehe.«

Es war die Zia, die mir antwortete, aber sie maß meinen Worten keine große Bedeutung bei.

»Du brauchst dir keine Sorgen zu machen. Teseo nimmt dir nichts übel, keiner nimmt dir was übel. Du kannst ganz beruhigt sein.«

Teseo senkte wieder den Kopf. Eine vollständige Kapitulation. Ich wurde wütend. »Ihr habt also nichts verstanden, gar nichts verstanden? Du...«, ich ging auf die Zia zu und berührte sie mit dem Zeigefinger, »du! Steck dir doch deine Ruhe und deinen Frieden an den Hut. Leb du doch mit ihm. Das ist es doch, was du willst, oder? Das war doch schon immer dein Traum. Hier hast du ihn, den Mann deiner Träume. Nimm ihn dir! Er gehört dir, ganz und gar.« Die Zia schaute mich fassungslos an. Sie brachte kein Wort heraus.

»Was ist? Ist das etwa nicht die Wahrheit? Schau mich nicht so an. Ich sage nichts als die reine Wahrheit! Ja, sicher, du hast es abwarten können, zuerst deine Schwester, dann die vielen Teresas, und dann auch noch Fedra. Jetzt bist du dran! Hör auf zu weinen. Du kannst glücklich sein, du bist vom Schicksal belohnt worden dafür, daß du ihm gehorsam warst! Dein Traum wird Wirklichkeit. Du kannst deinen Teseo haben. Ich laß ihn dir gerne, mit unendlichem Vergnügen, hier hast du deinen Teseo.« Ich hatte mich jetzt ihm genähert und mich neben ihn gesetzt. »Schau ihn dir bloß an. Glaubst du, ich könnte mit so einem leben, ich? Ich hab was ganz anderes nötig! Du! Du, hör mir zu! Schau mich an!« Ich hatte seinen Kopf zwischen meine Hände genommen und zwang ihn, mir in die Augen zu schauen: »Was bist du bloß für ein Scheusal von Mann? Ist dir niemals aufgefallen, daß ich nie etwas für dich empfunden habe? Ist dir das nie aufgefallen? Nein, es genügte dir, einen jungen Körper im Bett zu haben. Was interessierte es dich, ob dieser Körper etwas fühlte oder nicht oder ob ich an einen anderen dachte? Ja, an einen anderen. Und nicht nur an irgendeinen anderen, nein, an deinen Sohn!«

Ich war außer mir, ich spuckte Gift und Galle, ohne an mich halten zu können. Teseo, der auf nichts reagierte und immer noch vor sich hin weinte, brachte mich zur Weißglut, ich genoß meine Wut. Die Zia flehte mich an, damit aufzuhören, mich wieder zu beruhigen.

Ich hörte sie gar nicht.

»Dein Sohn. Ich träumte von deinem Sohn. Du findest das zum Lachen, ja? Du Frauenheld, du, du Supermann, du schaffst es nicht, mich zu befriedigen. Um etwas empfinden zu können, muß ich an eine Schwuchtel denken. Ist das nicht zum Totlachen? Sag, ist das nicht zum Totlachen?«

Hier erhob sich Teseo müde vom Sofa und ging, ohne ein Wort zu sagen, mit gesenktem Kopf ins Schlafzimmer. Er würde alleine schlafen, falls er schlafen könnte. Ich war noch nicht fertig, ich brauchte diese Auseinandersetzung. Was mir blieb, war die Zia.

»Warum gehst du ihm nicht hinterher? Geh und tröste deinen armen Schwager, deinen Teseo. Er gehört mit Sicherheit mehr dir als allen anderen. Lauf, auf was wartest du noch?«

Aber auch die Zia scheute die Auseinandersetzung. Weinend sagte sie: »Fedra, ich weiß nicht, warum du so bist. Was willst du? Wir haben das nicht verdient. Wir haben das wirklich nicht verdient.« Und damit ging sie in ihr Zimmer.

Mir blieb nicht die Zeit, zu antworten oder etwas hinzuzufügen. Ich war alleine zurückgeblieben. Hatte ich gewonnen? Mir schien, alles andere als das. Es sah nur so aus, als ob sie sich ergeben hätten. In Wirklichkeit waren sie beide viel stärker als ich, sie hatten es mir mit ihrem Schweigen demonstriert. Es war inzwischen fast Abend geworden. Nur wenige Stunden waren vergangen, seit Ippolito gekommen war, aber es schien so, als ob inzwischen ein Leben vergangen wäre. Jetzt herrschte Stille, so wie vorher, als alles äußerlich noch in Ordnung war, als alles noch ruhig war. Aber so wie vorher schien diese Stille ein Echo meiner Einsamkeit zu sein, eine unerträgliche Bürde. Was glaubten sie wohl, was ich tun würde? Ich hatte gesagt, ich würde gehen. Und ich? Was wollte ich? Ich hatte nur ein paar Lire in der Tasche, das, was Teseo, so wie gewöhnlich, mir gegeben hatte, bevor er abreiste. Wo sollte ich hingehen? Vielleicht, wenn ich bleiben würde, könnte ich mich in dieses Leben ergeben. Das Wort ›ergeben‹ bewirkte, daß ich mich entschied. Ich ging ins Schlafzimmer, um sofort die Koffer zu packen. Als ich das Licht anmachte, sah ich Teseo, der ausgestreckt auf dem Bett lag und sich an einer Wolldecke festklammerte. Es war dieselbe, in die ich mich in der Nacht zuvor eingewickelt hatte.

Teseo weinte noch immer... Sein stilles Vor-sich-hin-Weinen bestärkte mich, meinen vagen Entschluß in die Tat umzusetzen. Ich öffnete wütend den Schrank, riß geräuschvoll die Kleider heraus und verstaute sie im Koffer – geräuschvoll, denn ich wollte, daß er etwas sagen und versuchen würde, mich zurückzuhalten, damit ich ihm noch mehr Bosheiten an den Kopf werfen konnte. Aber Teseo sagte kein Wort, er schaute mich nicht einmal an, er hörte nur zu weinen auf, bis ich heftig die Tür zuschlug. Dann fing er wieder an. Sonst nichts. Da war nichts mehr zu machen. Sollte ich mich von der Zia verabschieden? Ich hatte keine Lust dazu. Die Zuneigung, die ich für sie fühlte, mußte ich für mich behalten. Der Moment war gekommen. Es gab nichts mehr mitzunehmen, nichts mehr zu tun, außer diese Haustür zu öffnen und zu gehen. Wie schrecklich ist es zu gehen, wenn niemand dich bittet zu bleiben. Ich öffnete die Tür, und sofort wurde ich mir der Kälte dieses Abends bewußt und der Vertrautheit dieser Straße. Noch jemand war auf der Straße, der Sohn der Tana, einer Nachbarin, der nach Hause zurückkam. Er sah mich mit dem Koffer in der Hand, er wußte schon alles, aber er wußte nicht, was er mir sagen sollte. Er war ein Junge von ungefähr neunzehn Jahren, der ein bißchen für mich schwärmte, oder so war es mir zumindest vorgekommen. Er fragte mich, ob er mich irgendwo hinbringen könnte, er würde nur schnell das Auto holen. Irgendwo hinbringen ... Wohin? Ich antwortete ihm, ich nähme sein Angebot gerne an, und er ging ins Haus, um die Schlüssel zu holen. Nach ein paar Augenblicken hörte ich Stimmen aus dem Haus, es hörte sich an wie eine hitzige Diskussion. Dann kam der Junge, ganz rot im Gesicht, zurück. Er konnte mir nicht in die Augen schauen.

»Ich wußte das nicht, aber ... Es tut mir leid, Signora, mein Vater ist mit dem Auto weggefahren. Ich würde Sie ja gerne zu Fuß begleiten, aber ich muß zu Abend essen, verzeihen Sie bitte.«

Es war eindeutig. Ich war die Feindin geworden, die Schuldige, die Ausgestoßene.

»Natürlich, ich verstehe dich, mach dir keine Gedanken. Der Bahnhof ist ja auch ganz in der Nähe.«

Während wir noch miteinander redeten, erschien seine

Mutter an der Tür und rief: »Ich hab dir gesagt, du sollst reinkommen und dich umziehen!«

Sie blieb in der Tür stehen und beobachtete mich und ihren Sohn mißtrauisch. »Los, komm rein, das Abendessen wird kalt.«

»Es tut mir wirklich sehr leid.«

Damit ging er. Die Mutter wartete, bis er im Haus war, und warf mir noch einen Blick voller Verachtung zu, bevor sie die Tür hinter ihm schloß.

Hinter der Tür hörte ich sie noch heftig miteinander diskutieren. Ich war jetzt fast an der Straßenecke angekommen. Ich drehte mich ein letztes Mal um, um noch einen Blick auf das zu werfen, was für etwas mehr als ein Jahr mein Zuhause gewesen war, und sah, wie jemand aus dem Schlafzimmerfenster schaute. Es war Teseo. Sein Profil war unverkennbar, aber wie sehr hatte er sich in nur wenigen Stunden verändert. Selbst seine Art, aus dem Fenster zu schauen, war nicht mehr dieselbe. Früher hatte er hoch aufgerichtet dagestanden, in der Haltung eines Padrone, der den Blick über seinen Besitz schweifen läßt. Jetzt stützte er sich auf das Fensterbrett, oder besser gesagt, das Fensterbrett stützte ihn. Ich empfand Mitleid mit ihm. Ich bog schnell um die Ecke und ging dann auf den Bahnhof zu. Ich war unerbittlich, aus Berechnung hart. Aus dem Instinkt heraus wäre ich vielleicht bei ihm geblieben, aber der Verstand, oder besser, der Haß trieb mich dazu, jedes Gefühl von Zuneigung oder Mitleid zu unterdrücken. Die Straßen des Dorfes waren wie ausgestorben, die Geschäfte geschlossen und die wenigen Autos, die noch unterwegs waren, beeilten sich, nach Hause zu kommen. Nur hier und da sah man einen Alten in einer Bar, alleine wie ich. Aber ein alter Mann hat nicht mehr viel zu erwarten, er ist da draußen aus Resignation, aus Gewohnheit. Für mich galt das nicht.

Ich würde nicht resignieren, ich war bereit zu kämpfen, bereit, mir eine Zukunft aufzubauen. Ich wiederholte mir diese Worte immer und immer wieder, während ich die Straße entlangging und sich Augenblicke großer Euphorie mit solchen tiefster Depression abwechselten. Wo sollte ich hingehen heute nacht und all die anderen Nächte?

Die Gedanken an Ippolito waren jetzt weit weg, er war Teil jener Vergangenheit geworden, die ich dabei war, hinter mir zu lassen. Meine Liebe für ihn? Vielleicht hatte sie nie existiert, aber nun war sie ganz sicher von etwas verdrängt worden, was stärker war als sie – vom Haß. Auf dem Bahnhof angekommen, löste ich eine Fahrkarte nach Sebrago, dem ersten Ort, der mir in den Sinn kam. Der Zug würde in zehn Minuten abfahren. Ich setzte mich auf eine Bank und wartete, den Blick starr auf die Gleise geheftet. Für zehn Minuten, nein, für eine Viertelstunde, die ganze Zeit über, bis der Zug kam, versuchte ich, mich zu konzentrieren, mir in Erinnerung zu rufen, was geschehen war und was mich hierhergebracht hatte. Die Bruchstücke meiner Vergangenheit schossen mir blitzartig durch den Kopf, völlig zusammenhangslos und ohne Ordnung. Meine Vergangenheit war verworren, wie würde meine Zukunft sein? Der Zug kam, und ich stieg schnell ein. Ich war die einzige Person, die von diesem Bahnhof abfuhr. Unter den Mitreisenden im Zug befanden sich ein sehr gutaussehender junger Mann und ein Herr in mittlerem Alter, die sich gegenübersaßen. Die beiden Plätze neben ihnen waren frei. Der Jüngere war ungefähr fünfundzwanzig Jahre alt. Er trug Jeans und einen schweren Wintermantel über einem Jeanshemd. Der ältere Mann trug einen sehr eleganten grauen Anzug und darüber einen schwarzen oder dunkelblauen Wollmantel und einen schwarzen Hut. Der Jüngere hatte braune Haare, eine schlanke, fast magere Figur, schwarze oder jedenfalls sehr dunkle Augen und einen sehr schönen, weichen und ausdrucksvollen Mund. Der Ältere war groß und hager. Sein Gesicht schien älter zu sein als er selbst. Als ich näher kam, betrachteten mich beide ungeniert. Der Jüngere hatte einen lebhaften, fordernden und begehrlichen Blick. Der Ältere betrachtete genüßlich mein gefälliges Äußeres, vielleicht wünschte er sich, ein paar Jahre weniger zu haben ... Der Jüngere gefiel mir sehr, der Ältere, das konnte man sehen, gehörte mit Sicherheit einer bestimmten Gesellschaftsklasse an. Ich wandte mich an den Älteren und fragte, ob die Plätze noch frei seien. Dann setzte ich mich neben den Jüngeren. Auch das war eine Art Herausforderung gewesen, und es schien mir so, als ob ich sie gewonnen hätte.

Der Junge, er hieß Gianni, fing ein Gespräch an. Er hatte sofort bemerkt, daß er mir gefiel. Der Ältere beschränkte sich darauf, mich weiter zu beobachten. Die Fahrt dauerte nur eine halbe Stunde. Sebrago war zwar drei Stunden weit entfernt, aber ich stieg viel früher aus, zusammen mit einem von ihnen: dem Älteren. Die ganze halbe Stunde über, die diese Reise andauerte, hatte Gianni auf mich eingeredet und versucht, mich anzumachen. Ich antwortete ihm nicht. Dann legte er vor den Augen des Signore, der noch immer nicht seinen Blick von mir ließ, eine Hand auf meinen Schenkel. Wieder eine Herausforderung. Ich ließ ihn gewähren, doch seine Hand blieb regungslos auf meinem Schenkel liegen. Also überlegte ich mir, daß ich mit diesem Jungen nie eine Zukunft haben würde. Er war so wie alle anderen jungen Männer, mutig im Ansatz, aber ohne den Charakter, die Sache auch zu Ende zu bringen. Der Ältere würde mir eine bequeme Zukunft garantieren und, wenn die Abmachungen von Anfang an klar wären, auch die Möglichkeit, mein eigenes Leben so zu leben, wie es mir gefiel. Der Ältere sagte noch immer kein Wort. Aber einmal entschieden, wechselte ich den Platz und setzte mich neben den Signore. Gianni schaute mich verwundert an, er verstand nicht, welches Spiel ich da spielte. Dann wurde es ihm plötzlich klar. Die Möglichkeit eines unverhofften Abenteuers mit mir hatte sich in Luft aufgelöst. Er stand auf und setzte sich auf einen Platz weit weg von uns. Zwischen dem älteren Herrn und mir hatte sich nun die Situation ins Gegenteil verwandelt. Ich war es nun, die redete, ich war es, die ihn anmachte ... Er beschränkte sich darauf, mir zuzuhören. Ich erzählte ihm mit wenigen Worten mein Leben und erwartete einen Kommentar seinerseits, statt dessen fragte er nur: »Haben Sie einen Platz, wo Sie heute nacht schlafen werden?«

Ich verneinte und senkte den Kopf. Ich fragte ihn, wo er aussteigen würde, und er sagte nur: »In Cintella.« In ein paar Minuten also würde er aussteigen. Ich wußte nicht, was ich sonst noch sagen sollte. Ich fragte ihn nach seinem Namen und ob er verheiratet sei. Er antwortete: »Alberto. Nein, ich bin nicht verheiratet.« Gleich würde er aussteigen, und ich hatte nichts erreicht. Ich begriff, daß es dumm gewesen wäre, weiter in ihn zu dringen und schwieg. Wir verharrten schweigend. Ich schaute die Landschaft an, die in der Dunkelheit verschwamm, und er, ich fühlte es, schaute mich an. Der Zug hielt. Wir waren in Cintella angekommen. Alberto nahm seinen Koffer aus dem Netz über dem Platz, wo vorher Gianni gesessen hatte, und ohne sich zu mir umzudrehen sagte er mit entschiedener Stimme: »Nimm deinen Koffer. Wir steigen aus.«

So stieg ich also mit ihm aus und gab damit meinem Leben einen anderen Verlauf, einen Verlauf voller Fehler. Aber das ist eine andere Geschichte. Du wolltest wissen, was mit Ippolito geschah. Nun, mit Ippolito endete es so: Ich sah ihn nie mehr wieder, genausowenig wie Teseo und die Zia. Das ist alles.«

»Aber wie ging es nachher mit dir weiter?«

»Ich hab dir gesagt, das ist eine ganz andere Geschichte. Das hat nichts mit ihnen zu tun.«

»Möchtest du sie nicht trotzdem erzählen?«

»Doch, sicher, warum nicht? Ich dachte nur, es würde dich nicht interessieren, denn es ist nur noch meine eigene Geschichte.«

»Natürlich interessiert es mich. Wenn ich deine Zeit nicht zu sehr in Anspruch nehme...«

»Ich kann noch ein bißchen bleiben...«

»Gibt es jemanden, der dich erwartet?«

»Ja, aber das erzähle ich dir später. Wir sprachen gerade von Alberto. Ich stieg also mit ihm in Cintella aus. Ich kannte ihn nicht, ich wußte nichts über ihn. Das einzige, was ich ganz sicher wußte, war, ich war dabei, mich zu verkaufen, ich hatte mich schon verkauft. Bestimmt kein sehr angenehmes Gefühl, aber alles schien dem zu dienen, was ich mir vorgenommen hatte. Alberto brachte mich zu seiner Wohnung, wo er alleine lebte. Er ging vor mir her, ohne ein Wort zu sagen, und ließ mich den schweren Koffer alleine tragen. Er benahm sich nicht gerade wie ein Gentleman, aber der Eindruck, den ich auf ihn gemacht hatte, war sicher auch nicht der allerbeste. Er wohnte nicht weit vom Bahnhof entfernt, und da der Bahnhof sich in der Ortsmitte befand und er der Eigentümer dieser großen Wohnung war, die ich dir gleich beschreiben werde, war es ganz klar, daß er sehr reich sein mußte. Auch hier waren die Straßen leer. Cintella war nicht sehr groß, und abends wirkte wirklich alles wie ausgestorben. Es dauerte nicht lange, und wir waren angekommen. Ein altes großes Portal öffnete sich vor mir. Alberto hatte es mit seiner üblichen Gelassenheit geöffnet und tat fast so, als gäbe es mich gar nicht, als wäre er, so wie immer, alleine von einer seiner Reisen zurückgekehrt. Er ließ mich eintreten, denn ich hatte mich beeilt, mit ihm Schritt zu halten, dann schloß er das Tor hinter mir. Wir stiegen drei Stufen hinauf und betraten die Wohnung. Schon am Eingang bemerkte ich diesen altertümlichen Geruch, der von allem ausging. Die Bilder, die Möbel, die Wände, sogar die Luft waren erfüllt davon, alles roch nach Antiquitäten und Einsamkeit. Alberto zog den Mantel aus, und ich blieb mit dem Koffer in der Hand stehen und wartete auf ein Wort von ihm. Er sagte nur: »Komm herein«, und ging dann voran. Ich ließ den Koffer in der Diele stehen und folgte ihm schweigend. Er führte mich in die Küche, vielleicht die Umgebung, die er von seinem Standpunkt aus für die passendste hielt. Die Küche war sehr groß, und auch sie strömte diesen Geruch aus. Sie war so peinlich sauber, man hätte meinen können, sie sei noch nie benutzt worden. Ich dachte, er hätte eine Haushaltshilfe und fragte ihn danach.

»Hier setzt keiner einen Fuß hinein. Keiner faßt meine Sachen an. Das mache ich alles selbst.«

Ich fand das komisch und amüsant, mir diesen distinguierten Herrn vorzustellen, mit einer Schürze umgebunden und einem Besen in der Hand, aber es war wirklich so. Vielleicht hatte er vor, mich als Hausmädchen einzustellen? Doch ich behielt meine Überlegungen für mich und folgte ihm in seiner merkwürdigen Art, mich durch die Wohnung zu führen. Er zeigte mir die geschmackvoll eingerichteten Bäder, dann das Eßzimmer, das ausgesprochen düster wirkte mit seinem langen Tisch aus dunklem Holz, den Stühlen, aus dem gleichen Holz, mit hohen Lehnen, einem Teppich, vielleicht einem echten Perser, und einer Vitrine voller Gegenstände aus Silber und Tellern und Gläsern, die bestimmt niemals benutzt wurden. Die drei Bilder an den Wänden waren abscheulich, schaurige Meeresansichten in vergoldeten Rahmen. Anschließend führte er mich in den Wohnraum. Der Eindruck, den er auf mich machte, war gar nicht mal so übel. Es war ein sehr großer Raum, dessen Fußboden, dunkelbraun, mit schwarzen Linien abgesetzt, mit Teppichen bedeckt war. Die tapezierten Wände waren in weichen Farbtönen gehalten, einige der Bilder stellten Stilleben dar, andere wiederum waren scheußliche Porträts seiner Vorfahren, verknöcherte, runzlige Gesichter, alle mit der gleichen Leichenbittermiene. In der Mitte des Raumes stand eine große dunkelbraune Sitzgruppe, ich weiß nicht, aus welchem Material, denn ich wagte es nicht, etwas zu berühren, daneben ein kleines, sehr altes Tischchen, an der Wand ein Möbelstück, hinter dessen Glastüren man die verschiedensten Flaschen mit alkoholischen Getränken sah, und, etwas ganz Unvorstellbares in dieser Wohnung, inmitten all dieser Altertümer ein hypermodernes HiFi-Gerät. Meine Aufmerksamkeit richtete sich vor allem auf dieses HiFi-Gerät. Alberto bemerkte es, und fast so, als wollte er sich für dieses Unding entschuldigen, meinte er: »Das ist meine einzige Schwäche: Ich liebe die Musik.«

Nach dem Wohnraum kam sein Arbeitszimmer dran. Diesmal kein einziges Bild und eine Einrichtung, die sehr karg war. Die Wände waren von Regalen bedeckt, mit einer Unzahl von Büchern, die in zwei Bereiche aufgeteilt waren. In dem einen die Fachliteratur, die er für seine Arbeit als Rechtsanwalt brauchte, im anderen unendlich viele Titel, von denen auch ich einige zumindest vom Hörensagen kannte, also Klassiker, bis hin zu Titeln und Namen, die ich nicht einmal aussprechen konnte. Sein Arbeitszimmer schien mir der Teil der Wohnung zu sein, der am meisten benutzt wurde, man sah, daß er sich oft und gerne in diesem Raum aufhielt. Dann zeigte er mir verschiedene Abstellräume, fast alle so gut wie leer, mit Ausnahme von einigen sorgfältig gestapelten Kartons, in denen, wie er mir erklärte, seine sämtlichen Erinnerungen an die Studentenzeit aufbewahrt waren. Wir kamen zum Schlafzimmer, das er mir, wie ich glaubte, als letztes zeigen wollte, sozusagen als Krönung dieses Rundgangs. Hier gab es ein Doppelbett, ebenfalls antik, mit geteilter Matratze, darüber war eine Tagesdecke in dunklen Grautönen gebreitet. Daneben ein Nachtkästchen, mit einem halbvollen Glas Wasser darauf und einem Buch. Ein Christus am Kreuz, in einem silbernen oder versilberten Rahmen, über dem Bett, und schließlich eine Kommode mit sechs Schubladen, auf der ein paar Fotografien standen, wahrscheinlich die seiner Eltern. Mir war aufgefallen, daß die Räume, in denen Alberto lebte, wesentlich karger und einfacher eingerichtet waren als die anderen Räume des Hauses. Deshalb nahm ich an, er liebte die Einfachheit. Zum Schluß führte er mich in eines der beiden Gästezimmer. Einfacher ging es nicht mehr, ein Bett, ein Schrank, ein Bild, auf dem man das Meer sah, weniger schaurig als die, die ich vorher gesehen hatte, ein Nachtschränkchen, das war alles. Hier angekommen sagte Alberto: »Das ist dein Zimmer. Wenn irgend etwas nicht in Ordnung ist oder wenn du noch etwas brauchst, kannst du mich rufen.«

Er wandte sich zum Gehen, doch an der Tür blieb er noch einmal stehen und fügte hinzu: »Ich nehme an, du hast noch nichts gegessen. Falls du mit mir essen möchtest...«, und damit schloß er die Tür. Dieser Mann war mir ein Rätsel, ich verstand nicht, was er von mir wollte. Ich entschloß mich, ihm in die Küche zu folgen, nicht, weil ich etwas essen wollte, sondern weil ich hoffte, er würde mir von sich erzählen, und vor allem, weil ich hoffte, er würde mir sagen, was ich hier, in dieser Wohnung, eigentlich sollte. Es erschien mir ganz eindeutig, daß ich ihn sexuell wenig interessierte. Vielleicht wollte er mich wirklich nur als Putzfrau oder als eine Art Gouvernante einstellen. Ob mir diese Rolle wohl gefallen würde? Sicher, die Wohnung war gar nicht mal so übel, und bestimmt hätte ich mich daran gewöhnen können. Es gab Heizkörper in jedem Raum, überall schlug dir eine angenehme Wärme entgegen, wieso sollte ich dieses Angebot nicht annehmen? Im Grunde genommen war es so gut wie jedes andere, um ein neues Leben zu beginnen. Es war mehr, als ich mir erhofft hatte, und viel mehr als das, was mir die bösen Zungen in der Via Laniosa wünschten. Ich ging in die Küche und fand Alberto am Tisch, vor sich eine offene Dose Thunfisch. Er war nicht sehr verwundert, mich zu sehen, aß ruhig weiter und vermied dabei, das Wort an mich zu richten. Doch jetzt ging er mir langsam auf die Nerven. In Ordnung, er hatte mich mit zu sich mitgenommen, in Ordnung, noch hatte er keine Gegenleistung von mir verlangt, doch sein Benehmen mir gegenüber war alles andere als richtig. Ich war beleidigt und nervös. Ich wartete nicht erst darauf, daß er mir einen Platz anbot, ich nahm mir einen Stuhl und setzte mich ihm gegenüber. Er war völlig gelassen, nichts schien ihn aus der Ruhe zu bringen ... Ich wurde wütend und sagte ihm offen ins Gesicht:

»Ich weiß nicht, was du von mir willst. Ich bin nicht daran gewöhnt, an diese Art von Wohltaten zu glauben. Klar, ich bin dir dankbar für das, was du für mich tust. Aber mir gefällt nicht ... es gefällt mir nicht, wie du dich benimmst.«

Es schien, als ob er aus allen Wolken fallen würde.

»Wieso? Wie benehme ich mich denn?«

Ich verstand nicht, daß er sich über mich lustig machte oder dies seine übliche Art und Weise war, mit den Leuten umzugehen.

»Na ja, du sprichst nicht mit mir. Es ist dir lästig, überhaupt nur ein Wort mit mir zu reden. Was soll das alles? Was glaubst du eigentlich, wer ich bin?«

Hier verlor Alberto ein wenig von seinem Gleichmut:

»Ich versteh dich nicht. Beschwerst du dich etwa darüber, daß ich dich bisher noch nicht angefaßt habe? Weil ich noch nicht versucht habe, dich herumzukriegen, um mein Vergnügen mit dir zu haben? Ist es das, was dich nervös macht?«

Mag sein, daß er recht hatte. Ich wollte schnell meine Schulden bezahlen, um mich nachher bei niemandem bedanken zu müssen.

»Ich möchte nur, daß du mir einiges erklärst. Warum bin ich hier? Warum wolltest du, daß ich mit dir in deine Wohnung komme? Was willst du von mir?«

»Wenn ich dir sagen würde, ich hatte nur Mitleid mit dir, würdest du mir das nicht glauben, nicht wahr? Für dich muß es immer einen anderen Grund geben, den ›wahren‹ Grund. Du hast ganz recht, ich hatte einen guten Grund, dich mit hierherzunehmen. Du bist eine schöne Frau.«

»Soll das heißen, du willst mich als einen Teil deiner Einrichtung betrachten? Bedaure, ich bin nicht dazu geeignet, eine schöne Statue abzugeben.«

Er überhörte meinen Einwand und fuhr in seinen Ausführungen fort: »Zweifellos bist du eine schöne Frau, die vielen gefallen würde. Sehr vielen. Mir nicht. Aus einer einfachen Tatsache heraus, ich bin ein wenig eigen in meinen erotischen Vorstellungen.«

Ich hatte nichts verstanden von dem, was er da sagte, obwohl es so wichtig für mich war zu verstehen. In seinen Worten lag der Grund für meine Anwesenheit hier und der Preis, den ich zu bezahlen hätte, um zu bleiben. Gleich darauf stellte er selbst die Sache klar: »Ich will damit sagen, es ist nicht so, daß die Frauen, und im besonderen du, mir nicht gefallen. Ganz im Gegenteil, ich bin ein Ästhet. Nur ist es mir leider nicht möglich, über eine bewundernde Betrachtung hinauszugehen. Verstehst du, was ich meine? Um es kurz zu machen, ich bin impotent. Hast du mich jetzt verstanden?«

»Ja, aber was hat das mit mir zu tun?«

»Also gut, du weißt, was es bedeutet, impotent zu sein. Du hast sicherlich mit diesem Typen von Ehemann, den du verlassen hast, geschlafen, nehme ich an?«

Er machte mich verlegen, aber seine ruhige und natürliche Art Fragen zu stellen, auch die persönlichsten und intimsten, brachte mich dazu, ihm zu antworten.

»Sicher, das ist doch normal zwischen Mann und Frau, oder etwa nicht?«

»Ja, sicher, aber es interessiert mich nicht. Ich will damit nur sagen, ich kann nicht mit einer Frau schlafen, weil ... weil ich es nicht kann. Das ist alles.«

»Ich verstehe, aber was hat das mit mir zu tun?«

»Gut, kommen wir jetzt zu dir. Ich war nicht immer so. Früher hatte ich Beziehungen. Es war ein Unfall, der mich zu dem gemacht hat, was ich heute bin, und niemand weiß etwas von dieser Krankheit oder Unfähigkeit, wie auch immer du es nennen willst. Allerdings, du wirst es bemerkt haben, ist dies ein recht kleiner Ort, und die Leute reden. Und ebendeshalb möchte ich mit deiner Hilfe den Leuten die Möglichkeit nehmen, sich über mich und mein Sexualleben auszulassen, verstehst du?«

»Ich glaube ... ja, ich glaube schon. Ich soll für dich ein Vorwand sein. Du meinst, ich soll so tun, als wäre ich deine Freundin.«

»Ganz genau. Ich würde dich gut bezahlen, und du brauchtest natürlich keinerlei Befürchtungen zu haben, daß ich an dich gewisse Ansprüche stelle ...«

»Ja, gut, aber was wird aus meinem Leben? Wenn ich nun jemanden treffe, der mir gefällt?«

»O nein, meine Liebe. Den Rechtsanwalt Caroli betrügt man nicht, niemals und mit niemandem. Ich warne dich. Du wirst mit mir ausgehen, es wird dir an nichts fehlen, aber glaube nicht, du könntest mir Hörner aufsetzen.«

»Und für wie lange? Wie lange soll das ganze dauern?«

»Solange du willst. Es wird eine normale Beziehung zwischen zwei Menschen sein, die sich mögen. Wir können diese Beziehung jederzeit wieder auflösen, das ist klar.«

»Ich bin mir nicht sicher. Ich weiß nicht, ob ich so was will.«

»Nun ja, überschlaf es. Aber jetzt iß etwas.«

»Nein danke, ich hab keinen Hunger. Ich geh schlafen. Gute Nacht.«

Ich war völlig durcheinander, ich wußte wirklich nicht, für was ich mich entscheiden sollte. Konnte ich darauf verzichten, mich zu verlieben, nur um ein ruhiges Leben zu haben? Eigentlich war ich dafür nicht weggegangen, dafür hatte ich Teseo nicht verlassen ... Andererseits, was blieb mir anderes übrig, als dieses Angebot anzunehmen? Wohin sollte ich gehen? Ich verbrachte den größten Teil der Nacht damit, mich zwischen einem Ja und einem Nein hin und her zu quälen. Am Morgen ging ich dann zu Alberto und sagte ihm zu. Ich würde mich ein paar Monate gedulden, Zeit, um ein wenig Ordnung in mir zu schaffen und vielleicht auch ein bißchen Geld beiseite zu legen. Ich war also einverstanden und begann mit Alberto zu leben. Rein platonisch natürlich. Nicht, daß mir eine sexuelle Beziehung gefehlt hätte, aber einen Mann, der mich umarmte und küßte, den vermißte ich schon, einen Mann, in den ich mich verlieben konnte, der fehlte mir, und wie. Alberto behandelte mich gut, wenn wir alleine waren, und noch besser, wenn wir ausgingen. Er rang sich sogar manchmal dazu durch, mich zu küssen, wenn einer seiner Freunde in der Nähe war. Auf diese Weise lebten wir mehr als drei Monate. Ich schaute keinen anderen an, ich stellte mir einfach vor, es gäbe sie nicht. Das hier war meine Arbeit. Aber einmal mußte es passieren. Ich war schließlich eine Frau und längst nicht so stark, wie ich glaubte, auch wenn ich mir das nicht eingestehen wollte. Es war ein Junge aus dem Ort, stell dir vor, ich erinnere mich noch nicht einmal mehr an seinen Namen. Er war ungefähr so alt wie ich, vielleicht ein paar Jahre älter, und er war sehr, sehr attraktiv. Den ganzen Tag über hatte er nichts zu tun, er war arbeitslos. Ich verliebte mich in ihn, und das ganze Geld, was ich für meine Zukunft zurückgelegt hatte, ging in einem Monat an Geschenken drauf. Ich war verliebt in ihn. Er sah gut aus, hatte nicht eine Lira in der Tasche und hatte nie erlebt, wieviel Freude es machen konnte, Geld auszugeben. Die Übereinkunft mit Alberto hatte ich durchaus nicht vergessen, o nein. Ich lebte in der ständigen Angst, er könnte mich entdecken. Glücklicherweise stellte sich mein erstes Verhältnis schnell als das heraus, was es war. Nach einer Woche verließ er mich, denn er hatte eine Frau gefunden, die bereit war, für seinen Unterhalt zu sorgen. Alberto hat nie etwas von ihm erfahren, genauso wenig wie er von allen anderen erfuhr, die in diesem Jahr noch folgten. Mit der Zeit begann ich selbst meine Verhältnisse zu bestimmen. Wenn mein jeweiliger Liebhaber mir lästig wurde, suchte ich mir einen anderen aus. Ein Jahr lang, wie ich schon sagte. Dann wagte ich einmal zu viel. Alberto war auf Geschäftsreise, und ich hatte einen meiner damaligen Liebhaber mit in die Wohnung genommen. Alberto überraschte uns zusammen. Es war ein Abenteuer ohne die geringste Bedeutung gewesen, ich sagte ihm das, und er glaubte mir, aber trotzdem meinte er, es sei unnütz, so weiterzumachen. Ich sei der Sache überdrüssig, er hätte es sehr wohl bemerkt, und deshalb hätte es keinen Sinn mehr.

Unterdessen hatte ich einiges beiseite gelegt, und mit der großzügigen Abfindung, die Alberto mir gab, verließ ich den Ort mit einer hübschen Summe Geld. Ich bestieg wieder den Zug und fuhr nach Pervona, einem netten Städtchen, ganz in der Nähe. Ich mietete mir eine schöne Wohnung, und noch am Tag meiner Ankunft machte ich einen Einkaufsbummel, bei dem ich eine Menge Geld ausgab. Meine Freiheit dauerte nicht sehr lange. Bald stand ich wieder ohne eine Lira da, dafür aber mit einem intelligenten und sensiblen Mann an meiner Seite, dessen Taschen leer waren. Aber er liebte mich sehr für das, für was er mich hielt. Als ich ihm jedoch sagte, ich müsse mir eine Arbeit suchen, um über die Runden zu kommen, verschwand der reizende Mensch und hatte es dabei so eilig, daß ich nicht wußte und es bis heute nicht weiß, wo er geblieben ist. Ich hatte mein Leben, mein ganzes Leben, mit einer Reihe von Begegnungen vertan und dabei immer die falsche Wahl getroffen. Was blieb mir jetzt noch übrig? Die Miete für den letzten Monat war bezahlt. Ich machte einfach weiter, aber ich hatte mich verändert, ich hatte den Grund berührt. Mich zu verkaufen, mir die Gesellschaft eines Mannes zu erkaufen, war das mein Glück? Hatte sich mein Kampf gegen das Schicksal damit erledigt? Alles, alles hatte ich falsch gemacht. Wie immer waren es die schlaflosen Nächte, die mich dazu brachten, nachzudenken und nach einem Ausweg zu suchen. Ich konnte damals nicht mehr schlafen, ich erinnere mich, ich fing an, mich zu betrinken, um die Schmach meiner Niederlage nicht mehr spüren zu müssen. Aber schlafen konnte ich deshalb trotzdem nicht. Eines Nachts wandte ich mich zum erstenmal an Gott, und zum erstenmal schlief ich mit einem großen Gefühl von Ruhe und Frieden ein. Es folgten andere Nächte, in denen ich es genauso machte. Immer kam mir Gott zu Hilfe und erfüllte mich mit diesem Gefühl, beschützt und geliebt zu werden, was kein Mann mir je hatte geben können. So begriff ich, streckte schließlich die Waffen und überließ mich Gott. Und seit dieser Zeit vergeht keine Nacht, in der ich nicht seine liebevolle Gegenwart spüre. Alles andere zählt nicht mehr für mich, es existiert nur noch, um mich an meine Fehler zu erinnern. Für mich gibt es jetzt nur noch ihn. Alles das, was ein Mann mir hätte geben sollen und mir nie gegeben hat, finde ich nun bei Gott. Alles. So mancher würde vielleicht sagen, das sei eine Art von Selbstbefriedigung, für mich bedeutet es ganz einfach, mich Gott hinzugeben.«

Fedra hat den Autobus genommen und ist wieder zurückgefahren. Sie wollte nicht, daß ich sie begleitete. Vielleicht hätte ich wenigstens ihr gegenüber etwas von Ippolito erwähnen sollen, aber es scheint mir nicht so, als ob sie ihn liebt oder je geliebt hat. Eigentlich fragt mich keiner nach ihm ... Jetzt warte ich ungeduldig darauf, mit Ippolito zu reden, um ihm zu sagen, daß ich alles weiß, und vor allem, um ihm zu erzählen, daß Fedra Nonne geworden ist. Wer weiß, ob es nicht wenigstens ihm nach all dieser Zeit gelungen ist, ihr Verhalten zu verstehen, ihre hemmungslose Gier nach Leben und Liebe ... Sie ist gegangen, nachdem sie sich jeder Scham und jeder falschen Moral entledigt hatte, sich so gezeigt, wie sie ist, eher noch schlechter gemacht hatte. Vielleicht hat keiner sie je verstanden, keiner je wirklich geliebt. Fedra ... Auch wenn man sie über sich mit dieser ihr eigenen wilden Entschlossenheit zur Aufrichtigkeit reden gehört hat, gelingt es einem nicht, sie zu tadeln. Es ist jetzt zehn Uhr abends ... Ich würde gerne bei Ippolito sein, um zu sehen, wie es ihm geht, doch vor allem, um ihn aus seiner unendlichen Apathie herauszuholen. Aber ich muß warten, denn er braucht Ruhe. Ich weiß, wie schwer es ist, die Krise zu überstehen. Wie sehr er sich nach Schlaf sehnt, um nicht denken zu müssen, um den Entzug nicht zu spüren. Ich werde ihn morgen sehen, und morgen wird er mit mir reden. Er wird mit mir reden müssen.

Am nächsten Morgen scheint die Sonne, ich bin schon um sieben im Zentrum, und Ippolito ist schon auf den Beinen, er arbeitet. Ich lasse ihn rufen. Etwas mißmutig kommt er zu mir ...

»Was gibt's? Sind noch irgendwelche Fragen offen?«

Er macht keine Anstalten, sich zu setzen.

»Setz dich, ich muß mit dir reden ... Gestern war ich in unserem Dorf. Ich hab mit deiner Tante gesprochen ...«

»Dann wird deine Neugier ja endlich befriedigt sein ...«

Er wendet sich zum Gehen.

»Ich hab auch mit Fedra gesprochen ...«

»Ah, mit der ... Was wird sie dir schon gesagt haben ... Ich kann's mir gut vorstellen. Sie wird alles getan haben, um sich zu rechtfertigen.«

»Kannst du ihr denn wirklich nicht verzeihen?«

»Ihr verzeihen? Nach allem, was sie mir und meinem Vater angetan hat? Nie, niemals werde ich ihr verzeihen können! Es ist alles nur ihre Schuld, und ich bin hier ...«

»Ihre Schuld? Aber ihr habt euch doch überhaupt nicht gekannt.«

»Du weißt vieles nicht, was im übrigen sowieso niemand weiß ... Aber jetzt muß ich wieder zurück an die Arbeit.«

»Später! Zuerst wirst du mir deine Version der Ereignisse erzählen. Wie bist du auf die Drogen gekommen? ...«

Ippolito zögert einen Moment, doch dann setzt er sich endlich.

»Eins nach dem anderen ... Wenn du es wirklich wissen willst, muß ich dir alles von Anfang an erzählen, der Reihe nach. Ich muß damit anfangen, als ich noch ein Kind war. An meine Mutter habe ich nur noch sehr wenige Erinnerungen. Sie werden es dir erzählt haben, ich war kaum drei Jahre alt, als sie starb. Ich erinnere mich so gut wie gar nicht mehr an sie, aber sie hat mir gefehlt, sie hat mir sehr gefehlt. Nur die Zia hat das bemerkt, denn ich weinte nur bei ihr. Denn meinen Vater gab es zwar, aber es war fast so, als gäbe es ihn nicht ... Er hat meine Mutter sehr geliebt, er konnte sich nicht damit abfinden, sie für immer verloren zu haben ... Es war, als hätte ich mit einem Schlag sowohl die Mutter als auch den Vater verloren. Nur die Zia war mir geblieben, der ich mich anvertrauen konnte. Die Zia, die immer lieb zu mir war, immer verständnisvoll, die aber unter keinen Umständen wollte, daß ich sie Mama nannte. Ich erinnere mich sogar, wie sie die Fotografien meiner Mutter nahm, sie mir vor die Augen hielt und sagte: ›Schau her, sie ist deine Mama, nur sie.‹ Für sie war es eine Art Achtung, die sie der Schwester entgegenbrachte, heute verstehe ich das. Aber damals fand ich es sehr grausam. Die Zia sorgte für uns, für mich und meinen Vater, vor allem für ihn, denn er war seltsam geworden, immer traurig. Ein Bild aus dieser Zeit ist mir im Gedächtnis haften geblieben, ich werde es nie vergessen. Mein Vater sitzt auf dem Sofa und hat den Kopf in die Hände gestützt. Ich laufe mit meiner kleinen Spielzeugeisenbahn zu ihm hin, und er schaut mich nicht einmal an. In dieser Zeit tat ich alles, um seine Aufmerksamkeit auf mich zu lenken, um ihn, wenn schon nicht zum Lachen, so doch zumindest ein wenig zum Lächeln zu bringen. Es gelang mir nie, und ich glaubte, es läge an mir. Ich glaubte, es wäre meine Schuld, daß meine Mutter tot war und mein Vater deshalb böse auf mich sei. Das allerdings sagte ich der Zia nicht, aber sie sah mich oft weinen und nahm mich dann in die Arme, tröstete mich und versuchte, mir das Benehmen meines Vaters zu erklären, das ich überhaupt nicht verstehen konnte.

Sicher, auch ich war sehr traurig über den Tod meiner Mutter, aber gerade deshalb suchte ich seine Nähe, um diesen Verlust weniger zu spüren. Warum hielt er mich statt dessen fern von sich? Warum wollte er mich nicht in seiner Nähe haben? Mein Vater war in dieser Zeit immer zu Hause. Er verließ so gut wie nie das Haus. Ich war inzwischen an seine schweigende und traurige Gegenwart gewöhnt. Doch plötzlich veränderte sich alles ohne einen ersichtlichen Grund, oder zumindest kannte ich ihn nicht. Mein Vater ging wieder aus, kam abends immer später zurück und ließ die Zia und mich alleine. In diesen langen Tagen, als ich noch nicht zur Schule ging, suchte ich ihn, wenn ich mit dem Spielen aufgehört hatte. Er fehlte mir, auch wenn ich wußte, er würde mir nie ein Lächeln schenken. Und es war wieder und immer nur die Zia, die mich in den Arm nahm und mir erklärte, mein Vater müsse arbeiten, deshalb sei er nicht zu Hause, aber gerade dadurch würde ich vielleicht bald eine neue Mutter haben. Das tröstete mich, ich hatte die Zia sehr gerne, aber die Tatsache, daß sie sich weigerte, sich Mama nennen zu lassen, erinnerte mich daran, keine Mutter zu haben. Ich dachte nicht, daß ich diese neue Frau lieber haben würde, ich dachte nur an das Glück, wieder dieses Wort aussprechen zu können, ohne daß mir jemand sagte, es sei nicht wahr. So wartete ich auf die neue Mutter und bat die Zia, sie mir in der Zwischenzeit zu beschreiben. Sie antwortete mir, sie könne das nicht, denn wir müßten sie so nehmen, wie der liebe Herrgott sie uns schicken würde. Also nahm ich die Fotografie meiner Mutter und stellte mir vor, sie wäre so wie sie. Wie sehr habe ich auf sie gewartet!

Siehst du, wie merkwürdig das Leben spielt? Die neue Mutter kam, als ich schon nicht mehr da war, und was für einen seltsamen Typ von Mutter hatte der liebe Herrgott mir da geschickt. Fedra, meine neue Mutter. Wenn sie gewußt hätte, wie lange ich auf sie gewartet hatte, wie sehr ich sie mir erträumt hatte! Sie sollte ich eine Mutter nennen, eine... Pah! Lassen wir das. Ich weiß, es gibt eine Menge Waisen, aber ich traf nie welche. Auch als ich dann in die Schule ging, wurden alle von ihren lieben Eltern abgeholt, ich hatte nur die

Zia. In der Grundschule bestrafte der Lehrer uns Schüler ohne den geringsten Grund. Möglicherweise litt er an irgendeiner Neurose und ließ es an uns aus. Er schlug uns sehr hart für absurde Nichtigkeiten, wenn wir schwatzten, wenn wir ein Wort im Dialekt sagten oder sogar wenn unsere Butterbrote nicht richtig eingepackt waren, denn wir sollten die Bänke nicht beschmutzen. Jedenfalls war bei jedem anderen Jungen sofort ein Elternteil zur Stelle, wenn sie auch nur den geringsten Kratzer an ihrem Sohn entdeckten, bei mir nicht... Anfangs hatte ich der Zia erzählt, der Lehrer sei böse und gemein zu mir, aber sie hatte mir geantwortet, ich müsse nur fleißig lernen und dürfe ihm keinen Anlaß geben, zornig zu werden, denn wenn er wütend würde, müsse es dafür wohl auch einen Grund geben. Wenn ich versuchte, weiter darauf zu bestehen, rief sie mir ins Gedächtnis, daß mein Vater sehr viel gelitten habe, und ich dürfe ihm keinen Anlaß zu neuer Sorge geben. So lernte ich, alles für mich zu behalten. Und es waren nicht nur die Schläge, die ich bekam, sondern auch und vor allem das entsetzliche Gefühl, anders als die anderen Kinder zu sein. Also vergrub ich mich in meine Bücher.

Meine Klassenkameraden trafen sich zum Spielen, ich war immer zu Hause, lernte und versuchte, meinem Vater keine Sorgen zu machen. Ich war nicht sehr beliebt bei meinen Klassenkameraden, auch deshalb nicht, weil der Lehrer mich als ein Beispiel für stoischen Gleichmut hinstellte. Ich war immer der, der die Prügel bezog, und das nicht wenig, aber ich beschwerte mich nie, und vor allem war ich derjenige, der nicht nach Hause ging und den Lehrer anschwärzte. Die Wirklichkeit sah allerdings ganz anders aus, aber ich schämte mich, das einzugestehen, denn ich hätte zugeben müssen, daß ich nicht nur keine Mutter hatte, sondern eigentlich auch keinen Vater, der sich um mich kümmerte. Da war es besser, sie hielten mich weiter für einen, der schweigend litt. Im Grunde genommen war es ja auch wirklich so. Sicher, ich hatte es nicht gewollt, aber nun war ich wirklich so geworden. Außerdem lag mir nur noch wenig an der Freundschaft meiner Klassenkameraden, denn ich machte mir nicht besonders viel daraus, draußen zu sein und zu spielen. Ich wollte nur gut sein in der Schule, der Beste, damit mein Vater mich liebte.

Wenn der Tag gekommen war, an dem die Zeugnisse verteilt wurden, war mein Vater wirklich stolz auf mich. Er nahm das Zeugnis sogar manchmal mit, um es Freunden zu zeigen, und er schenkte mir Geld. Ich hob es auf, dieses Geld. Wie hätte ich es auch ausgeben sollen? Zum Geburtstag meines Vaters oder der Zia kaufte ich dafür Geschenke. Aber Zeugnisse gab es nur zweimal im Jahr. Für die übrige Zeit existierte ich für meinen Vater nicht. Ich will damit nicht sagen, daß er nur an sich selbst dachte, er war wirklich nicht so ein eigensüchtiger Mensch. Aber er machte sich keine Vorstellung davon, wie wichtig seine Gegenwart für mich war, und ich sprach mit ihm ganz bestimmt nicht darüber und noch viel weniger die Zia. Schließlich war die Grundschulzeit beendet, ich wurde mit lauter Einsern versetzt, und auch die Zeit der Prügel ging zu Ende. Ich dachte, im Gymnasium würde sich einiges verändern, und es veränderte sich tatsächlich – zum Schlechteren. Wie üblich war ich der einzige, der keine Mutter hatte, der einzige, der immer nur ans Lernen dachte, der einzige, der niemanden hatte, der sich beim Elternabend sehen ließ. Die Zia ging nur beim erstenmal hin. Ich erinnere mich, tagelang darauf gewartet zu haben, daß mein Vater zum Abendessen nach Hause kam. Als er dann eines Abends kam, sagte ich ganz aufgeregt und glücklich zu ihm: »Weißt du was, Papa, in drei Tagen ist Elternabend. Die Lehrer werden dir dann berichten, wie ich in der Schule bin. Du mußt dort hingehen.«

Zuerst verfinsterte sich sein Gesichtsausdruck, und dann meinte er: »Wieso? Bist du nicht gut in der Schule?«

Ich erklärte ihm, ich sei ein sehr guter Schüler, und er antwortete, dann sei es sowieso überflüssig hinzugehen, er habe ja das Zeugnis gesehen, das genüge. Die Zia hatte bemerkt, wie weh mir das tat und daß diese Antwort mich wieder einmal fühlen ließ, wie alleine ich war und wie sehr mir der Vater fehlte. Deshalb versprach sie mir, sie würde hingehen. Aber das war nicht dasselbe, ganz und gar nicht. Mein Vater sollte hören, wie gut, aufmerksam und wohlerzogen ich war, und wieder auf mich, seinen Sohn, stolz sein. So aber kam die Zia und hörte über mich diese Dinge sagen, sie war es, die mich lobte und stolz auf mich war. Sie fand noch nicht einmal Gelegenheit, es meinem Vater zu berichten. Seit dieser Zeit sprach ich nie mehr über einen Elternabend, und jedesmal, wenn einer angekündigt wurde, tat ich so, als hätte ich nichts gehört. Ich erinnere mich sogar, daß ich so wie alle anderen das Mitteilungsheft aufschlug, aber während die anderen schrieben, kritzelte ich irgendwelche Figuren auf die Seite. Im übrigen wollte auch nie ein Lehrer mit meinem Vater reden, denn ich machte keinerlei Probleme.

Es gab da einen Jungen in unserer Klasse, der sehr undiszipliniert war. Er machte fast nie Hausaufgaben, schwänzte oft die Schule, und die wenigen Male, die er da war, brachte er die ganze Klasse in Aufruhr mit seinen schlüpfrigen Witzen und seinen ständigen Streichen auf Kosten der Lehrer und der Mitschüler. Er hatte auch versucht, mich reinzulegen, aber ich hatte keine Angst vor ihm. So stritten wir ein einziges Mal gründlich, und danach respektierte er mich. Ich erwähne diesen Jungen, weil er bei allen in der Klasse sehr beliebt war. Selbst die, die er aufs Korn nahm, bewunderten ihn. Alle lachten über seine Sprüche, über seine Provokationen, und wenn er mal keine Lust hatte, den Rebellen zu spielen, zwangen die anderen ihn fast dazu. Sogar die Lehrer taten das. Nehmen wir mal an, ein Lehrer erklärte etwas, und er muckste sich nicht, dann provozierte ihn der Lehrer, indem er beispielsweise sagte: »Denkst du gerade über deinen nächsten Streich nach?«

Was ich damit sagen will, er war fast gezwungen, so zu sein. Warum erzähle ich dir diese Geschichte? Aus einem sehr einfachen Grund. Sieh mal, ich beneidete diesen Jungen. Sicher, ich lachte nicht über seine dummen Sprüche, doch tief in mir beneidete ich ihn. Aber aus einem ganz anderen, völlig anderen Grund als die anderen Jungen. Die Lehrer beschwerten sich oft über ihn und bestanden darauf, mit seinen Eltern zu sprechen. Erst hatte er immer viele Ausreden parat, damit seine Eltern nicht in die Schule kamen, aber dann gab er auf, und seine Eltern kamen und sprachen mit den Lehrern. Ja, sicher, sie machten ihm Vorwürfe, doch in ihrem Blick, im Tonfall seines Vaters und seiner Mutter, schwang eine Art von Genugtuung mit, denn ihr Sohn war clever, er war aufgeweckt. Hin und wieder kam mir in den Sinn, wenn ich so wäre wie dieser Junge, hätte mein Vater vielleicht mehr Zeit für mich. Immer den Braven zu spielen, immer zuverlässig zu sein, nie Anlaß zur Besorgnis zu geben konnte auch das Gegenteil bewirken ...

Oft gingen mir diese Dinge durch den Kopf, aber gleichzeitig hörte ich die Stimme der Zia, die mir ständig wiederholte: »Dein Vater hat viel gelitten«, und ich schob diese Überlegungen beiseite. Im übrigen wäre es mir nicht gelungen, so wie dieser Junge zu sein, auch dann nicht, wenn ich es gewollt hätte. Es hätte bedeutet, mein ganzes Leben, alle Überzeugungen und Gewohnheiten der Menschen, die mir nahestanden, durcheinanderzubringen. So blieb ich also weiterhin der

Klassenprimus, unterdessen war ich nun mal so abgestempelt. Und als Klassenprimus beendete ich auch die Mittelstufe.

An diesem Punkt meldete sich mein Vater zu Wort. Ich war ohne Zweifel für ein klassisches Studium geeignet. Schon damals las ich alles, was mir in die Hände kam, und interessierte mich vor allem für Philosophie und solche Dichter und Schriftsteller, die am besten meine Ängste und meine Gefühle beschreiben konnten. Aber mein Vater hatte sich für mich immer eine Zukunft als Ingenieur erträumt, und die Tatsache, daß ich so gut in der Schule war, hatte ihn noch mehr davon überzeugt. Lesen konnte ich, wenn ich wollte, immer noch, aber das alleine würde mich nicht auf einen Beruf vorbereiten. Wieder einmal spielte ich den braven Sohn und stellte meinen Vater zufrieden. Ich begann eine Ausbildung als Fachingenieur. Der Unterrichtsstoff interessierte mich nicht besonders, aber ich gab nie einem Lehrer Anlaß zur Beschwerde. Ich strengte mich an, und ich strengte mich vor allem auf den Gebieten an, die mir am wenigsten lagen. Alles ging so weiter wie immer. Ich ging nie aus, traf mich nie mit anderen, ich verbrachte meine Tage mit Lernen. Ich war damals fünfzehn Jahre alt, fast erwachsen, aber für mein Alter sehr atypisch im Vergleich zu den anderen, gleichaltrigen Jungen.

Der Sex, den meine Klassenkameraden als Hauptfach studierten, war das letzte, worüber ich nachdachte. Hierin vor allem unterschied ich mich von meinem Vater, denn er galt als großer Liebhaber, nicht zuletzt deshalb, weil er zweifellos ein schöner Mann war. Ich hingegen ... na ja, man sagte, ich sähe gut aus, doch hinter den Mädchen herzulaufen, ihnen Liebeserklärungen zu machen oder einfach nur über Banalitäten zu reden, mit dem Ziel, sie herumzukriegen, schien mir eine große Zeitverschwendung. Mein Vater hätte sich gewünscht, ich wäre wie er, ein großer Herzensbrecher. In dieser Zeit, erinnere ich mich, sprach er viel öfter mit mir, aber, verdammt noch mal, er redete immer das gleiche Zeug... Er verstand nicht, daß mich das alles nicht interessierte... Ich will damit sagen, was den Sex anbetraf, war ich aus den Erzählungen meiner Klassenkameraden bestens informiert, aber diese Art von Sex war nichts für mich.

Trotzdem gefiel ich den Mädchen. Weißt du, wie oft der eine oder andere meiner Klassenkameraden zu mir kam und mir von einer erzählte, die sich total in mich verknallt hatte, oder einer anderen, die nur noch davon träumte, mich kennenzulernen? Sie spornten mich an, es auszuprobieren, Taten folgen zu lassen. Ich wurde grob und antwortete, das sei meine Angelegenheit. Sie dachten, ich hätte schon eine Freundin, und ließen mich dann meistens in Ruhe. In Wirklichkeit erlebte ich Sex nur abends spät unter der Bettdecke, vorm Einschlafen, oder im Bad eingeschlossen und dachte dann über die Erzählungen meiner Klassenkameraden nach, über die ›nomalen‹ Träume.

Als ich fast sechzehn war, ›passierte‹ es zufällig, und die ›Entdeckung‹ war gemacht. In der Freistunde waren alle Jungen wie gewöhnlich in den Toilettenräumen und rauchten. Ich rauchte natürlich nicht und hielt mich auch nicht in den Toilettenräumem auf. Normalerweise saß ich in meiner Bank und ging noch einmal den Unterrichtsstoff durch. Diesmal jedoch mußte ich auf die Toilette gehen... Alles war voller Qualm, und es stank fürchterlich. Ich bemerkte, daß sie dabei waren, einen seltsamen Ritus zu pflegen: den Ritus der Vermessung. Nicht mit dem Metermaß, soweit waren wir nicht, aber zumindest nach Augenmaß wurden die jeweiligen männlichen Glieder miteinander verglichen. Ja, ich weiß, das sind keine Themen für die Ohren einer Frau, aber wenn du die

Wahrheit wissen willst, bin ich gezwungen, dir die Dinge so zu sagen, wie sie waren. Ich trat ein und sah eine der Kabinen offenstehen und darin sechs Jungen, mit ihrem Penis in der Hand, den sie einer mit dem anderen maßen. Na ja, sie waren ungefähr alle gleich lang, aber jeder von ihnen glaubte, seiner sei der längste. Ich fühlte bei dieser Szene eine merkwürdige Unruhe in mir aufsteigen, aber ich wollte mir meine Erregung nicht eingestehen. Meine Augen konnte ich allerdings auch nicht abwenden... Einer von ihnen bemerkte das und fragte mich, ob ich mich mit ihm messen wolle. Meine Erregung stieg. Instinktiv lehnte ich ab. Er hänselte mich ein wenig: »Was ist? Hast du Angst, dem Vergleich nicht standzuhalten?«

Jetzt konnte ich nicht mehr zurück. Ich weiß nicht, wie sie es zustande gebracht hatten, ihr bestes Stück steif zu machen, ich hatte dazu keine besondere Taktik nötig, ich war schon aufs äußerste erregt. Ich wiederhole, die Länge war bei allen ungefähr gleich, aber als ich ihn herausholte, merkte ich, wie die anderen außerordentlich beeindruckt waren. Vielleicht deshalb, weil meine Erregung so echt war...

»Hast du gesehen, was Ippolito für einen Prügel hat? Kannst du dir vorstellen, wie die Mädchen darauf abfahren?«

Denn eines war klar, wenn meine Maße normal waren, mußte ohne Frage auch mein sexueller Appetit normal sein. Wer weiß, wie glücklich mein Vater gewesen wäre, wenn er von dieser Wertschätzung gewußt hätte.

Natürlich erzählte ich ihm nichts davon, aber diese Szene diente mir oft als erotisches Stimulans, wenn ich mich selbst befriedigte. Meine Träume begannen sich zu verändern, aber ich wollte dem kein Gewicht beimessen. Ich dachte, es sei der Stolz darauf, sich potent zu fühlen, mich daran zu berauschen. Es blieb nicht bei diesem einen morgendlichen Ritual.

Die Jungen beschlossen, eine Art Turnier zu veranstalten. Aber wer sollte dabei der Schiedsrichter sein? Sie wählten mich aus, denn ich war allen anderen überlegen, ich war außer Konkurrenz. Der Gewinner sollte sich mit mir messen. Für das Finale sollte die Entscheidung Marinella anvertraut werden, einer dieser Achtzehnjährigen, die für leicht zu haben galten. So übernahm ich meine Aufgabe als Schiedsrichter während der Freistunden. Es war klar, daß ich es nicht allen recht machen konnte, und die, die aus dem Rennen ausgeschieden waren, redeten oft kein Wort mehr mit mir. Sie hatten nicht immer ganz unrecht, denn ich war nicht neutral, ich wählte den aus, der mir am verfügbarsten erschien. Ich will damit nicht sagen, den, der mir am sympathischsten war, ich meine wirklich am verfügbarsten. Wenn ich in der Art, wie sich einer auszog oder sich mit einem anderen maß, ein gewisses Entgegenkommen zu bemerken glaubte, was ich mir meistens nur einbildete, dann wählte ich diesen. Klar, daß diese Verfügbarkeit nur in meiner Einbildung existierte, und ebenso klar, daß ich sie in einem der beiden Gegner immer zu erkennen glaubte. Jetzt wartete ich nur noch auf die Freistunde, ich dachte an nichts anderes mehr. Sicher, in der Schule war ich immer noch gut, aber es war mehr meine Vergangenheit als fleißiger Schüler als mein jetziger Eifer, der das bewirkte. Mit meinem Kopf war ich nur noch bei diesen täglichen Verabredungen. Nachts lief die Szene wieder vor meinen Augen ab, und ich befriedigte mich selbst. Tage, die immer gleich waren?

Keineswegs! Meine Aufgabe war zwar immer diesselbe, die Jungen waren immer dieselben, aber jeden Tag passierte irgend etwas Besonderes, was diesen Tag von allen anderen unterschied. Meine Einbildungskraft ließ mich jeden Tag anders erleben. Es war durchaus nicht so, daß die anderen Jungen dieser Wettbewerb besonders interessierte. Sie hatten ein wirkliches Sexualleben, zusammen mit ihren Freundinnen. Mein Leben spielte sich hingegen ganz und gar in den Entscheidungen ab, die ich zu fällen hatte. Ich war es, der mehr hinter ihrem Benehmen sehen wollte ... Ich war es, der phantasierte. Das Turnier näherte sich nun seinem Ende. Die Jungen freuten sich darüber, endlich würde eine Frau entscheiden, und vielleicht würde sie den Gewinner auch prämieren. Ich jedoch hoffte, aus der einen oder anderen Überlegung heraus, dieser Augenblick würde noch hinausgeschoben werden. Dafür gab es zwei Gründe. Einmal gefiel mir dieser Ritus, auch wenn ich die Wahrheit nicht akzeptieren wollte, zum anderen befiel mich eine seltsame Übelkeit, wenn ich daran dachte, wie diese Marinella entscheiden würde. Verstehst du, was ich sagen will? Sie war ein sehr hübsches Mädchen, aber was hatte das mit uns zu tun? Mit mir? Leider kam die Endausscheidung immer näher. Sie sollte in einem verlassenen Schuppen stattfinden, abends um sieben.

Es war das erstemal, daß ich abends ausging. Ich sagte, es handele sich um eine Art Klassentreffen, aber meine Augen hielten dem Blick der Zia nicht stand. Ich war dabei, sie zu belügen. Natürlich dachte sie, ich sei mit einem Mädchen verabredet, und lächelte zufrieden. Mein Vater war wie gewöhnlich nicht zu Hause. Ich ging sehr deprimiert zu diesem Treffen, mit dem deutlichen Gefühl, daß etwas sehr Unangenehmes passieren würde. Es war nicht nur wegen Marinellas Anwesenheit. Sieh mal, ich hatte denjenigen selbst bestimmt, der gut genug war, um es mit mir aufzunehmen, oder zumindest war das meine Aufgabe gewesen. Wie ich dir schon sagte, wurde meine Wahl aber von ganz anderen Auswahlkriterien bestimmt. Deshalb war der, den ich gewählt hatte, der Junge, der mir am meisten gefiel und den ich für am meisten verfügbar hielt. Verstehst du, er war der Junge, der am häufigsten in meinen Träumen vorkam. Ich hatte unendliche Luftschlösser gebaut. Nun litt ich unter der Vorstellung, er könnte der Gewinner sein und somit als Preis dieses Mädchen gewinnen. Hier angekommen, wußte ich nicht einmal mehr, auf was ich hoffen sollte, denn ich wollte sie nicht haben, aber ich wollte auch nicht, daß etwas zwischen ihm und Marinella wäre.

Du kannst dir also gut vorstellen, wie es in mir aussah, als einer der Jungen mich von zu Hause abholte, um zu diesem Treffen zu fahren. Andererseits konnte ich auch nicht mehr kneifen. Kaum angekommen, wurde meine Beunruhigung fast sofort von einem Gefühl großen Abscheus ersetzt. Der Schuppen bestand aus einem großen, leeren Raum, in dem nur eine schmutzige Matratze auf dem Boden lag. Es ekelte mich geradezu an. Ich sagte das zu den Jungen, die alle schon versammelt waren. Sie lachten, und ausgerechnet Giacomo, der Junge, der die Endausscheidung gewonnen hatte, antwortete mir, für das, was wir vorhätten, wäre es schließlich gut genug. Ich kannte Marinella nicht, aber sie schien mich gut zu kennen. Ich glaube, sie war gar nicht so ein übles Mädchen, eine, die es mit jedem trieb, oder eine Nymphomanin, wie die anderen sagten. Sicher, auch ich hatte sie so eingeschätzt, jedenfalls die wenigen Male, die ich überhaupt über sie nachgedacht hatte, was heißt, so gut wie nie. Aber später verstand ich die Gründe, warum sie sich so benahm. Sie war verliebt, und zwar in mich. Sie hatte das alles in Kauf genommen, weil sie wußte, daß ich auf jeden Fall einer der beiden Kontrahenten sein würde. Ich würdigte sie keines Blickes, antwortete flüchtig auf ihre Begrüßung, und sie legte mein Benehmen als Eifersucht aus. Nun ja, du kannst dir vorstellen, wer das Rennen gemacht hat. Aber das Finale verlief nicht ganz ohne Schwierigkeiten. Ich hatte gleich anfangs große Probleme. Ich, als amtierender Meister, war der erste, der zeigen mußte, was er hat. Du wirst das Problem erraten haben: Es tat sich nichts. Was sollte ich machen? Mich machte dieses Mädchen überhaupt nicht an. Wenn wenigstens Giacomo sich vor mir ausgezogen hätte. Ich erfand tausend Ausreden, aber es half nichts. Ich suchte verzweifelt Hilfe in den Augen des Mädchens, die wie durch ein Wunder verstand und mir zu Hilfe kam. So zog sich Giacomo aus, unter den ›Ohs‹ und dem Gelächter der anderen Jungen, was natürlich als Ausdruck der Bewunderung gemeint war. Das genügte mir, jetzt war ich auch soweit. Und jetzt galten das ›Oh‹ und das Gelächter mir, begleitet von Pfiffen und Klatschen. Marinella entschied ohne zu zögern, ich glaube, sie schaute dabei Giacomo noch nicht einmal an. Sie war verlegen, zeigte nur mit dem Zeigefinger auf mich und sagte: »Der. Der ist besser.« Ein Sturm des Protestes erhob sich, nicht etwa, weil sie mit dem Schiedsspruch nicht einverstanden gewesen wären, sondern nur deshalb, weil es so keinen Spaß machte. Sie mußte anfassen, abwägen, um ein so wichtiges Urteil abgeben zu können. Aber Marinella wollte nicht, sie wiederholte, es sei unnötig, sie habe ihre Entscheidung getroffen. Aber die Jungen, und vor allem Giacomo, wollten sich damit nicht zufriedengeben. Marinella gab nach. Sie war verlegen, das sah man, und die Anfeuerungsrufe machten es ihr auch nicht gerade leichter. Sie berührte flüchtig Giacomo und versuchte dabei, woanders hinzuschauen, dann kam sie zu mir, schaute mich lange an, und ihre Hand berührte mich sanft, sie betastete mich. Sie wollte mich gar nicht wieder loslassen. Die Jungen riefen, es sei jetzt genug, sie solle endlich entscheiden. Marinella sagte voller Überzeugung, der Gewinner sei ohne jeden Zweifel ich. Giacomo protestierte heftig, aber die Jungen waren jetzt an anderem interessiert.

»Und jetzt der Preis! Der Preis, für den Gewinner!«

Der gefürchtete Moment war gekommen. Marinella kam glücklich auf mich zu, und ich stand schweigend da und zog mich wieder an. Wieder laute Proteste. Doch diesmal wurden mein entschiedener Ton und meine Argumente akzeptiert.

»Bei gewissen Dingen will ich alleine sein, ohne Zuschauer. Kein Wenn und Aber! Ich habe gewonnen, ich will es so.«

Marinella war noch erfreuter und meinte, sie würde mich hinterher nach Hause fahren. Getuschel zwischen den anderen, hier und da ein: »Das ist unfair.« Dann verließen die Jungen langsam den Schuppen. Ich ging zu Giacomo und sagte zu ihm: »Es tut mir leid, daß es so gekommen ist. Ich bin nicht besser als du, sie hat es so gewollt. Wir bleiben doch trotzdem Freunde, oder?«

Giacomo schaute mich nur an und ließ mich dann ohne ein Wort stehen.

Jetzt waren Marinella und ich alleine. Ich war mit meinen Gedanken bei Giacomo, den ich verloren hatte, sie lag schon auf der schmutzigen Matratze. Ich blieb vollständig angezogen davor stehen. Sie glaubte, verstanden zu haben.

»Ippolito«, sagte sie zu mir, »ich weiß, was du denkst. Aber ich bin nicht so. Ich war nur damit einverstanden, an diesem blödsinnigen Wettbewerb teilzunehmen, weil ich wußte, du bist dabei. Nur du interessierst mich, ich schwöre es dir.«

Was wollte sie bloß von mir? Was ging es mich an, wenn sie in mich verliebt war? Durch sie hatte ich Giacomo verloren, es war alles nur ihre Schuld. Ich benahm mich grob zu ihr, ich hatte zuviel Wut im Bauch.

»So, so, du bist also verliebt in mich. Welche Ehre!«

Sie legte meine Worte auf ihre Weise aus.

»Ich hab dir doch gesagt, die anderen interessieren mich überhaupt nicht, ich hätte Giacomo nie gewinnen lassen. Ich wollte nur mit dir zusammensein.«

»Und deshalb muß ich jetzt mit dir zusammensein. Ich bekomme also nicht den Preis, ich soll ihn vergeben.«

»Sei nicht so sauer. Ich versteh schon, das ist eine sehr zweideutige Situation. Ich hier, unter lauter Jungens, beim Abmessen. Aber es ist nicht so, wie du denkst. Ich ... Ich bin schon eine Ewigkeit in dich verliebt, aber du hast mich niemals auch nur eines Blickes gewürdigt. Was sollte ich denn machen? Wenn du es unbedingt wissen willst, ich bin noch Jungfrau.«

»Oh, zuviel des Guten. Und du meinst, du bist keusch und rein geblieben, damit ich dich entjungfere und dir die Pforten der Lust öffne?«

»Ippolito, ich verstehe dich nicht. Ich weiß, ich benehme mich nicht gerade wie ein anständiges Mädchen es tun sollte. Aber ich bin in dich verliebt, das hab ich dir doch schon gesagt.«

Marinella fühlte sich von meinem Benehmen langsam beleidigt. Man konnte sehen, daß sie nicht daran gewöhnt war, abgelehnt zu werden.

»Du bist verliebt. Na gut, und was weiter?«

»Deshalb mußt du mein Benehmen verstehen und es entschuldigen.«

»Verstanden und entschuldigt. Und was jetzt?«

»Gefalle ich dir denn überhaupt kein bißchen?«

»Nein. Ich würde sagen, nein.«

Jetzt war sie nicht mehr beleidigt, jetzt fühlte sie sich gedemütigt. Ich hatte nicht nur ihre Liebe lächerlich gemacht, sondern sie auch noch in ihrer Weiblichkeit gekränkt. Vielleicht war es diese zweite Sache, die sie am meisten wütend machte.

»So, ich gefalle dir also nicht? Überhaupt nicht? Trotzdem mußt du mich nehmen, du mußt dir den Preis nehmen, den du gewonnen hast. Du mußt, ob du willst oder nicht!«

Ja, ich mußte, ob ich wollte oder nicht. Es war ein Fehler gewesen, sie so zu behandeln. Ich hatte geglaubt, wenn ich sie demütigte, würde sie auf mich verzichten. Ich hatte ihren Stolz angestachelt, und es hatte funktioniert, aber auf umgekehrte Weise. Wenn ich ihr gesagt hätte, es hätte mich an diesem Abend zu sehr verwirrt, einen solchen Eindruck von ihr zu haben, daß ich ein bißchen Zeit brauchte, um sie wieder achten zu können, vielleicht hätte sie keine Einwände gemacht, und ich wäre gut aus der Sache herausgekommen. Hinterher hätte ich dann tausend Ausreden erfinden können. Aber jetzt hatte ich durch mein Benehmen jede Möglichkeit zerstört, mit heiler Haut davonzukommen. Jetzt mußte ich, ob ich wollte oder nicht, so wie sie es gesagt hatte. Während ich mich auszog, versuchte ich ein letztes Mal, sie zu überzeugen: »Wie kannst du etwas mit einem Jungen haben, von dem du weißt, daß er gar nichts für dich empfindet?«

»Eine etwas seltsame Frage, wo du mich doch für eine Hure hältst. Nun gut, ich bin eine Hure und benehme mich auch danach.«

Jedes Wort, das ich sagte, verschlimmerte noch die Situation.

Während ich mich auszog, begann ich darüber nachzudenken, daß sie eigentlich wirklich ein sehr hübsches Mädchen war und auch wenn ich nichts für sie empfand, die Sache mir am Ende vielleicht doch noch gefallen würde, wenn sie sich erst mal ausgezogen hätte und anfangen würde, mich zu streicheln. Sicher, wenn sie sich ausgezogen hätte, würde ich ganz bestimmt etwas empfinden. Sie wartete darauf, von mir ausgezogen zu werden, und ich fing mit zitternden Händen damit an. Sie hatte sehr lange, glatte, schwarze Haare. Ich raffte sie behutsam zusammen und legte sie auf eine Seite ihres Nackens. Dann zog ich ihr den dicken Pullover aus, alles sehr langsam und mit großer Behutsamkeit. Wir waren jetzt bei der Bluse angekommen, die, wie herrlich, viele Knöpfe hatte! Ich knöpfte einen nach dem anderen mit aufreizender Langsamkeit auf und hoffte dabei noch immer auf das Wunder, was nicht geschah. Sie ließ es mit geschlossenen Augen geschehen. Hin und wieder erwartete sie einen Kuß. Ich zog ihr die Bluse aus, jetzt war der Büstenhalter dran. Das ließ meine Angst wachsen und auch meine Hoffnung auf die Hilfe des Himmels. Mir gelang es nicht, diesen Büstenhalter zu öffnen. Das mußte ein Zeichen des Himmels sein. Lassen wir es doch, wollte ich sagen. Aber als sie meine Schwierigkeiten bemerkte, zog sie den Büstenhalter selbst aus, entnervt von soviel Langsamkeit und Kälte. Sie hatte einen schönen Busen, sehr große Brüste, die das Glück eines jeden Jungen gewesen wären. Jetzt bot sie sich mir unverfroren an.

»Willst du so weitermachen, oder möchtest du hier den ersten Halt einlegen?«

Ich mußte weitermachen, ich mußte Zeit gewinnen. Wer weiß, vielleicht stimmte mein Geschmack in Sachen Brüste nicht mit dem überein, was sie mir zu bieten hatte. Ich hoffte auf den Rest, also machte ich weiter. Sie hatte eine schwarze, sehr enge Hose an, fast wie eine zweite Haut, die sehr schwierig auszuziehen war. Sofort kam sie mir zu Hilfe, hatte sie im Nu ausgezogen und hatte jetzt nur noch den Slip an. Es galt, auch diesen auszuziehen. Vielleicht würde dann das Wunder geschehen. Ich zog ihn ihr aus. Nun war sie nackt. Ich schaute ihr Geschlecht an, aber in mir passierte nichts. Ich sah nur ein großes Büschel Haare. Ich versuchte mir vorzustellen, mit ihr zusammenzusein. Objektiv betrachtet war sie sehr schön. Aber ihre Nacktheit machte überhaupt keinen Eindruck auf mich. Ich schaute sie weiter an. Sie hatte die Augen geöffnet, sie war es leid, auf Küsse und Zärtlichkeiten zu warten, die nicht kamen, und sah mich an, wie ich sie regungslos und nackt anstarrte.

»Hast du die Absicht, den Rest des Abends in Meditation zu versinken? Um zehn muß ich zu Hause sein.«

Endlich ein Hoffnungsschimmer. Um zehn mußte sie gehen. Jetzt war es neun. Wenn es mir gelingen würde, irgendwie die Zeit zu überbrücken, würde ich es vielleicht schaffen. Aber Marinella wollte keine Zeit verlieren.

»Oh, du bist wirklich komisch. Kann es sein, daß du einer dieser Typen bist, die alles haben wollen, ohne einen Finger zu rühren?«

Wieder eine Hoffnung. Ja, genauso einer war ich, und eigentlich war sie es ja, die mir den Preis geben mußte und nicht umgekehrt.

Marinella zuckte die Schultern, aber im Grunde, das sah man, war sie es auch so zufrieden. Sie legte sich auf mich und begann, mich überall zu küssen. Die Augen, den Mund, die Wangen, die Ohren, den Hals. Sie fuhr mit ihrer Zunge über meine Haut und küßte mich. Sie glaubte unwiderstehlich zu sein. Der da unten dachte ganz anders darüber. Sie fuhr fort, meine Brust mit Küssen zu bedecken und über meine Haut zu lecken. Sie rutschte immer tiefer, hielt ein paar Augenblicke an, um an meinem Nabel zu spielen, und rutschte dann endgültig nach unten. Für einen Moment war sie überrascht und enttäuscht. Sie hatte ein so vollständiges Versagen ihrer erotischen Praktiken nicht erwartet, aber es dauerte nur einen Moment. Mit festem Griff nahm sie ihn in die Hand, entschlossen, ihn mit jedem Mittel zum Leben zu erwecken. Wie du dir vorstellen kannst, fühlte ich mich entsetzlich. Ich schaute immer wieder auf die Uhr, in der Hoffnung, die Zeiger würden durchdrehen und zu rennen beginnen. Die Zeit schien stehengeblieben zu sein, nur um mich zu ärgern. Marinella streichelte mich immer weiter. Ich hatte versucht, die Augen zu schließen und mir eine der Situationen vorzustellen, die mich hätten erregen können. Aber Marinella redete und brachte mich damit wieder in die Realität zurück. Es war jetzt halb zehn. Der Reinfall war perfekt. Endlich schien sie es leid geworden zu sein, mit den Händen rauf und runter zu fahren. Sie warf sich neben mich auf die Matratze.

»Ich versteh das nicht. Ich weiß, ich gefalle dir nicht, aber geht das so weit?«

Ich hatte einen Kloß im Hals, es fehlte nicht mehr viel, und ich wäre in Tränen ausgebrochen. Ich fühlte mich wie ein Wurm und beschloß, ihr zu sagen, es sei nicht ihre Schuld. Es war damals das erstemal, während ich mit ihr sprach, daß ich mir selbst der Wahrheit bewußt wurde.

»Marinella, es ist nicht deine Schuld. Ich bin es, der nicht funktioniert.«

Sie dachte, ich hätte das aus Mitleid gesagt.

»Das ist unmöglich. Alle haben es gesehen, wie du bist, auch ich hab es vorhin doch selbst gesehen. Du bist völlig normal.«

Also nahm ich meinen ganzen Mut zusammen.

»Ja, weil Giacomo da war.«

Sie verstand nicht, sie wollte nicht verstehen.

»Willst du damit sagen, nur der Wettbewerb war es, der dich erregt hat? Gefällt es dir nicht, wenn alles so einfach ist?«

Ich mußte noch deutlicher werden, auch wenn es mir weh tat, diese Wahrheit zuzugeben, die ich mich so lange geweigert hatte anzuerkennen.

»Nein, mit dem Wettbewerb hat das nichts zu tun. Wie soll ich es dir erklären? Erinnerst du dich, daß ich mich nicht als erster ausziehen wollte? Du bist mir zu Hilfe gekommen, ohne überhaupt den Grund zu kennen. Der Grund ist sehr einfach:

Ich war nicht erregt. Das ist normal, wirst du sagen. Aber dann, als Giacomo sich ausgezogen hat, du hast es selbst gesehen, hatte ich plötzlich keine Probleme mehr, er war steif und groß geworden. Verstehst du jetzt?«

»Entschuldige mal ... Willst du damit sagen, die Frauen interessieren dich nicht? Willst du behaupten, du fühlst dich nur von Männern angezogen?«

»Ich glaube ja.«

»Du glaubst? Heißt das, du bist schwul? Ich hab mich in einen Schwulen verliebt?«

Sie war wütend, sie war nicht mehr zu bremsen.

»Das ist doch nicht meine Schuld. Jeder ist von Geburt aus anders.«

»Ein Schwuler! Natürlich, jetzt kann ich mir vorstellen, wie du dich dabei amüsiert hast, all diese Schwänze anzuschauen. Vielleicht hast du sogar nachts noch davon geträumt.«

»Hör auf damit! Das sind meine Angelegenheiten.«

»Ah, wenn ich das den anderen erzähle. Kannst du dir das Gelächter vorstellen?! Der Supermann, der Größte, ist in Wirklichkeit ein kleines Mädchen. Zum Totlachen.«

»Warum solltest du das den anderen erzählen? Was hast du davon?«

»Hast du Angst, die Jungen würden dann nichts mehr von dir wissen wollen? Tut mir leid, aber das kann ich nicht für mich behalten. Im Gegenteil, weißt du, was ich mache? Morgen komm ich zu dir in die Klasse und bringe ein hübsches Schild an: Paßt auf euren Arsch auf! Was hältst du davon?«

»Mach, was du willst.«

So war mein Charakter. Es gelang mir nicht, mich durchzusetzen, mich zu wehren, zu überzeugen. Und dann schien es mir auch so, als hätte ich den wichtigsten Schritt schon getan: Für mich selbst meine Homosexualität erkannt zu haben. Ich fühlte mich fast glücklich, jetzt wußte ich, wer ich war. Marinella würde es allen erzählen? Sehr wahrscheinlich ja. Sie mußte auch ihren eigenen Mißerfolg rechtfertigen. Na und? Was interessierte es mich? Um so besser, so würden sie wissen, wie ich gemacht war. Wer deswegen nichts mit mir zu tun haben wollte, den hätte ich sicher nicht dazu gezwungen. Es war eine große, herrliche Euphorie, die mich plötzlich erfüllte. Marinella brachte mich nach Hause und lachte vor sich hin, aber ihr Lachen klang nicht echt. Ich war glücklich, ich ließ es sie spüren, und das verunsicherte sie am meisten. Sie verabschiedete sich mit einem »Ciao, Schwuler«, auf das ich nichts weiter zu erwidern wußte als ›Ciao‹. Ja, ich war wirklich glücklich und pfiff sogar vor mich hin. Als die Zia mich ankommen sah, schaute sie auf die Uhr, bemerkte meinen glücklichen Gesichtsausdruck und lächelte zufrieden. Nun war ich endlich ein Mann geworden. Es tat mir leid, sie zu täuschen, etwas, was mir so wichtig war, vor ihr zu verbergen, aber ich wußte, sie würde es nicht verstehen können. Ich machte mir weiter keine Sorgen. Ich wollte an diesem Abend nur darüber nachdenken, wie der neue Ippolito sein würde, was sich für mich verändern würde. Kein dunkler Gedanke streifte mich, bis ... Ja, bis mein Vater nach Hause kam. Es war schon Mitternacht, aber die Zia hatte auf ihn warten wollen. Auch das Licht in meinem Zimmer war noch an, und ich war noch wach, denn ich konnte nicht einschlafen. Ich war euphorisch, denn endlich hatte ich meine Identität gefunden, ich dachte an meine Zukunft als Homosexueller.

Die Zia allerdings hatte andere Gründe, wach zu bleiben. Ich hörte sie mindestens eine Viertelstunde lang in der Küche miteinander reden, dann hörte ich die Schritte meines Vaters auf mein Zimmer zukommen. Er sah noch Licht und trat ein, ohne anzuklopfen. Es war nicht gerade seine Gewohnheit, aber der heutige Abend mußte wirklich ein besonderer Abend sein. Meine Vater setzte sich sichtlich vergnügt auf den Bettrand. Ich saß im Bett und las, er legte mir eine Hand auf die Oberschenkel und sagte zufrieden: »Ein Mann, du bist nun ein Mann geworden. Mach nicht so ein Gesicht. Heute abend hast du es geschafft, was? Die Zia hat es mir erzählt. Und weißt du, was ich ihr gesagt habe? Es wurde auch langsam Zeit.«

Ich schwieg, ich wußte nicht, was ich antworten sollte. Vielleicht dachte er, es läge an der normalen Scham eines Heranwachsenden, und meinte: »Deine Männlichkeit hast du von mir geerbt. Ich kann dir nur Glück wünschen.«

Ich sagte noch immer nichts.

»Gut, es ist schon spät. Schlaf jetzt. Ich bin stolz ... Ich bin stolz auf dich.«

Jetzt kamen mir die ersten Zweifel, und die ersten Probleme tauchten auf. Mir fielen wieder die Worte ein, die die Zia mir immer und immer wieder gesagt hatte: ›Dein Vater hat viel gelitten.‹ Wie konnte ich ihm eine solche Enttäuschung bereiten? Wie hätte ich ihm sagen können, daß er nicht stolz auf mich sein sollte, weil ich nicht so war, wie er es sich vorstellte, wie er es wollte ... Es wäre ein zu harter Schlag für ihn gewesen. Ich konnte es ihm nicht sagen. Es war eines der vielen Geheimnisse, die ich gewohnt war, für mich zu behalten, um meinem Vater keine Sorgen zu machen. Aber die Probleme beschränkten sich nicht nur auf zu Hause, auf meinen Vater.

Als ich am nächsten Tag in die Schule kam, hatte Marinella Wort gehalten. Sie hatte schon all meinen Klassenkameraden erzählt, ich sei homosexuell und hätte eine besondere Vorliebe für Giacomo. Ich sah, daß sie keineswegs davon überzeugt waren, sie schauten mich kopfschüttelnd von oben bis unten an und tuschelten miteinander. Zwei Stunden lang hörte ich sie hinter meinem Rücken miteinander flüstern: »Das kann doch nicht wahr sein.« Dann kam die Freistunde. Wir verschwanden in den Toilettenräumen, und ausgerechnet Giacomo war der erste, der sich an mich wandte. Er tat so, als wüßte er nichts, und fragte: »Na, wie war's gestern abend?«

Ich mußte den Mut aufbringen, zu dem zu stehen, was ich getan hatte.

»Wieso, hat sie es dir nicht gesagt? Was ist los? Wißt ihr nicht alle ganz genau, was passiert ist?«

Es war wieder Giacomo, der mir antwortete.

»Sicher, aber wenn du wüßtest, was sie erzählt hat. Hat sie vor dem großen Tier Angst gehabt?«

»Sie hat die Wahrheit gesagt. Es war genau so, wie sie es euch erzählt hat.«

»Komm, hör auf. Das kann doch nicht wahr sein.«

Ich schwieg.

»Du ... Du bist also ein ...«

»Sag es. Es stimmt. Ich bin ein Schwuler.«

Dieses Benehmen, die Unverfrorenheit, mit der ich eine solche Schande eingestand, erschien ihnen geradezu obszön.

»Hast du die Schwuchtel gehört! Und dann auch noch Wettbewerbe organisieren, das kann ich mir vorstellen!«

Hier war der Punkt gekommen, wo auch die anderen Jungen sich verpflichtet fühlten einzugreifen.

»Stell dir mal vor, mich hat er rausgeschmissen. Wahrscheinlich war ich für seinen Geschmack nicht gut genug.«

»Genau. Meiner hat ihm auch nicht gefallen. Zu klein für seinen Arsch«, und immer so weiter. Jeder hatte was zu sagen. Die, die bei dem Wettbewerb ausgeschieden waren, rächten sich, die anderen, die besser weggekommen waren, schrien mir ihre Verachtung ins Gesicht. Ich ließ sie reden, ohne den

Versuch, mich zu verteidigen. Ich selbst hatte mich entschieden, die Wahrheit zu sagen. Ich hätte viel einfacher alles auf Marinella schieben können, aber ich hatte es nicht gewollt. Ich glaubte zu wissen, was mich erwartete, nämlich von allen gemieden zu werden. Doch meine Klassenkameraden waren noch viel grausamer. Vor allem brachten sie es all denjenigen in der Schule zu Ohren, die es bisher noch nicht aus dem rachsüchtigen Mund Marinellas erfahren hatten. Anschließend begannen sie mich in jeder nur erdenklichen Weise und bei allen Gelegenheiten zu hänseln.

Wenn es in der Klasse einen Text zu lesen gab, bei dem eine Frau sprach, riefen sie im Chor, ich solle diesen Text lesen, weil ich mich am besten einfühlen könne. Wenn im Geschichtsunterricht von irgendwelchen wüsten Kerlen die Rede war, hieß es sofort, ob sie wohl nach meinem Geschmack gewesen wären. Wie auch immer, auch die Lehrer wußten bald von meiner ›Anormalität‹. Wenn ich vorbeiging, hörte ich nur hämisches Lachen und Anspielungen ... Ich war zum Gespött der ganzen Schule geworden. Ich dachte, ihnen die Zeit zu lassen, sich auszutoben und ihre Überraschung zu verdauen. Aber die Sache zog sich in die Länge. Nach einem Monat war ich noch immer unvermindert Gegenstand ihrer Hänseleien, ohne die geringsten Anzeichen eines Waffenstillstandes. Ganz zu schweigen von zu Hause, wo mein Vater mich jetzt noch viel mehr als früher dazu drängte, abends auszugehen. Eine unhaltbare Situation. Ich verbrachte meine Nächte immer unruhiger, sogar die Lust, mich selbst zu befriedigen, hatte ich verloren. Ich wurde immer trauriger und einsamer ... Dann passierte etwas völlig Neues, und seltsamerweise etwas Erfreuliches. Ja, seltsamerweise, denn ich war nicht gerade gewöhnt an erfreuliche Ereignisse. Ungefähr drei Monate waren seit meinem ›Geständnis‹ vergangen, und ich war immer depressiver geworden. Keiner wollte etwas mit mir zu tun haben, keiner redete mit mir, selbst die Lehrer benahmen sich jetzt mir gegenüber merkwürdig. Die Lehrerinnen nicht, um die Wahrheit zu sagen. Sie hatten fast Mitleid mit mir und behandelten mich sehr einfühlsam. Aber endlich geschah etwas. Wir waren bei einer dieser langweiligen Schülerversammlungen, bei denen die aktuellen Themen des Tages besprochen werden sollten und bei denen dann jeder doch nur mit seinem Banknachbarn quatschte. Normalerweise versuchte gerade deswegen jeder einen Platz in der letzten Reihe zu ergattern. Aber ich hätte gar nicht gewußt, was ich dort sollte. Also setzte ich mich in die erste Reihe und öffnete ein Buch, um mich abzuschirmen und nicht zu hören, was sie über mich redeten.

Die Versammlung hatte gerade erst begonnen, als ein Junge aus einer höheren Klasse auf mich zukam, der auch einer der Schülervertreter war. Dieser Junge, Piero, hatte mir immer gefallen. Aber es war eine dieser Schwärmereien, die man sich noch nicht einmal vor sich selbst eingesteht, so weit sind sie davon entfernt, wahr werden zu können. Denn Piero gehörte nicht nur der Schülervertretung an und war damit einer der ›zählte‹, sondern er sah auch sehr gut aus. Darüber hinaus verschaffte ihm die Tatsache, daß er in einer der höheren Klassen war, noch mehr Charisma. Jedenfalls war er für mich, zwei Klassen unter ihm, ein unerreichbarer Traum. Daß er jetzt zu mir kam, machte mich glücklich und verlegen zugleich. Über was wollte er mit mir reden? Und ich, was sollte ich ihm antworten? Glaub jetzt nicht, ich würde übertreiben. Du mußte bedenken, ich war schon von Natur aus schüchtern, wenn du dir dann noch meine völlige Isolierung vorstellst und es Piero war, der mit mir reden wollte, kannst du mich vielleicht verstehen. Piero sagte nichts weiter, er bat mich nur, ihm nach draußen zu folgen, er müsse mit mir reden. Ich stand sofort auf, ging hinter ihm her und fühlte dabei die Blicke aller in meinem Rücken. Piero ging mit mir auf die Herrentoilette, stützte sich aufs Waschbecken und sagte in der Art eines älteren Bruders: »Du kennst mich nicht. Wir haben noch nie miteinander geredet. Ich hab so einiges von dir gehört, Ippolito. So heißt du doch, stimmt's? Ein schöner Name. Na ja, deswegen wollte ich nicht mit dir reden. Dein Leben hier muß ziemlich unerträglich sein, hab ich recht?«

Das genügte. Ich hing wie gebannt an seinen Lippen und war noch nicht einmal zu einer vernünftigen Antwort fähig. Ich konnte nur mit dem Kopf nicken.

»Ich versteh dich nicht. Soviel ich weiß, hast du es den Jungen selbst gesagt. Das heißt, Marinella hat es ihnen erzählt, aber du hast alles zugegeben, ist es nicht so?«

Noch ein Kopfnicken.

»Aber warum bloß? Ich meine, du bist sechzehn oder siebzehn Jahre alt, ein Alter, in dem ein ziemliches Durcheinander herrscht. Jetzt kann es dir so scheinen, als ob dir nur Jungen gefallen, aber vielleicht, nein, ganz sicher, noch ein Jahr und du bist hinter jedem Rockzipfel her, egal wie schön oder häßlich eine ist. Du hast alles verspielt, verstehst du? Und für was? Für eine fixe Idee, die du hast, denn mehr ist es nicht.«

Diesmal reagierte ich. Ich hatte in diesen Monaten alles akzeptiert, aber zu hören, ich hätte nur eine fixe Idee, das konnte ich nicht einfach so hinnehmen.

»Was redest du da? Fixe Idee ... Weißt du überhaupt, was das heißt, wenn ein Mädchen vollkommen nackt vor dir liegt, dich küßt, dich streichelt, ihn berührt, und du fühlst nichts, als würde sie dir die Abendnachrichten erzählen. Weißt du, was das heißt, wenn sie ihn eine halbe Stunde lang mit ihrer

Hand bearbeitet, und er sich nicht regt, als wär er tot? Du wirst sagen, das Mädchen gefällt dir nicht. Ganz abgesehen davon, daß ich wirklich nicht weiß, welche einem sonst noch gefallen soll, wenn nicht die, ich bin nicht impotent. Ich bin schnell erregt, und wie! Auch sofort. Es reicht schon, einen Jungen zu sehen, der mir gefällt. Wenn er sich dann noch auszieht, kannst du dir vorstellen, was mit mir passiert. Und das soll eine fixe Idee sein? Eine vorübergehende Krise? Das ist Homosexualität und nichts anderes.«

Ich war verblüfft, von mir selbst überrascht. Ich hatte es noch vor keinem gewagt, so frei zu sprechen, und ich hatte es ausgerechnet vor Piero getan. Aber das Merkwürdige war, Piero wiederum schien von meinen Worten keineswegs beeindruckt zu sein. Er stand da und hörte mir ruhig zu, als ob ich über die normalste Sache der Welt sprechen würde.

»Na gut, du bist homosexuell. Aber mußt du es deshalb gleich jedem erzählen? Nur, um dich so behandeln zu lassen? Denn du wußtest es, du hättest es dir leicht vorstellen können, daß es so enden würde, du Dummkopf. Du konntest nicht darauf hoffen, daß sie dich verstehen oder akzeptieren würden.«

»Es war für mich selbst wichtig. Die anderen sind mir völlig egal.«

»Und deine Familie? Ist dir die auch egal? Hast du nie daran gedacht, was passieren würde, wenn sie es wüßten? Oder hast du es ihnen auch schon gesagt. Zuzutrauen wäre es dir. Denn du glaubst, das Leben sei einfach. Einer sagt, ›Ich bin homosexuell‹, und alle stehen da, klatschen Beifall und loben dich dafür. Glaubst du das wirklich?«

Er ereiferte sich, und ich konnte nicht verstehen warum.

»Nein, das glaube ich nicht, und zu Hause weiß niemand etwas.«

»Und warum gehst du nicht hin und sagst es ihnen, du Held? Nimm's mit allen auf, sag ihnen, wie du bist, und du wirst sehen, wie freundlich sie alle darauf reagieren werden. Los! Lauf! Sag es ihnen.«

»Ich weiß nicht, warum du mich so behandelst. Ich hab dir nichts getan.«

»Weil ich...«, und er küßte mich. Er küßte mich auf den Mund, ein Zungenkuß.

Es war nur ein kurzer Kuß, aber so intensiv... Mir schien, als ob meine kühnsten Träume wahr würden, alles das, was ich kaum zu träumen gewagt hatte. In diesem Augenblick fühlte ich keine erotische Spannung in mir, nur Glück. Danach fiel es uns schwer, uns in die Augen zu sehen. Wir waren zu verwirrt, um irgend etwas zu sagen. Wir schauten zu Boden und hin und wieder zur Tür, aus Angst, jemand könnte hereinkommen. Dann begann Piero wieder: »Du verstehst das nicht. Warum habe ich zum Beispiel nie geredet? Weil es nur Ärger gegeben hätte, aber so lebe ich, wie es mir gefällt, und keiner geht mir auf die Nerven. Während du...«

»Warum hast du mich geküßt?«

»Sag mal, bist du blöd? Halt den Mund! Du mußt dich ändern.«

»Was muß ich ändern?«

»Dein Benehmen, zumindest äußerlich. Wir tun so, als wärst du wieder zur Vernunft gekommen. Ich werde dich mit ein paar Mädchen bekannt machen, du zeigst dich mit ihnen, und du wirst sehen, alles wird wieder so wie vorher.«

»Aber ich will das nicht. Ich tu das nie.«

»Sturkopf! Also willst du dich dein ganzes Leben lang zum besten halten lassen?«

»Mir ist das lieber so. Ich hab nichts zu verstecken.«

»Verstehe, mit dir kann man nicht reden.«

Damit wandte er sich zum Gehen. Ich stand regungslos an die Mauer gelehnt. Da drehte er sich noch mal um und sagte: »Wenn du willst, können wir uns heute abend sehen.«

Unsere erste Verabredung. Mein erster Kuß. Es scheint so, als ob seit damals eine Ewigkeit vergangen wäre, aber ich sehe noch alles genau vor mir, ich erinnere mich noch an jede Einzelheit. Die Rückkehr zur Schülerversammlung, mit den Gedanken ganz woanders und durchdrungen von diesem Glücksgefühl. Die anzüglichen Blicke, die sie austauschten, die Lust hinauszuschreien, daß ich homosexuell war und trotzdem geliebt wurde. Das vor allem war das Glück, ein Gefühl, was ich nie zuvor gekannt hatte. Wie in Ekstase kam ich nach Hause, ich war völlig durcheinander. Die Zia redete mit mir, und ich dachte nur daran, wie schön das Leben doch war. Wenn ich an diesen Nachmittag denke... Ich würde ihn in ein paar Stunden wiedersehen, wir würden wieder zusammensein, miteinander reden, uns umarmen, uns küssen. Normalerweise ist es umgekehrt, ich weiß. Zuerst verliebt man sich in eine Person, und dann wünscht man sich auch eine intime Beziehung mit ihr. Bei mir war genau das Gegenteil der Fall. Zuerst hatte ich mir in meiner Phantasie immer sexuelle Beziehungen mit allen möglichen Jungen vorgestellt, die mir gefielen, jetzt dachte ich nur noch an eine geistige Übereinstimmung, an eine totale Vereinigung. Aber etwas ging mir nicht aus dem Kopf. Hatte Piero mich geküßt, weil er wußte, daß ich ein Homosexueller war, der von den anderen völlig isoliert war und deshalb auf jeden Fall zu haben war, oder weil ich ihm wirklich gefiel? Wer weiß, wie viele Verhältnisse er schon vor mir gehabt hatte, vielleicht sogar mit Mädchen. Warum sollte er an mir interessiert sein? Ich war ein Grünschnabel, einer der vom Sex keine Ahnung hatte. Was erwartete er sich von mir? Was wollte er? Was hätte ich ihm schon geben können? Sicher, ich war ein Homosexueller, denn mir gefielen nur Jungen, aber in der Praxis hätte ich nicht einmal gewußt, was ich machen sollte. Meine erotischen Träume hatten sich auf ein, sagen wir mal, kontemplatives Niveau beschränkt. Ich stellte mir einfach einen Jungen vor. Früher waren es meine Klassenkameraden aus dem ›Wettbewerb‹ gewesen, vor allem Giacomo, dann irgendein Junge ohne Gesicht, fast körperlos, nur mit einem gewissen potenten Attribut ausgestattet. Das genügte mir. Die erregendste Phantasie von allen war die Vorstellung, mich hinter einer geschlossenen Tür zu befinden und durch das Schlüsselloch viele Jungen, immer ohne Gesicht, zu beobachten, die, jeder für sich alleine, masturbierten. Weiter gingen meine Phantasien nicht. Nie hatte ich mir für mich selbst eine aktive Rolle vorgestellt, ich hätte nicht gewußt, was ich machen sollte. Was also konnte ich Piero geben? Er machte einen so erfahrenen Eindruck, er war älter als ich. Ich würde für ihn wahrscheinlich eine einzige große Enttäuschung sein.

Diese Überlegungen dämpften ab und zu mein Glücksgefühl. Vielleicht war es die Furcht davor, zu glücklich zu sein, die bewirkte, daß ich mir das Schlimmste vorstellte, um darauf vorbereitet zu sein, wenn es sich bewahrheiten sollte. Ich war schon immer so gewesen, auch als ich noch klein war. Wenn mein Vater oder die Zia mir ein neues Spielzeug schenkten, legte ich es lieber beiseite und spielte nicht damit, denn ich wußte, es könnte kaputtgehen. Mein Glück war immer von Bedenken unterhöhlt gewesen, die es mir verwehrten, es ganz zu genießen. Ich hätte mir gewünscht, anders zu sein, oberflächlicher, bereit, die Gegenwart zu genießen, das, was mir das Leben bot, aber es gelang mir nicht. Auch an diesem Nachmittag nicht. Ich verbrachte ihn schwankend zwischen großem Überschwang einerseits und großer Niedergeschlagenheit andererseits. Ich versuchte, mir das Schlimmste auszumalen und konnte mir doch nur das Glück vorstellen. Die erste Verabredung: Wenn ich mich ungeschickt benehmen würde, wenn ich der Sache nicht gewachsen wäre, würden dann noch andere folgen? In einer Stunde würde Piero mich mit dem Auto abholen. Die Zia wußte, ich würde ausgehen, ein Freund würde in Kürze kommen und mich abholen, und sie war sehr glücklich darüber. Sie glaubte, wir würden uns mit zwei hübschen Mädchen treffen. Sie freute sich schon jetzt auf den Augenblick, wo sie es meinem Vater erzählen würde. Ich vermied es, an all das zu denken, in meinem Kopf ging sowieso schon alles durcheinander. Wenn zu den Problemen, die ich hatte, auch noch andere dazugekommen wären, wäre ich verrückt geworden. Ich hatte mich in mein Zimmer verkrochen, lag auf dem Bett und tat so, als ob ich lernte, um mich von der bangen Wartezeit abzulenken. Ich las mit lauter Stimme, schaute automatisch auf die Worte und wiederholte sie bei geschlossenem Buch, aber ich verstand nicht den Sinn dessen, was ich da las. Das Telefon läutete. Sicher war es für mich, sicher hatte sich Piero entschieden, mit einem anderen Jungen auszugehen, ich hatte mir umsonst Hoffnungen gemacht. Jetzt würde die Zia mich gleich rufen und mir sagen, ein gewisser Piero sei am Telefon. Aber die Zia sprach immer weiter. Ich hielt es nicht mehr aus und verließ mein Zimmer.

Ich fand die Zia weinend neben dem Telefon und dachte sofort, meinem Vater sei etwas passiert. Doch sie antwortete mir nur mit einem Kopfschütteln, erklärte aber weiter nichts. Ihr Verhalten machte mich wütend, es ließ meine Befürchtungen wachsen und mich an das Schlimmste denken. Sah sie denn nicht, daß mir tausend Gedanken durch den Kopf gingen, tausend Befürchtungen, und mir so was gerade noch gefehlt hatte? Ich wartete auf Piero, sie mußte sich mit dem

Reden beeilen. Wenn irgendwas Schlimmes passiert wäre, hätte ich meine Verabredung absagen müssen. Ich hatte ein Recht zu wissen, was los war. Ich war sehr nervös, aber ich versuchte, mir nichts anmerken zu lassen, schon deshalb nicht, weil ich wußte, wenn ich einen harten Ton anschlagen würde, hätte sich die Zia nur noch mehr verschlossen und überhaupt nicht mehr aufgehört zu weinen. Es waren nur noch zehn Minuten bis zu meiner Verabredung. Ich setzte mich neben die Zia und redete ihr gut zu, sich doch zu beruhigen, was auch immer geschehen sei, wir würden schon gemeinsam damit fertig werden.

Langsam beruhigte sie sich wieder und erzählte mir endlich schluchzend, was passiert war: Es war schon das dritte oder vierte Mal, daß eine Frau angerufen, sie beschimpft und wieder aufgelegt hatte. Das war keine große Neuigkeit. Seit mein Vater wieder ausging und sich mit Frauen traf, erhielten wir manchmal solche Telefonanrufe. Es waren immer enttäuschte Frauen, die er verlassen hatte und die gehofft hatten, mein Vater würde sie heiraten. Sie riefen an und beschimpften die Zia, denn sie glaubten, es sei ihre Schuld. Vergeblich versuchte sie, es ihnen auszureden und sie geduldig davon zu überzeugen, daß nichts zu machen sei, wenn der liebe Herrgott es nicht gewollt hatte, daß sie Teseos Ehefrau würden. Im Gegenteil, diese sanftmütigen Worte, die ihr, das weiß ich, aus dem Herzen kamen, legten sie als pure Verhöhnung aus. Aber es kam nicht oft vor. Meistens litten die Frauen, die mein Vater verließ, schweigend, aus Scham und damit keiner von der Sache erfuhr. Und auch die, die telefonierten, ließen nach drei, vier Anrufen nichts mehr von sich hören, nachdem sie ihre Wut losgeworden waren und eingesehen hatten, daß alles umsonst war.

Wenn die Zia den Vorfall meinem Vater erzählte, fiel mir

auf, daß seine Reaktion zwiespältig war. Einerseits schmeichelte es seinem männlichen Stolz, andererseits machte ihn die Aufdringlichkeit dieser Frauen wirklich ärgerlich. Er hätte am liebsten die beiden Dinge fein säuberlich voneinander getrennt. Seine ›Aktivitäten‹ als großer Liebhaber und sein Zuhause, seine Familie... Es war klar, daß ich keine neue Mutter mehr zu erwarten hatte. Mein Vater suchte keine Frau, die er lieben konnte, er hatte immer nur meine Mutter geliebt, er liebte sie noch immer, und keine schien ihm ebenbürtig, ihren Platz einzunehmen. Es ärgerte ihn, wenn sie zu Hause anriefen, er gab keiner seine Telefonnummer. Vor allem regte es ihn auf, wenn sie die Zia belästigten. Zu ihr hatte er eine tiefe Bindung, und er nahm ihr gegenüber eine sehr beschützende Haltung ein, fast so wie ein großer Bruder. Die Zia benahm sich meinem Vater gegenüber genauso. Sie hatten miteinander die Tragödie erlebt, einen über alles geliebten Menschen zu verlieren, und waren sich durch den Schmerz beide nähergekommen. Seit damals bestand zwischen ihnen dieses unsichtbare und feste Band. Es gelang mir, die Zia zu beruhigen, ich brachte sie sogar zum Lachen, indem ich ihr in Erinnerung rief, daß ihr Schwager schließlich nicht irgendein Mann sei, sondern ein richtiger Playboy.

Endlich klingelte es an der Tür! Ich ging, um zu öffnen, und Pieros Stimme rief mich wieder in diese Traumwelt zurück, die das Gespräch mit der Zia nur kurz unterbrochen hatte. »Kommst du...?« fragte er mit leiser, aber fester Stimme. Wie sicher er schien. Ich verabschiedete mich schnell von der Zia und rannte zu Piero. Er hatte einen roten Fiat 500, schon ziemlich ramponiert, aber er fühlte sich darin wie ein junger Gott. Für mich war er das auch. Ich stieg ins Auto ein und begrüßte ihn nur flüchtig, ich war sehr verlegen. Er grüßte mit größter Gelassenheit zurück. Vielleicht wollte er den Eindruck erwecken, wir seien einfach nur zwei Freunde, die auf Mädchenjagd gingen oder sich einfach nur amüsieren wollten. Ich war nicht wie er. Ich würde nie so werden. Ich fühlte mich wie ein Schuft, wußte nicht, wie ich mich setzen, was ich reden sollte. Ich war alles andere als entspannt. Ich brachte gerade noch zustande zu fragen, wohin wir fuhren.

»In das Sommerhaus meiner Familie, am Meer. Mir ist es gelungen, den Schlüssel zu klauen. Dort werden wir ungestört sein.«

Es war Ende Februar und sehr kalt. An diesem Tag regnete es. Wer hätte bei diesem Wetter und um diese Uhrzeit schon Lust gehabt, einen Abend am Meer zu verbringen? Es war fast acht. Die Vorstellung, daß Piero mich in dieses Haus brachte, störte mich ein wenig. Es bedeutete, es war eine Gewohnheit für ihn, ich war nur einer von vielen. Ja, es machte mich sogar ein wenig traurig, aber ich wollte nicht, daß er den Grund dafür erfuhr, er hätte mich sonst für einen kleinen Jungen gehalten, für ein lästiges Anhängsel.

Seelenruhig bog er in die Straße ein, die zum Haus führte. Er stieg aus dem Auto aus und öffnete das Tor, dann stieg er wieder ein und parkte auf dem großen Platz vor der Villa. Er bedeutete mir auszusteigen, wir waren angekommen. Wir gingen ins Haus, und eine eisige Kälte empfing uns. Die Villa war nicht besonders groß, sie hatte nur wenige, dafür aber große Wohnräume. Es war ein schönes Haus, mit viel Geschmack eingerichtet, schlicht, aber gepflegt. Wir gingen in die Küche, es gab keine Türen, nur Trennwände, die die Räume voneinander abteilten. Auf der einen Seite die kleine Küche, eine niedrige Balustrade und daneben das Eßzimmer, dann wieder eine niedrige Trennwand und man betrat den Wohnraum, der mir am besten gefiel. Er befand sich in der Mitte des Hauses und war mit einer eleganten Couch ausgestattet, die gegenüber von einem großen Fernsehapparat postiert war, davor ein niedriger Tisch und an den Wänden viele kleine Konsolen, mit den verschiedensten Gegenständen darauf. Etwas weiter vorne war die Toilette untergebracht.

Ich sagte Piero, mir gefiele das Haus wirklich gut, und er meinte, ich hätte noch nicht das obere Stockwerk gesehen. Ich folgte ihm. Wir stiegen ein paar Stufen hinauf und kamen in den Schlafbereich des Hauses. Statt der Strahler im Erdgeschoß gab es hier Lampen, die ein gedämpftes Licht verbreiteten. Hier hatten alle Räume Türen. Als erstes zeigte er mir das Gästezimmer, sehr einfach eingerichtet, mit einer Bettcouch, einer kleinen Kommode, einem schmalen Schrank und einem kleinen Fernsehapparat. Neben dem Badezimmer, das in einem hellen Grauton gekachelt war, befand sich das Elternschlafzimmer. Es war klassisch möbliert, in dunklem Holz ohne irgendwelche Besonderheiten. Die Tapeten waren häßlich, fleckig, aus imitiertem Leder, mit Tiger- oder Leopardenmuster, ich weiß nicht mehr genau. Es gefiel mir nicht. Wenn Piero vorhatte, mich hierhinzubringen, hätte ich zwar nicht nein gesagt, aber ich hätte mich bestimmt nicht sehr wohl gefühlt.

Piero setzte seinen Rundgang fort und zeigte mir als nächstes das Zimmer seiner Schwester. Es war im schlimmsten Sinne des Wortes ›weiblich‹. Ein rosarotes Himmelbett, bunte Gardinen an den Fenstern, Nachttischchen in Rosa, Bildchen, die sie mit Bleistift oder Wasserfarben wahrscheinlich selbst gemalt hatte, kitschige Sonnenuntergänge und einsame Möwen, die in den Himmel aufstiegen. Renata war in meinem Alter, und als ich ihr Zimmer sah, konnte ich mir fast vorstellen, wie sie war. Ein Mädchen, das schon erwachsener sein möchte, als es ist, und den Kopf voller Romantik hat. Dann gingen wir in Pieros Zimmer. Das war genau das Zimmer, in dem ich mich gerne aufgehalten hätte. Ein Bett in hellem

Holz, aus dem gleichen Holz ein Schrank, ein kleiner Schreibtisch, übersät mit Papieren, und Regale voller Bücher. Keine Gardinen, keine Bilder. Piero ging zum Schreibtisch, nahm einige Blätter auf und legte sie in eine Schublade. Man sah, er tat das nur, um irgend etwas zu tun.

»Welches Zimmer gefällt dir am besten?«

Das kam völlig unvermittelt. Ich glaubte, er sagte das nur so dahin, einfach nur, um irgendein Gespräch anzufangen. Jetzt schien es mir so, als ob er sehr verlegen wäre, als ob er nicht wüßte, was er machen sollte.

»Nun ja, das ganze Haus ist sehr schön. Aber mir gefällt unten der Raum, wo der Fernseher steht, am besten, und dieser hier. Dieses Zimmer hier gefällt mir sehr gut.«

»Komm, laß uns runtergehen. Setzen wir uns ins Wohnzimmer.«

Schweigend gingen wir die Treppe hinunter. Ich verstand gar nichts mehr. Er hatte mich hierhergebracht, was erwartete er von mir? Daß ich ihm sagte, wie es weiterging? Ich war ein wenig enttäuscht. Es schien so, als ob meine erste Verabredung ein Reinfall werden würde. Auch, weil es schon fast neun war. Wir gingen ins Wohnzimmer. Piero setzte sich auf die Couch und zündete sich eine Zigarette an. Er bot auch mir eine an, aber ich sagte, ich rauche nicht. Er meinte, ich solle mich neben ihn setzen. Ich zitterte, und er bemerkte es.

»Warte, ich hol dir eine Decke.«

Natürlich zitterte ich nicht nur wegen der Kälte. Ich fürchtete mich. Nein, das ist vielleicht nicht der richtige Ausdruck, ich hatte ganz einfach Angst. Piero kam mit einer großen Decke zurück. Er setzte sich wieder neben mich und breitete die Decke über unseren Beinen aus. Es tat gut, diese angenehme Wärme zu spüren, sie neben ihm zu spüren. Wir schauten zusammen aus dem Fenster. Der Himmel war schwarz. Nur ein heftiger Wind war zu hören und das Geräusch des Regens. Jetzt ging es mir besser, ich war nicht mehr so angespannt. Jetzt war ich es, der zu reden anfing.

»Weißt du was? Ich fühle mich wohl hier mit dir.«

Ich glaube, er empfand dasselbe, aber er schämte sich, es zuzugeben.

»Du wirst doch wohl nicht anfangen, den Romantiker zu spielen? So nach dem Motto: ›Oh, mein Schatz, ich liebe dich so sehr!‹ Ich sag's dir gleich, das ist nichts für mich.«

Ich fühlte, wie ich zu Eis erstarrte. Mein Glück entschwand und wurde von dem bitteren Gefühl verdrängt, alles falsch gemacht zu haben. Ich fühlte mich für dumm verkauft, ich weiß nicht, ob ich in ihn verliebt war, ich hatte mich nur wohl gefühlt, und es schien mir normal, ihm das auch zu sagen. Aber von so was hielt er nichts. Vielleicht suchte er stärkere Emotionen, vielleicht wollte er eine Beziehung mit mir haben. Aber warum kam er dann nicht zur Sache? Ich wußte nicht, was ich tun sollte. Er rauchte ruhig seine Zigarette weiter. Vielleicht hätte ich abwarten sollen, was geschieht, aber ganz unvermittelt befiel mich eine große Angst, ihn zu verlieren, ohne die Möglichkeit gehabt zu haben, mit ihm zu reden, ihm zu erklären, wie ich mich fühlte. Ich hatte Angst, aber gleichzeitig auch eine große Wut.

»Ich weiß nicht, was du von mir willst...«

Er hatte nicht erwartet, daß ich reden würde. Etwas verblüfft hörte er mir zu.

»Du hast mich hierhergebracht. Außerdem hast du mich heute morgen geküßt. Du hast mich gefragt, ob wir uns sehen können. Ich weiß nicht, warum. Du bist vielleicht an andere Situationen gewöhnt. Die Jungen, die du sonst hierherbringst, wissen schon, was sie zu tun haben, sie stellen sich nicht so dumm an wie ich. Na und? Ich kenn mich nicht aus, ich weiß noch nicht mal, wie man die Sache anfängt. Du sitzt da, als würdest du sonst was erwarten ... Ich bin nicht wie die anderen.«

Piero lächelte.

»Du bist der erste Junge, den ich hierherbringe, vor dir waren es nur Mädchen.«

Seine Antwort verwirrte mich.

»Willst du damit sagen, du hast auch Beziehungen mit Mädchen?«

»Früher schon, bis vor einiger Zeit. Bevor ich, so wie du, gemerkt habe, sie lassen mich kalt. Ich warte nicht darauf, daß ... Es ist nur so, ich weiß selbst nicht, was ich machen soll.«

»Ist es auch für dich das erste Mal?«

»Willst du wissen, ob ich noch Jungfrau bin? Nein, das bin ich nicht. Ich hatte schon sexuelle Beziehungen mit verschiedenen Mädchen, das hab ich dir gesagt. Aber mit einem Mann ... Ja, es ist das erste Mal.« Piero drückte seine Zigarette aus.

»Du weiß also nicht, wie's geht?«

Diesmal lachte er, und er lachte ausgiebig. »Na ja, ich hab dir gesagt, es ist das erste Mal, aber mehr oder weniger weiß ich, was man dazu braucht ...«

»Und ... was braucht man?«

»Einen Schwanz und einen Arsch, o.k.? Was machst du für ein Gesicht? Weißt du wirklich nicht, was für eine Art von Beziehung zwischen zwei Männern abläuft?«

»Ich hab nie darüber nachgedacht. Deshalb brauchst du dich nicht über mich lustig zu machen.«

»Ja, du hast recht, es ist wirklich nichts dabei. Aber sieh mal, mit den Mädchen ist alles viel einfacher. Du weißt, was du zu tun hast, und wenn du sie zu einem bestimmten Punkt bringst, sind sie es, die dir sagen, was sie wollen. Ich müßte eigentlich derjenige sein, der dich führt. Ich möchte mit dir zusammensein, aber ...«

»Auch ich möchte mit dir zusammensein.«

Wir küßten uns, es war ein sehr langer Kuß. Wir begannen uns zu berühren, das Gesicht, die Haare, es erregte mich unglaublich. Ich war es, der ihm den Reißverschluß öffnete. Er machte dasselbe bei mir.

»Piero, nimm ihn in die Hand, masturbier dich.«

Es schien so, als ob da eine andere Person redete, ich war ganz bestimmt nicht der Tpy, der solche Dinge sagte. Aber es war alles so wunderbar, so vollkommen natürlich.

»Nein, du mußt das tun. Ich will, daß du ihn in deine Hände nimmst. Ich will dich, Ippolito.«

Schöner konnte es wirklich nicht mehr sein. Wir berührten uns gegenseitig. Dann meinte Piero, ich solle aufhören, er kniete sich vor mich, öffnete meine Schenkel und nahm ihn in den Mund. Ich glaubte, vor Lust verrückt zu werden. Tatsächlich kam ich sofort. Es war nicht so, als wenn ich mich selbst befriedigte. Das Gefühl, das ich dabei hatte, ist unbeschreiblich. Ich erinnere mich, daß mein Sperma bis auf seine Haare spritzte. Piero war nicht gekommen, aber er schaute mich glücklich an.

»Klar, wenn du immer so schnell kommst, werden wir dabei nie über fünf Minuten hinauskommen.«

Er scherzte, lachte, er war glücklich. Ich umarmte ihn. Ich war verliebt in ihn, jetzt wußte ich es mit aller Sicherheit.

»Wir werden uns doch wiedersehen, Piero, oder?«

Ich hätte ihm eigentlich sagen wollen, ›Du wirst mich doch nie verlassen, Piero, oder?‹, aber solche Sätze gefielen ihm nicht.

»Natürlich sehen wir uns wieder. Jeden Tag. Aber, Ippolito,

keiner darf etwas davon erfahren. Keiner darf es auch nur erahnen. Ich will keine Probleme, verstehst du mich?«

Ich antwortete ja. Ich war glücklich, was ging mich alles andere an? Und außerdem, wem hätte ich schon von Piero erzählen können? Es war viertel nach elf. Es war spät, sehr spät, wir mußten gehen. Wie traurig war es, dieses Haus zu verlassen, diesen Raum, diese Couch. Und wie traurig würde es sein, nach Hause zu kommen, uns zu trennen, eine ganze Nacht ohne Piero zu verbringen. Im Auto hätte ich ihn am liebsten umarmt, geküßt, gestreichelt während er fuhr, aber das war unmöglich. Es gab keine Verlegenheit mehr zwischen uns, nur das Bedürfnis, das, was wir fühlten, auch auszudrükken. Doch die Scham hinderte uns daran, und deshalb redeten wir, aus diesem unbefriedigten Bedürfnis heraus, nur über irgendeinen Blödsinn, über irgendwelche Banalitäten. Wir redeten über die Schule, den Regen, über alles mögliche, nur nicht über uns, kein Wort über uns. Bevor ich ausstieg, meinte Piero, wir würden uns am nächsten Tag wiedersehen, er würde mich wieder von zu Hause abholen, aber diesmal schon um sechs. Wir brauchten viel mehr Zeit füreinander, wir wollten so viel wie möglich zusammensein. Wir verabschiedeten uns mit einem ›Ciao‹.

Ich ging ins Haus, mein Vater war schon da. Er sah mich mit einem zufriedenen Gesichtsausdruck an und tat ein wenig vorwurfsvoll. Er schaute auf die Uhr und haute mir mit der Hand auf die Schulter. Ich wußte, daß er mit mir reden wollte. Aber ich hätte ihm nie vormachen können, ein Abenteuer mit einem Mädchen gehabt zu haben. Ich hätte ihm von meinen Empfindungen erzählen können und wäre dabei absolut ehrlich gewesen, aber ich hätte ihm nie Pieros Namen verschweigen können. Wie hätte ich etwas von diesem Abend erzählen können, ohne ihn zu erwähnen, ohne ihn zu beschreiben? Ich sagte, ich sei sehr müde, und ohne Abendessen ging ich gleich ins Bett und versuchte zu schlafen.

Mein Vater nahm mir das übel, das sah man, er hatte sich eine gewisse Komplizenschaft erhofft, einen Austausch von Erfahrungen. Es tat mir leid, ihn belügen zu müssen, ich haßte Lügen, aber das Wohlbefinden meines Vaters ging vor. Außerdem fühlte ich mich jetzt nicht mehr alleine, ausgestoßen und ungeliebt. Ich hatte Piero. In der Schule taten wir so, als ob wir uns nicht kannten. Dann, am späten Nachmittag, holte er mich ab, und wir fuhren in das Sommerhaus. Dort fühlten wir uns frei und glücklich. Unsere Beziehung dauerte an, und auch wir wurden mit der Zeit reifer und erfahrener. Piero ließ sich jetzt viel mehr gehen, und es gelang ihm, das, was er fühlte, auch auszudrücken, wenn auch mit einigen Schwierigkeiten verbunden und manchmal mit Ironie, auch Selbstironie. Ja, alles lief wirklich sehr gut.

Zum ersten Mal war ich nicht mehr pessimistisch. Nicht, daß ich nun plötzlich zum Optimisten geworden wäre, aber ich versuchte ganz einfach nicht an die Zukunft zu denken und an die tausend Probleme, die sie mit sich bringen könnte. Ich genoß diese Beziehung. Und ich war nicht mehr der schüchterne und mißmutige Ippolito. Vor allem zu Hause war ich jetzt immer sehr vergnügt. Manchmal fragten mich die Zia oder mein Vater, wann ich ihnen denn endlich dieses verflixte Mädchen vorstellen würde, der es gelungen war, mich so gut in den Griff zu bekommen. Ich überhörte solche Bemerkungen.

Meine Nachmittage, meine Abende in dem Sommerhaus ... Weißt du, ich erinnere mich noch an alle. Wir machten nie etwas Besonderes, wir waren einfach nur zusammen. Es mußte irgendwann zu Ende gehen, wie alles Schöne im Leben. Für mehr als drei Monate lebten wir ruhig und glücklich, bis zum Juni. Bis zum Sommer. Dann fingen die ersten Probleme an. Pieros Eltern verbrachten, wie jedes Jahr, den Sommer in ihrem Landhaus.

Wo sollten wir hingehen? Es ging nicht nur um die üblichen Probleme, die Unbequemlichkeit, die alle Pärchen in Kauf nehmen müssen, wenn sie alleine sein wollen. Wir durften uns von niemandem sehen lassen. Schon deshalb nicht, weil unsere Gemeinsamkeit, die Tatsache, daß wir uns jeden Abend trafen, um dann von der Bildfläche zu verschwinden, allmählich Verdacht erregte. Vor allem bei den Jungen in der Schule, denn sie wußten, wie ich war, und auch wenn Piero weiterhin perfekt seine Rolle spielte, kam so mancher Zweifel auf. Und was jetzt? Piero hatte schon seit Mai darüber nachgedacht. Er hätte zwar jemanden fragen können, ob er ihm seine Wohnung zur Verfügung stellte, um mit seiner Freundin alleine zu sein, aber das war zu riskant. Der Besitzer dieser Wohnung hätte uns aus irgendeinem dummen Zufall heraus entdecken können, und außerdem, um in die Wohnung zu kommen, mußten wir an vielen, zu vielen Leuten vorbei. Dieses zweite Problem hätte zwar ganz einfach gelöst werden können, indem wir im Abstand von einer Viertelstunde hintereinander die Wohnung betraten, das war klar, aber das konnte nicht jeden Abend geschehen. Es hätte zumindest Verdacht erregt. Ein Zimmer mieten, in einer kleinen Pension? Abgesehen davon, daß wir dafür gewisse finanzielle Voraussetzungen hätten haben müssen, blieb das übliche Problem, die Leute. Jeder kannte jeden. Am nächsten Tag, nein, noch am selben Abend hätte das ganze Dorf über uns Bescheid gewußt. Blieb noch eine letzte Möglichkeit: das Auto. Aber wo sollten wir hinfahren? Im Dorf konnten wir sicher nicht bleiben. Wir mußten in irgendein kleines Nest in der Nähe fahren, um uns dort einen ruhigen Platz zu suchen, und dann wieder in unser

Dorf zurückfahren. So hätten wir den größten Teil unserer Zeit mit Hin- und Herfahren verbracht, immer mit dem Risiko, entdeckt zu werden, denn zehn oder zwanzig Kilometer ist nicht gerade eine Entfernung, die eine absolute Sicherheit bietet. Es konnte immer passieren, daß uns jemand sah, der meinen Vater oder Pieros Familie kannte. Es war ein auswegloses Problem, jede vermeintliche Lösung erwies sich als wenig sinnvoll, es gab immer irgend etwas, was nicht funktionierte. Wenn du dir dann noch vorstellst, daß Piero kein besonders guter Schüler war und bald Examen hatte, ist das Bild komplett.

Sein Vater hatte ihm inzwischen verboten, jeden Tag auszugehen, und vor allem so lange. Denn noch im Winter hatten wir beschlossen, uns schon um vier Uhr nachmittags zu treffen, da es schon früh dunkel wurde, und dann, als der Frühling kam, hatten wir diese Gewohnheit beibehalten, aber abends konnten wir erst später nach Hause kommen, weil es länger hell war. Jedenfalls waren wir fast den ganzen Tag zusammen. Ich hatte damit keine Probleme. In der Schule war ich sehr gut, allein schon deshalb, weil ich Jahre nur über den Büchern verbracht hatte und es nun genügte, wenn ich dem neuen Unterrichtsstoff in der Klasse folgte. Juni also würde es Abschied nehmen heißen. Seine Eltern würden das Examen abwarten und dann ins Sommerhaus umziehen. Im übrigen galt für die Zeit des Examens die ausdrückliche Anordnung, nur samstags und sonntags auszugehen. Piero bat um eine Aufteilung der Stunden, er würde es vorziehen, jeden Tag auszugehen, wenn es sein mußte auch nur für zwei Stunden, anstatt den ganzen Samstag und Sonntag über Ausgang zu haben. Sein Vorschlag wurde akzeptiert. Piero war ein sehr rationaler Mensch.

So begannen wir uns nur zwei Stunden am Tag zu sehen.

Jeden Tag ein Rennen gegen die Zeit. Wir brauchten eine Viertelstunde, um zum Landhaus zu kommen, und eine Viertelstunde für den Rückweg. Uns blieben also knapp eineinhalb Stunden, die wir meistens mit Diskussionen über Lösungsmöglichkeiten für unsere Situation verbrachten. Küssen, ja, ein paar Zärtlichkeiten, gerade eben die Zeit, uns auszuziehen, und schon mußten wir wieder gehen. Wir beklagten uns jetzt schon, doch was würde noch auf uns zukommen? Was würde mit unserer Liebe geschehen? Ich war auf Gott und die Welt wütend, weil es mir verwehrt war, in Freiheit zu leben, ich war wütend auf meinen Vater, weil er von mir verlangte, so zu sein wie er, und ich war auch auf Piero wütend, auf ihn besonders, weil er so feige war.

Ich hatte es mit meiner Klasse aufgenommen, ich hätte es auch mit meinem Vater aufgenommen, wenn Piero nur entschiedener, sich seiner Liebe zu mir sicherer gewesen wäre. Ich hatte Angst. Manchmal verstand ich ihn, dann wieder wurde mein Zorn darüber, uns nicht mehr sehen zu können, so groß, daß ich ihn verabscheute.

Schließlich machte Piero sein Examen und bestand. Jetzt war der Abschied wirklich sehr nahe gerückt. Er bat mich, uns noch einmal im Landhaus zu sehen. Ich war natürlich einverstanden. Er müsse mit mir reden, sagte er ... Ich konnte mir schon vorstellen, was er mir zu sagen hatte, dafür brauchte man keine große Phantasie. Ich hatte mich schon innerlich gewappnet, als wir uns trafen, und als wir uns auf ›unsere‹ Couch setzten, saß ich starr und reglos da, bereit, all das zu hören, worauf ich schon gefaßt war. Piero rückte nahe an mich heran und drückte mich fest an sich. Ich versuchte gleichgültig zu bleiben.

»Was hast du mir zu sagen? Los, rede, uns bleibt nicht viel Zeit, wir ... Wie sind diesmal die Befehle? Darfst du jetzt, wo du dein Examen bestanden hast, fünf Minuten länger bleiben? Haben sie dir das zugestanden?«

»Du bist gemein, Ippolito. Du weißt doch noch gar nicht, was ich dir sagen will.«

»Genau, um sich das vorzustellen, muß man ein Genie sein.«

»Es ist nicht so schlimm, wie du denkst. Sieh mal, den Samstag kann ich mir immer freihalten. Wir könnten morgens früh losfahren und abends zurückkommen, nachts, verstehst du?«

»Ich verstehe sehr gut. Und was ist mit dem Rest der Woche?«

»Na ja, glaubst du, ich würde dich nicht auch am liebsten jeden Tag sehen? Aber so ist es immer noch besser als gar nicht. Und dann kommt ja auch wieder der Winter.«

»Und du bist auf der Universität.«

»Ja, sicher, aber ich verspreche dir, jede Woche zu kommen.«

»Wenn ich das richtig verstanden habe, soll ich also dein Wochenendverhältnis werden.«

»Was erwartest du eigentlich von mir? Soll ich dich vielleicht heiraten, damit wir unser Leben bis an das Ende unserer Tage gemeinsam verbringen?«

»Nein, Piero, ich erwarte gar nichts von dir. Ich sage nur, daß ich das so nicht mitmache.«

»Es ist dir also lieber, wenn wir uns trennen? Wenn wir uns überhaupt nicht mehr sehen?«

Ich hatte einen Kloß im Hals. »Ja, das ist mir lieber. Wenn das unsere Beziehung sein soll, will ich dich nicht mehr sehen.«

»Bist du ganz sicher?«

»Du willst von mir wissen, ob ich mir sicher bin? Du, der sich wie ein Schuft fühlt, nur weil du dich verliebt hast, ja, verliebt, in einen Jungen! Du, der all die Stunden, die wir gemeinsam verbracht haben, in alle Winde zerstreut, nur weil du keinen Ärger haben willst. Du fragst mich, ob ich mir sicher bin?«

»Was soll ich also deiner Meinung nach tun? Zu meinen Eltern gehen und alles auffliegen lassen? Soll ich das tun? Mit dem Risiko, daß meine Mutter einen Herzinfarkt bekommt?«

»Ausreden, das sind alles nur Ausreden. In Wirklichkeit geht es dir nur darum, eine ruhige Zukunft zu haben und eine Gegenwart ohne Probleme. Das ist der Grund, warum du nichts sagen willst, das weißt du ganz genau. Alles andere ist nur dummes Gerede. Was glaubst du wohl, wie mein Vater eine solche Nachricht aufnehmen würde? Du erinnerst dich, er hat seine Frau verloren, ein Trauma für ihn, das er immer noch nicht verkraftet hat. Er hat nur noch mich, auf den er alle Hoffnungen setzt. Er wünscht sich nichts sehnlicher, als daß ich so werde, wie er es sich vorstellt. Wie würde er wohl reagieren? Es wäre ein vernichtender Schlag für ihn, das wirst du zugeben. Dein Vater hat wenigstens noch deine Mutter, sie können sich gegenseitig trösten, deine Schwester ist auch noch da. Aber er, wen hat er denn noch außer mir? Die paar Frauen, mit denen er hin und wieder einen netten Abend verbringt und von denen er am nächsten Morgen schon nicht mehr weiß, wie sie aussehen, geschweige denn wie sie heißen. Wen hat er denn noch außer mir? Trotzdem wäre ich bereit, mit ihm zu reden und ihm alles zu sagen, wenn du es wolltest, wenn du nur ein bißchen mehr Mut hättest, oder ganz einfach, wenn du mich ein bißchen mehr lieben würdest.«

»Ich kann das nicht ... Ich bin gerne mit dir zusammen, das bestreite ich nicht, aber das Leben von so vielen Menschen durcheinanderbringen, die mir nahestehen ... Nein, das kann ich nicht.«

»Also gut, dann bring mich bitte nach Hause. Wir haben uns nichts mehr zu sagen. Unsere Geschichte ist damit zu Ende.«

»Laß dich wenigstens noch einmal küssen. Die Zeit bleibt uns noch.«

»Meinetwegen können wir soviel Zeit haben, wie wir wollen, aber ich hab keine Lust dazu. Ich will nur nach Hause.«

»Bitte, Ippolito, ich brauche dich. Ich . . . ich liebe dich.«

Es war das erstemal, daß er mir sagte, er liebt mich. Mein Herz machte einen Sprung, aber ich durfte mir nichts anmerken lassen. »Liebe? Davon merke ich nichts. Wenn du mich liebst, dann beweise es mir! Ich hab dir gesagt, daß ich zu jeder Herausforderung bereit bin, kannst du das von dir auch behaupten?«

Piero senkte den Kopf und sagte fast unhörbar: »Ich . . . nein, das kann ich nicht.«

»Also, dann bitte ich dich noch einmal, bring mich nach Hause.«

»Du bist sehr hart. Ich glaubte nicht, daß du so sein kannst.«

»Ja, ich bin hart. Zu mir selbst. Gehen wir.«

Piero brachte mich mit dem Auto nach Hause. Auf dem Weg versuchte er noch einmal mit mir zu reden, mich zu überzeugen, aber ich blieb unbeugsam. Bevor ich ausstieg, sagte er mir noch ein Letztes: »Du wirst nichts mehr von mir hören, und wage es nicht, dich bei mir zu melden. Zwischen uns ist es endgültig aus.«

Ich antwortete ihm nichts und rannte sofort ins Haus. Ich wollte mich nur noch in mein Zimmer einschließen und weinen. Die Zia war da, sah, wie durcheinander ich war, und fragte mich, was passiert sei. Aber ich sagte nur »Nichts, gar nichts«, und lief in mein Zimmer. Ich vergrub meinen Kopf im Kopfkissen, damit mich niemand hörte, und weinte voller Wut, weil es die Sache nicht wert war, voller Kummer, weil ich ihn verloren hatte. Er war nicht imstande gewesen, unsere Liebe zu verteidigen, er hatte nicht den Mut gehabt, sie zu leben. Nein, ich würde mich bestimmt nicht mehr bei ihm melden, ganz sicher nicht, koste es, was es wolle. Ich gab mich nicht mit Almosen zufrieden, ich wollte ihn ganz für mich. Das schien ihm eine gute Idee zu sein, die Woche über machte jeder, was er wollte, und am Samstag drei oder vier Stunden auf der Suche nach einer Pension.

Nein, damit gab ich mich nicht zufrieden. Aber ihn verlieren? Ihn nie mehr wiedersehen, wirklich nie mehr wiedersehen? Würde ich das aushalten? Wie sollte ich jetzt weiterleben? In den folgenden Tagen dachte ich, er würde seine Meinung ändern, er würde mich anrufen, um mir zu sagen, er hätte sich entschieden, er wolle mit mir zusammensein, trotz aller Widrigkeiten. Aber die Wochen vergingen, und ich begann zu versuchen, mich damit abzufinden. Es wurde immer unerträglicher, aber die Resignation milderte manchmal den Schmerz. Ich las ... ich las und lernte auch den Unterrichtsstoff für das kommende Jahr. Ippolito war wieder der geworden, der er immer gewesen war, mit einem Unterschied: Ich war der festen, unumstößlichen Überzeugung, niemals mehr glücklich sein zu können. Es war Sommer, und ich war wahrscheinlich der einzige im Dorf, der nicht von der Sonne gebräunt war. Ich wollte nicht ans Meer fahren, ich wollte keine Leute sehen, ich haßte die Sonne. Ich hätte mir zumindest als Entschädigung für das, was ich fühlte, viele trübe und regnerische Tage gewünscht.

Zu Hause dachten sie, ich hätte mit meiner Freundin gestritten und gaben mir gute Ratschläge. Die Zia riet mir, noch einmal über alles nachzudenken, vielleicht hätte ich ja irgend etwas falsch gemacht, und im übrigen sollte ich auf Gott vertrauen. Mein Vater hatte da eine wesentlich einfachere Philosophie, die in wenigen Worten zusammengefaßt hieß: »Frauen gibt's wie Sand am Meer.«

Keiner konnte mir helfen, nur in mir selbst konnte ich die Kraft finden, weiterzumachen und, wie auch immer, weiterzuleben. Auf diese Weise verbrachte ich den August, und es wurde September. Bald würde die Schule wieder anfangen, und ich hatte die Hälfte des Unterrichtsstoffes für das nächste Jahr schon durchgearbeitet. Ich hatte mindestens ein Buch pro Abend gelesen. Ich war auf dem besten Weg, der einzige in der Schule zu werden, der die Gesammelten Werke von Dostojewski gelesen hatte, aber ich war unglaublich unglücklich.

Mitte September jedoch veränderte sich mein Leben, dank eines einzigen Telefonanrufs. Er kam von Piero. Er fragte mich, ob wir uns sehen könnten, bitte, es sei wichtig für ihn. Ich hatte nur darauf gewartet. Ja, ja sicher, wo sollten wir uns treffen? Er würde mich, wie immer, mit dem Auto von zu Hause abholen. Ich wußte nicht, was ich von dieser Verabredung zu erwarten hatte, ich wußte nur eines, ich war wieder glücklich. Piero hatte gesagt, er würde gleich vorbeikommen, ich war schon an der Tür. Die Zia schaute mich nur an und war genauso glücklich wie ich. Jetzt war wieder diese Befangenheit zwischen uns, zumindest was mich anbetraf.

Piero hingegen schien sehr gelassen. Wir begrüßten uns mit einem ›Ciao‹, dann fuhr Piero los, so wie immer. Wir sprachen nicht, aber ich sah einen neuen Glanz in seinen Augen. Die Freude, uns nach so langer Zeit wiederzusehen... Für mich war es ein unbeschreibliches Gefühl. Ich glaubte, für ihn sei es genauso, aber da war noch irgend etwas anderes. Er hielt vor dem Rathaus an. Er sagte, ich solle aussteigen, und nahm dann meine Hand. Ich verstand überhaupt nichts mehr.

»Du hast mir gefehlt, du hast mir so sehr gefehlt. Ich glaubte verrückt zu werden, ich konnte nur noch an dich denken, ich wollte dir nahe sein. Ich kann ohne dich nicht leben.«

Er sagte mir all diese Dinge und hielt dabei meine Hand fest. Mit der anderen Hand streichelte er über mein Gesicht und meinen Körper, als wollte er sich versichern, daß ich wirklich da war, neben ihm, und nicht nur eines seiner Traumgespinste. Er machte mir die tollsten Liebeserklärungen, und dann küßte er mich, dort, vor allen Leuten. Alte Leute, Kinder, denen die Mütter die Augen zuhielten und dabei ihrem Abscheu Ausdruck gaben. Was war so verabscheuungswürdig an einem Kuß? Was war so verabscheuungswürdig an der Liebe? Piero war völlig euphorisch, er streichelte mich, flüsterte mir zärtliche Worte ins Ohr und küßte mich. Ich war völlig überrascht, aber das war nicht der Grund, warum ich auf seinen Ausbruch nicht reagierte. Alles andere als das. Ich glaubte, ein Wunder wäre geschehen. Weißt du, wenn etwas so schön ist, daß du es gar nicht begreifen kannst, genau so. Piero küßte mich noch immer, die Leute um uns herum waren ihm egal. Und alle taten so, als ob sie wegschauten, aber es entging ihnen nicht das geringste.

»Alles wird sich ändern, ich versprech es dir. Heute noch werde ich mit meinen Eltern reden. Wenn sie mich lieben, müssen sie mich so nehmen, wie ich bin, es wird ihnen nichts anderes übrigbleiben. Und du wirst es deinem Vater sagen, wir werden frei sein, verstehst du? Frei sein, uns zu sehen und uns zu lieben, wo und wann auch immer es uns gefällt. Wir werden frei sein. Wir werden uns nie mehr trennen.«

Wir verbrachten dort einen großen Teil des Nachmittags und redeten und schmusten miteinander. Dann meinte Piero, er habe Lust auf mich, und wir stiegen ins Auto und fuhren auf einen dieser Plätze für Liebespärchen. Es war schon dunkel. Er parkte das Auto, und ohne Zeit zu verlieren, begann er mich auszuziehen. Ich war wie betäubt und ließ ihn gewähren, ich hatte immer noch nicht ganz begriffen, was da geschehen war.

»Ich habe diese halbherzige Beziehung satt. Ich will, daß du mir gehörst, ich will dich ganz besitzen.«

Ich ließ mich in diesem engen Fiat 500, der für gewisse erotische Spiele absolut ungeeignet war, hin und her drehen. Ich fühlte kaum Schmerzen, ich war zu erregt. Denn dieses neue Gefühl, ihn über mir zu spüren, wie er meine Hüften heftig an sich drückte, war so überwältigend, daß es jeden Schmerz ausschloß. Er drang in mich ein und masturbierte und streichelte mich gleichzeitig. Als er kam, hörte ich ihn vor Lust fast schreien, aber er ließ mich nicht los. Er hatte sich in mir befriedigt, ich fühlte sein warmes Sperma, aber er wollte, daß auch ich kam. Es brauchte nicht viel, ich legte meine Hand über seine und preßte sie heftig. Ich kam sofort und ergoß mich auf seine Hand ...

Wir waren erschöpft und glücklich. Aber es war spät geworden, es war schon Mitternacht. Piero sagte, er würde sofort mit seinen Eltern reden, ich versprach ihm, dasselbe mit meinem Vater und der Zia zu tun. Wir würden uns morgen wiedersehen, und dann für immer, unser ganzes Leben lang. Ich konnte es nicht glauben, auf der Rückfahrt dachte ich an nichts anderes. Wie mein Vater reagieren würde, wenn ich ihm alles enthüllen würde, beunruhigte mich nicht. Ich hatte meine Liebe, das war alles, was ich brauchte. Und vielleicht würde mein Vater es ja auch verstehen. Ich war ganz unbesorgt. Zum ersten Mal verabschiedeten wir uns vor meiner Haustür mit einem Kuß.

Aber kaum hatte ich die Tür hinter mir geschlossen, wurde mir klar, daß ich meinem Vater entgegentreten und ihm die ganze Wahrheit erzählen mußte. Mit welchen Worten? Wie fing man ein solches Gespräch an? Als ich jedoch die Wohnung betrat, bemerkte ich, daß etwas passiert sein mußte. Mein Vater saß mit aufgestützten Armen am Tisch, und die Zia weinte. Als sie mich kommen hörten, erhoben sie sich beide und kamen mir entgegen, mein Vater mit einem finsteren Gesicht, das nichts Gutes verhieß, die Zia, als ob sie vermitteln wollte. Den Rest, glaube ich, kennst du. Wie mein Vater mich beschimpfte, sich auf mich stürzte und mich sogar schlug, bevor er mich aus dem Haus warf. Ich verteidigte mich nicht, ich verstand seine Verfassung. Es war für ihn, als hätte ihm jemand ein Messer ins Herz gestoßen. Von anderen zu hören, daß sein Sohn vor den Augen aller einen anderen Jungen leidenschaftlich küßte. Ich hätte ihm sagen können, warum ... Aber trotz der Fürsprache der Zia wollte mein Vater keine Erklärungen hören. Noch am selben Abend, auf der Stelle mußte ich verschwinden. Ich ging in mein Zimmer und packte den Koffer, als das Telefon klingelte. Die Zia hob ab. Sie kam heimlich, in Tränen aufgelöst, in mein Zimmer und sagte, ›er‹ sei am Telefon. Ehrlich gesagt dachte ich, er hätte alles bereut und rief mich jetzt an, um mich zu warnen, keine Dummheiten zu machen und niemandem etwas zu sagen.

Aber Piero hatte Wort gehalten und befand sich jetzt in derselben Situation wie ich. Auch er war zu Hause rausgeworfen worden, trotz der Bitten seiner Schwester und dank einer der echten oder gespielten Ohnmachten seiner Mutter. Ich sagte ihm, er solle kommen und mich abholen, aber er antwortete, sie hätten ihm auch die Schlüssel seines Wagens weggenommen. Wie ein kleiner Junge hörte er sich an, so ängstlich und erschrocken. Ich war es, der ihn beruhigen mußte. Ich sagte ihm, wir würden uns am Bahnhof treffen, und er solle versuchen, so viel wie möglich an Geld aufzutreiben oder Schmuck, den allerdings nur er, denn ich besaß keinen. Er faßte wieder Mut und antwortete: »Ja, ja gut.«

Jetzt gab es nichts mehr zu tun. Ich verabschiedete mich von der Zia und flüsterte ihr zu, ich würde so bald wie möglich von mir hören lassen, und vor allem solle sie sich keine Sorgen machen, ich ginge nicht alleine fort. Mein Vater hatte sich wieder an den Tisch gesetzt und hatte jetzt den Kopf in den verschränkten Armen vergraben. Ich verabschiedete mich auch von ihm, aber er antwortete mir nicht.

Den Koffer hinter mir herschleppend, verließ ich das Haus. Am Bahnhof traf ich Piero. Er saß auf einer Bank im Wartesaal und sah mich noch nicht einmal kommen, so sehr war er in seine Gedanken versunken. Als ich ihn ansprach, sah er auf und lächelte. Ich setzte mich neben ihn und sagte ihm, er solle sich keine Sorgen machen, wir würden woanders ein neues Leben anfangen. In diesem Dorf war kein Platz mehr für uns. Er senkte den Kopf, lächelte, aber sagte nichts. Ich glaubte, er würde es bereuen, sich am Nachmittag vor dem Rathaus so benommen zu haben. Tatsächlich hatte auch er die Katze gar nicht erst aus dem Sack lassen müssen. Seine Eltern waren schon informiert gewesen. Sein Vater hatte ihn zwar nicht geschlagen, aber gemeint, er brauche sich in seinem Haus nicht mehr sehen zu lassen. Vielleicht trauerte er jetzt schon all dem nach, was er verlassen mußte, dem Wohlstand, an den er gewöhnt war, der Familie, die ihn unterstützte, sogar der Möglichkeit, weiter zu studieren, die Universität zu besuchen. Ich? . . . Ja, es tat mir leid, die Schule abbrechen zu müssen, doch vor allem litt ich unter der Vorstellung, meinen Vater und die Zia nie mehr wiedersehen zu können. Aber ich bereute nichts. Ich fragte Piero, wieviel er hatte auftreiben können, und wir legten unser ›Vermögen‹ zusammen: Ungefähr dreihunderttausend Lire, dazu zwei Halsketten und zwei Armreifen. Piero war beunruhigt. Sicher, ich war es auch, aber ich tat so, als wäre alles in bester Ordnung. Einer von uns beiden mußte den Stärkeren spielen, einer von uns mußte die Sache in die Hand nehmen. Es wurde Zeit zu überlegen, wohin wir fahren sollten. Ich dachte, es wäre eine nette Idee, ihn den Ort wählen zu lassen. Statt dessen erschreckte es ihn nur noch mehr.

»Du weißt also noch nicht einmal, wo wir hingehen sollen...«

Ich hätte ihm eigentlich sagen müssen, daß ich mich in genau derselben Situation befand wie er und er sich irrte, wenn er glaubte, ich würde ihn an einen sicheren Ort bringen. Ich hätte ihm sagen müssen, daß er auf tausend Schwierigkeiten treffen würde und keiner ihm helfen würde, sie zu meistern. Ich hätte ihm sagen müssen, daß es ihm wohl nicht erspart bleiben würde zu arbeiten. Aber ich brachte es nicht übers Herz, ich wollte ihn nicht noch mehr beunruhigen. Und außerdem hatte ich auch die Befürchtung, daß er alles aufgeben würde, wenn er sich der Schwierigkeiten bewußt würde, daß er es vorziehen würde, wieder an die Tür seines Vaters zu klopfen, ihn anflehen würde, ihn wieder aufzunehmen, mit dem Versprechen, sich zu ändern. Ich hatte Angst, alleine zu bleiben, ihn zu verlieren, deshalb log ich: »Nein, nein, ich hab das nur so dahingesagt, ich dachte, du hast vielleicht irgendeine Vorliebe. Sicher weiß ich, wo wir hingehen.«

Ich nahm ihn mit mir, und wir gingen zum Schalter. Ich ließ ihn ein wenig abseits warten und bat um Auskunft über nahegelegene Ortschaften. Ich wählte eine davon aus und kaufte zwei Fahrscheine. Dann ging ich wieder zu ihm zurück und meinte, es sei alles in Ordnung, wir würden nach Vermani fahren, in einen ungefähr dreißig Kilometer entfernten

Ort. Der Zug ging in einer halben Stunde. Ich hatte Angst, er würde mich fragen, wen ich dort kenne und was wir dort für ein Leben führen würden. Ich hätte ihn nicht belügen und ihm so eine Art Garten Eden vorgaukeln können. Aber Piero war schon wieder verstummt und in seine Gedanken versunken. Ehrlich gesagt war mir das jetzt auch lieber so. Er war völlig geistesabwesend, dachte an wer weiß was, aber immer aus der Angst heraus, ihn zu verlieren, wollte ich nicht fragen. Der Zug kam an, und wir stiegen ein, wir suchten uns zwei Plätze und verstauten die Koffer. Piero sprach noch immer nicht, er schaute zum Fenster hinaus, in Richtung des Dorfes, das wir gerade dabei waren zu verlassen. Die Angst packte mich, ich hoffte, der Zug würde gleich abfahren, aber es dauerte noch weitere zehn Minuten. Wir saßen da und sagten kein Wort. Vielleicht war Piero unschlüssig und versuchte, den Mut aufzubringen auszusteigen. Endlich fuhr der Zug ab. Jetzt fühlte ich mich wesentlich sicherer und begann zu reden. Ich fragte ihn, wovor er Angst habe, ob er es bereuen würde, ob er mich liebe.

»Das ist doch klar. Wenn es nicht so wäre, wäre ich nicht hier.«

Von Liebe hatte er nichts gesagt.

»Sicher, aber liebst du mich?«

»Sag mal, bist du taub? Übrigens, was passiert eigentlich, wenn wir in diesem verdammten Ort ankommen? Es ist halb zwei in der Nacht... Können wir denn noch bei den Leuten unterkommen?«

Ich war wütend auf ihn, ich hatte kein Mitleid mehr.

»Bei welchen Leuten sollten wir denn unterkommen?«

»Na ja, bei denen, zu denen wir fahren.«

Ich wollte ihm reinen Wein einschenken, nicht weil mir daran lag, daß er sich eine Vorstellung davon machte, wie die

Dinge wirklich standen, sondern nur deshalb, weil er mich schlecht behandelte, weil er es darauf anlegte, mir weh zu tun.

»Es wäre ganz gut, wenn du wüßtest, daß ich in diesem verdammten Ort, in den wir fahren, keinen einzigen Menschen kenne und absolut nicht weiß, wo wir heute nacht schlafen werden. Ich weiß weder, ob wir auf dem Bahnhof übernachten müssen, oder ob uns sogar noch schlimmeres erwartet. Warte! Ich bin noch nicht am Ende. Und das nicht deshalb, weil es fast zwei Uhr nachts ist, sondern aus dem einfachen Grund heraus, weil ich diesen Ort ganz beliebig ausgewählt habe, einfach so, weil er mir besser gefiel als die anderen.«

Jetzt stand ihm die Angst ins Gesicht geschrieben.

»Aber was sollen wir dann überhaupt dort? Wie sollen wir denn dort leben?«

»Ganz einfach, indem wir arbeiten. Wir werden uns eine Arbeit suchen, die paar Schmuckstücke verkaufen, die wir bei uns haben, und uns eine Wohnung mieten ... Für heute nacht brauchen wir uns erst gar keine Gedanken zu machen. Ich glaube kaum, daß sie um zwei Uhr nachts noch Appartments vermieten.«

»Wir können ja immer noch in ein Hotel gehen.«

»Streich dieses Wort aus deinem Vokabular! Bestenfalls können wir uns nach einer kleinen Pension umschauen. Aber wir müssen sparsam mit dem Geld umgehen, zumindest so lange, bis wir eine Arbeit gefunden haben.«

Meine Sicherheit war nur gespielt. Gerade deshalb, weil Piero so schwach und ängstlich war, gab ich mir den Anschein, stark zu sein.

»Was redest du da von Arbeit. Ich kann doch gar nichts.«

»Im Gegenteil, du hast sogar Glück. Du hast zumindest einen Studienabschluß.«

Er faßte wieder Mut, an seinen Abschluß hatte er nicht gedacht. Aber ich fuhr gleich wieder dazwischen und löschte auch diesen Hoffnungsschimmer aus.

»Natürlich wird dir das wenig nützen. Du kannst schließlich nicht erwarten, eine Stelle als Ingenieur zu bekommen, wo du keinerlei Erfahrung in diesem Beruf hast, noch dazu bei dieser Arbeitslosigkeit. Du wirst dich mit irgendeiner beliebigen Arbeit zufriedengeben müssen, genauso wie ich.«

»Aber ich kann wirklich nichts.«

»Du wirst schon sehen, was du alles kannst, wenn dir das Geld fehlt, um dir was zu essen zu kaufen. Jedenfalls hörst du erst mal zu rauchen auf oder wechselst zumindest auf eine billigere Marke um.«

»Bist du verrückt? So werde ich niemals leben können. Ich brauche Geld, viel Geld ...«

Jetzt schien ihn wirklich die Angst zu packen. Ich dachte, es wäre wegen der Arbeit ... Aber es war etwas anderes, etwas viel Schlimmeres.

»Gut, du brauchst Geld, so wie alle anderen auch. Und genauso wie alle anderen wirst du es dir mit Arbeit verdienen.«

»Einen Scheiß hast du verstanden! Was ich brauche ist ... Stoff.«

Ich hatte immer noch nicht richtig kapiert. Diese Welt war für mich zu weit weg, um zu begreifen.

»Was meinst du damit, du brauchst Stoff?«

»Heiliger Himmel, bist du völlig verblödet? Hast du noch nie was von Drogen gehört? Von Heroin? Ich bin da reingeraten. Ich brauche Geld. Verstehst du jetzt endlich?«

Ich war fassungslos, es ging nicht in meinen Kopf, was er mir da sagte. In der Schule hatte ich über Drogen reden gehört. Auch zu Hause wurde manchmal das Thema zur

Sprache gebracht. Ich wußte, daß sie zum Tod führen konnten, daß Heroin die gefährlichste und tödlichste von allen Drogen war. Aber daß Piero davon abhängig sein sollte . . . ich konnte es wirklich nicht fassen. Ich hatte ihn nie mit Drogen gesehen, und wir waren schon seit vielen Monaten zusammen. Er hatte nie mit mir darüber gesprochen. Es konnte einfach nicht wahr sein. Jedenfalls verstand ich nicht die volle Bedeutung dessen, was ich da gehört hatte.

»Um so besser. Wenn du kein Geld hast, kannst du dir das Zeug auch nicht kaufen. Also wirst du damit aufhören.«

Er fing zu lachen an. Ein hysterisches Lachen.

»Siehst du? Siehst du, wie ich ausschaue? Es wirkt nicht mehr. Die Wirkung geht zu Ende. Ich brauch was, sofort!«

»Aber was willst du machen? Wir fahren in irgendeine Stadt, wir haben kein Geld. Du weißt noch nicht mal, an wen du dich wenden sollst.«

»Darüber mach dir keine Sorgen, das ist wirklich das geringste aller Probleme, das heißt, es ist überhaupt kein Problem. Wir erkennen uns an der Nasenspitze. Du schaust nur einmal kurz hin und weißt sofort, wen du vor dir hast.«

»Und was ist mit dem Geld? Wieviel brauchst du dafür?«

»Das ist das eigentliche Problem. Ich kann nicht warten, bis wir Arbeit haben, ich brauch das Geld sofort. Bei denen gibt es keinen Kredit.«

»Also, was schlägst du vor?«

Ich hatte meine ganze Sicherheit verloren. Ich kannte mich damit überhaupt nicht aus, was hätte ich tun sollen? Na ja, ich will dir jetzt nicht hier in allen Einzelheiten erzählen, was passiert ist. Ich denke, im Grunde interessiert dich nur die Geschichte zwischen mir und Fedra.

Nur eines kann ich dir sagen: Ich lebte in der Hölle. Natürlich mußte ich an diesem Abend Pieros Krise ertragen, so lange, bis wir es nicht mehr aushielten und in eine Apotheke gingen. Nachts, in einem Ort, in dem wir uns nicht auskannten, ohne Rezept. Wir fragten nach einem Beruhigungsmittel, dem stärksten, das sie hatten. Sie sahen sofort, was mit Piero los war, und hatten Verständnis. Sie gaben es uns.

Wir suchten uns eine Pension und verbrachten dort die Nacht. Ich hatte das Beruhigungsmittel eingesteckt und hatte ihm schon sieben Pillen davon gegeben, aber sie zeigten keine Wirkung. Ich war todmüde, doch ich konnte nicht schlafen, er brauchte mich ständig, um mit mir zu reden, mich um Hilfe anzuflehen, mich zu bitten, ihm das Zeug zu besorgen. In manchen Augenblicken war ich so verzweifelt, daß ich wirklich fast auf den Platz hinausgerannt wäre, um für ihn nach Heroin zu fragen. Ich konnte es nicht ertragen, daß es ihm so schlecht ging. Doch dann wieder, in den seltenen Momenten, in denen er ein wenig ruhiger war, sagte er, er sei glücklich, ich müsse ihn leiden lassen, kein Mitleid mit ihm haben, nur so würde er es schaffen, damit aufzuhören, und in diesen Momenten wollte er es wirklich. Vorher nicht, vorher wollte er nicht aufhören, denn dann glaubte er, er könne jederzeit darauf verzichten. Doch in diesen Momenten, die wirklich sehr rar waren, merkte er, daß er abhängig war, und wollte davon loskommen. Aber nicht genug damit, er beschimpfte mich auch noch, fluchte und überschüttete mich mit Beleidigungen.

Allmählich begann ich ein wenig zu begreifen, wie ernst die Situation war. Nachdem drei Tage vergangen waren, sagte mir Piero, er sei ›geheilt‹, denn er hätte es geschafft, die Krise zu überstehen. Ich glaubte, nun käme alles wieder in Ordnung. Wir waren die ganzen drei Tage über in der Pension geblieben, hatten nichts außer einem belegten Brötchen am Tag gegessen und waren mit unserem Geld fast am Ende. Als er mir sagte, es ginge ihm gut, er sei praktisch ›sauber‹, dachte ich sofort daran, daß wir uns nach einer Arbeit umschauen müßten. Piero war sehr glücklich, sehr aufgekratzt, er nahm noch immer die eine oder andere Pille, aber nur zwei am Abend. Die Vorstellung, etwas zu tun zu haben, beschäftigt zu sein, gefiel ihm.

Wir fanden Arbeit. Ich als Hilfsarbeiter auf dem Bau, er als Kellner in einer Bar. Wir waren bestens organisiert, denn ich wurde nach Stunden bezahlt, bei täglicher Auszahlung, so konnten wir unseren Lebensunterhalt bestreiten, und er erhielt ein monatliches Gehalt, mit dem wir eventuelle Schulden abdecken konnten. Wir hatten auch ein hübsches Zimmer mit Bad an der Peripherie gefunden, für fünfzigtausend Lire im Monat. Es gelang uns sogar, ein wenig Geld beiseite zu legen. Also schrieb ich meinen ersten Brief an die Zia, als ich überzeugt war, daß alles gut lief und nur noch besser werden konnte. Das wenigstens glaubte ich. Ich hatte keine Vorstellung von dem, was noch folgen sollte.

Innerhalb von drei Monaten hatten wir soviel Geld gespart, daß wir uns einen Telefonanschluß leisten konnten. Wie haben wir uns gefühlt an diesem Tag! Wirklich phantastisch, richtig clever, erwachsen genug, um auch bestens allein zurechtzukommen. Jetzt brauchten wir das Geld, was übrig blieb, für die Telefonrechnung und für die eine oder andere Anschaffung. Weitere vier Monate vergingen. Das Geld verwahrten wir inzwischen in einem gut verschlossenen, sicheren Versteck auf.

Eines Tages, es war wirklich kein Tag wie jeder andere, es war sein Geburtstag, suchte ich den Schlüssel heraus, um mir etwas Geld zu nehmen. Ich wollte ihm ein Geschenk machen. Für mich war das selbstverständlich, sozusagen eine liebe Gewohnheit. Es machte mir nicht besonders viel aus, wenn er meinen Geburtstag vergaß, aber um nichts auf der Welt durfte ich seinen vergessen. Ich nahm also den Schlüssel und wollte erst mal unsere finanzielle Situation überpüfen, um dann zu entscheiden, welches Geschenk im Bereich der Möglichkeiten lag. Doch unser geheimes Versteck war völlig leer, obwohl mindestens sechshunderttausend Lire darin hätten sein müssen. Unsere Telefonrechnungen waren immer sehr niedrig, und andere Ausgaben hatten wir nicht gehabt. Diese Summe hätte da sein müssen ... Ich zerbrach mir den ganzen Tag über den Kopf und versuchte mich zu erinnern, welche unvorhergesehene Ausgabe ich vergessen hatte. Doch dann kam ich zu dem Ergebnis, daß niemals alles hätte weg sein können. In jedem Fall hätte noch etwas übrigbleiben müssen, wenn auch nur wenig. Doch das Versteck war gähnend leer. Ich dachte, Piero wollte vielleicht eine Überraschung vorbereiten, vielleicht um zusammen mit seinem Geburtstag auch unseren Erfolg zu feiern. Schon deshalb, weil ich das Geld am Tag zuvor noch gesehen hatte. Genauso mußte es sein. Ich machte mir nicht die geringsten Gedanken, ich war nur sehr neugierig darauf, was er sich wohl ausgedacht hatte. Es tat mir nur leid, daß ich ihm nun nichts kaufen konnte. Also nahm ich einen großen Karton, zerschnitt ihn und schrieb auf jeden Teil ›Herzlichen Glückwunsch zum Geburtstag‹. So hatte auch ich meine Überraschung für ihn.

Als Piero dann zurückkam, war er tatsächlich sehr überrascht, aber nicht wegen dem, was ich für ihn vorbereitet hatte. Er hatte seinen Geburtstag völlig vergessen. Ich überlegte sofort, was er wohl mit dem Geld gemacht hatte, dann schaute ich in sein Gesicht und verstand. Er war leichenblaß, sein Atem ging keuchend, er konnte nicht einmal mehr reden. Er wollte nur noch schlafen. Aber ich erlaubte es ihm nicht. Es war eindeutig, er war wieder rückfällig geworden, und ich wollte wissen, warum. Er stritt alles ab, sagte, er sei sehr müde, es wäre viel Betrieb gewesen. Ich fragte ihn nach dem Geld, und er meinte, davon wüßte er nichts. Er vertraute mir nicht mehr, was bedeutete, daß er nicht nur rückfällig geworden war, sondern auch nicht mehr davon lassen wollte. Das würde er mit mir nicht noch einmal machen. Ich hatte keine Lust, ihn in diesem Zustand zu sehen, seine Krisen zu ertragen. Ich mußte irgend etwas tun. Ich sagte ihm, ich würde mich am nächsten Tag in das Lokal setzen, wo er arbeitete, und dort sitzen bleiben, bis seine Schicht zu Ende sei. Er wurde wütend, meinte, ich hätte kein Vertrauen zu ihm, wenn jemand einmal einen Fehler gemacht habe, hieße das nicht, daß er für den Rest seines Lebens abgestempelt sei. Und außerdem, wenn ich nicht arbeiten würde, wovon sollten wir uns dann was zu essen kaufen? Auf jeden Fall überzeugte er mich. Auch weil er mir immer wieder beteuerte, er sei nur müde, und morgen früh könnte ich mich vom Gegenteil selbst überzeugen. Am nächsten Tag war alles unverändert, er war genauso blaß und fiel vor Müdigkeit fast um. Also entschied ich mich, meine Ankündigung in die Tat umzusetzen. Was kümmerte mich meine Arbeit, wenn es um sein Wohlergehen ging? Ich ging mit ihm in die Bar, mit der Ausrede, ihm zur Hand zu gehen. Zum Besitzer sagte ich, ich würde ohne Bezahlung arbeiten. Ich schaute Piero auf die Finger, aber wenn er an den Tischen bediente, konnte ich ihm nicht folgen. Alles war völlig umsonst gewesen. Piero hatte genug Gelegenheit, mit den Herrschaften, die ihn versorgten, Kontakt aufzunehmen.

Nach einer Woche, die ich dort verbracht hatte, wußte ich zumindest, wer sie waren. Ich entschloß mich, sie zur Rede zu stellen. Als sie die Bar verließen, ging ich ihnen hinterher. Sie waren zu viert. Ich fragte den, den ich für den Chef hielt, ob ich mit ihm ein paar Worte wechseln könne. Er war einverstanden und bedeutete den anderen dreien, ein wenig abseits zu warten. Sie behielten uns allerdings im Auge. Ich wußte überhaupt nicht, wo ich anfangen sollte. Ich hatte Angst vor ihnen, aber meine Liebe zu Piero ließ mich auch diese Angst überwinden, ich war nur noch ein wenig verlegen. Don Raffaele gab sich sehr liebenswürdig und ermutigte mich, mit meinem Anliegen herauszurücken. Ich versuchte, sein Mitleid zu erwecken, eine Taktik, die mir nicht lag, aber das einzige, was ich machen konnte: »Ich kenne Sie, Don Raffaele. Ich weiß, daß Sie eine allerseits respektierte Persönlichkeit sind. Sie sind sehr reich, aber die Art Ihrer Geschäfte interessiert mich nicht. Ich möchte mit Ihnen nicht über Moral reden, über das, was richtig oder falsch ist. Ich bitte Sie nur um eines, nicht Piero, bitte nicht er. Er hat kein Geld, um das alles zu bezahlen. Wenn Sie wüßten, wie es um ihn steht. Ich verurteile ihn nicht, er kann mit seinem Leben machen, was er will. Aber, ich bitte Sie, lassen Sie Piero in Ruhe. Ich ... ich mag ihn sehr gerne ... Ich kann ihn nicht leiden sehen.«

»Ich weiß nicht, wer du bist. Bist du sein Bruder?«

»Nein, ich bin ein Freund. Meine Name ist Ippolito.«

»Hör zu, Ippolito, wenn irgend jemand anderes so mit mir geredet hätte, hätte ich ihn mit einem Tritt in den Hintern davongejagt. Aber ich sehe, du machst dir wirklich Sorgen. Piero steckt bis über den Kopf in der Sache drin, er hat es nicht anders gewollt. Keiner von uns hat ihn dazu überredet. Er war es, der uns gefragt hat, ob wir etwas für ihn hätten. Sollte ich ihn wegschicken? So wie es jetzt aussieht, auch wenn ich aufhören würde, ihn zu versorgen, selbst wenn ich mich in dieser Bar nicht sehen lassen würde, würde Piero trotzdem jemanden finden, der ihm gibt, was er braucht, und die Frage ist, wen? Er kommt zu mir, und ich gebe ihm sauberen Stoff.«

»Aber woher soll er das Geld nehmen? Womit bezahlt er das alles?«

»Er bringt uns hin und wieder eine Stereoanlage, manchmal bezahlt er auch bar. Er stiehlt, das ist klar. Aber er bleibt uns nichts schuldig, das kann ich dir versichern.«

»Das heißt also, Sie können mir wirklich nicht helfen?«

»Wie ich dir schon sagte, wenn ich könnte, würde ich dir gerne helfen, aber er ist es, der zu uns kommt.«

Ich sprach mit Piero über diese Begegnung, und er war darüber ziemlich verärgert. Es war überflüssig, gewissen Leuten mit dem Gehabe eines besorgten Mütterleins auf die Nerven zu gehen. Allerdings war er jetzt gezwungen, die Wahrheit einzugestehen, und er tat es: »Ja, es stimmt, ich nehm das Zeug wieder, weil ich es so will. Es macht mir Spaß. Mach dir keine Sorgen wegen des Geldes. Das, was ich aus dem Versteck genommen habe, werde ich so bald wie möglich wieder ersetzen. Du wirst keinen Schaden davon haben.«

Es war eine schreckliche Zeit. Piero war immer öfter unterwegs, und ich lebte in der Angst, sie würden ihn aufgreifen und er würde im Gefängnis landen. Nach Hause schrieb ich, alles liefe bestens. Gott sei Dank kam mir ein unglücklicher Zufall zu Hilfe. Ich hatte erfahren, daß mein Vater seit nunmehr einem Jahr mit Fedra verheiratet war. Ich hatte sie nie kennengelernt, ich hatte andere Probleme. Ein Jahr war vergangen, seit wir hierhergekommen waren, und es schien eine Ewigkeit zu sein. Wie sehr war ich erwachsen geworden, ich kam mir doppelt so alt vor, als ich war. Ich sagte gerade, ein unvorhergesehenes Ereignis, ein unglücklicher Zufall kam mir zu Hilfe.

Piero kam eines Abends blasser als sonst nach Hause. Er atmete schwer und konnte sich kaum noch auf den Beinen halten. Ich wußte nicht mehr, was ich machen sollte, und brachte ihn ins Krankenhaus. Ich erklärte die Situation dem Notarzt, der alles tat, um mir zu helfen, wie übrigens auch alle anderen. Er blieb vier Tage lang dort. Ich saß auf einem Stuhl neben seinem Bett und tat keine Auge zu. Es hätte ja sein können, daß er mich brauchte. Während dieser Tage, nach dem ersten Augenblick der Panik, denn sie hatten mir gesagt, er läge praktisch im Koma wegen einer Überdosis, entschied ich mich, nun hart mit ihm zu sein. Ich wußte, er war außer Gefahr. Also sagte ich ihm, dieses Mal sei wirklich das letzte Mal gewesen, ich wollte niemals mehr wieder das Wort Heroin hören, Überdosis oder irgendeinen anderen Scheiß. Wenn er sich nicht daran hielte, würde ich ihn bei den ersten Anzeichen verlassen. Ich würde kein Mitleid mehr mit ihm haben, dann wäre endgültig Schluß. Er stimmte mir zu und meinte, diesmal wäre wirklich das letzte Mal. Als er aus dem Krankenhaus entlassen wurde, war Piero wieder fröhlich, geradezu glücklich. Er kehrte voller Enthusiasmus an seine Arbeit zurück.

Nach zwei Tagen sah ich ihn wieder leichenblaß und todmüde zurückkommen. Er versuchte es mit Ausreden, aber ich blieb hart. Ich sagte ihm, ich würde ihn verlassen, ich wollte nicht mehr mit ihm zusammensein. Er antwortete mir, es sei nicht richtig, daß ich es wäre, der ging. Er habe einen Fehler begangen, und deshalb müsse er es sein, der geht. Ich versuchte nicht einmal mehr, ihn zu überzeugen. Ich drehte ihm den Rücken zu und hoffte, er ginge endlich. Doch vorher bat er mich noch um Verzeihung für alles, was er mir angetan hatte. Ich antwortete ihm nicht, ich wollte nicht wieder auf meine Gefühle hören, ihm sagen, ich würde ihm helfen, er solle alles vergessen und bei mir bleiben. Er ging. Ich warf mich aufs Bett und weinte.

Wohin konnte er gehen? Hatte ich ihn nicht noch mehr in

die Verzweiflung getrieben? War es nicht vielleicht meine Aufgabe, im Guten wie im Bösen an seiner Seite zu stehen? Jetzt würde ich noch nicht einmal wissen, wo ich ihn suchen sollte, und egal wie, es hätte auch nichts geholfen. Ich verbrachte den größten Teil der Nacht mit diesen Gedanken, quälte mich, weinte, dann, gegen drei, schlief ich dank dieser Pillen, die er vergessen hatte, ein.

Das Klingeln des Telefons weckte mich um acht. Es war die Zia, die mich sofort und persönlich sprechen wollte. Ich bat sie um zwei Stunden Zeit, zog mich eilig an und wartete dann auf den ersten Bus. Den Rest weißt du, die Zia wird es dir erzählt haben, und auch Fedra. Aber wer weiß, was sie dir erzählt haben. Sie werden mich als einen ruchlosen Menschen beschrieben haben, der kein Herz hat, ich weiß. Na ja, die Zia vielleicht nicht, aber Fedra ganz bestimmt. Meinetwegen erzähle auch ich dir, wie sich alles abgespielt hat, wer Schuld an dieser ganzen Geschichte hat ... Mit der Zia war ich, wie ich dir schon sagte, in Kontakt geblieben, dank der Briefe, die ich ihr hin und wieder geschrieben hatte und auf die sie mir zwar mit einigen Schwierigkeiten, aber mit Freuden antwortete. Die Zia war nicht sehr gewandt im Briefeschreiben. Du kannst dir vorstellen, was mir diese paar Zeilen, die mich hin und wieder erreichten, bedeuteten. Sie waren die einzige Verbindung zu meiner Familie, die mir noch geblieben war. Ich schrieb ihr eigentlich immer dasselbe, es ginge mir sehr gut, ich hätte mich ohne Schwierigkeiten eingelebt und sei wirklich sehr glücklich mit Piero. Anfangs schämte ich mich ein wenig, ihr über mich und Piero zu erzählen, aber dann, auch ermutigt durch ihre Antworten, in denen sie mich nach Einzelheiten fragte und die nicht den Anschein hatten, als wollte sie mir Vorwürfe machen, gewöhnte ich mich daran, ihr zu berichten, wie wir miteinander lebten, betonte dabei allerdings den romantischen Teil unseres Zusammenlebens und verschwieg die Probleme, die wir miteinander hatten.

Die Zia berichtete mir über meinen Vater und ermutigte mich, an die göttliche Vorsehung zu glauben, die es mir ermöglichen würde, eines Tages nach Hause zurückzukehren. Sie verschwieg mir nichts, vielleicht deshalb, weil sie einsam war und glaubte, mir Glücklichem würde es leichtfallen, ein Wort des Trostes für sie zu finden. Sie schrieb mir, mein Vater sei, nachdem ich das Haus verlassen hatte, nun endgültig ein richtiger Playboy geworden. Sie hielt nun mit nichts mehr zurück. In einem anderen, sehr besorgten Brief berichtete sie mir von einer Frau, die zu ihr gekommen war, um ihr eine Szene zu machen, und die, bevor sie wieder ging, unsere Familie verflucht hatte. Ich erinnere mich, daß ihr das die allergrößten Sorgen machte. Sie war überzeugt davon, etwas Schreckliches würde passieren. Ich beruhigte sie, indem ich ihr schrieb, es könne nun nichts Schrecklicheres mehr passieren als das, was schon passiert sei, auch alle Verwünschungen und Flüche könnten daran nichts ändern.

Sie schien keineswegs davon überzeugt zu sein und schrieb mir noch oft von ihrer Angst, bis sie mir schließlich mitteilte, sie glaube, mein Vater habe sich wieder verliebt. Sie beschrieb mit sehr herzlichen Worten die neue Frau. Sie sei ein sehr nettes und kluges Mädchen, auch wenn sie noch sehr jung sei, und es schien so, als ob sie meinen Vater wirklich gern habe. Man merkte, daß die Zia gleich eine große Zuneigung zu ihr gefaßt hatte, die, so wie es den Anschein hatte, auch erwidert wurde.

Ich antwortete ihr, ich sei darüber sehr froh. Endlich könne mein Vater wieder ein Glück genießen, das er so lange Zeit entbehrt hatte. Meine neue Mutter war da. Doch jetzt war sie für mich nicht mehr die Garantin meines Wohlergehens, die

Frau, die für mich sorgen würde, der ich alles, aber auch alles erzählen konnte, weil sie mich immer verstehen würde, und zu der ich ›Mutter‹ sagen würde. Jetzt war sie die Frau meines Vaters, eine Frau, die ihn glücklich machte und ihn allen Kummer, den er hatte erleiden müssen, vergessen ließ.

Ich hätte gerne mehr über sie erfahren, doch nach einiger Zeit bemerkte ich, daß es die Zia vorzog, nicht mehr über Fedra zu reden. Sie erzählte von tausend anderen Dingen, nannte nie ihren Namen und fragte vor allem nach mir. Das war etwas merkwürdig, aber dann dachte ich, daß der Briefwechsel ja zwischen ihr und mir bestand und andere Personen nur dann darin vorkamen, wenn wir sie mit einbeziehen wollten.

Dann kam der besagte Tag. Die Zia rief mich an, und das kam mir schon verdächtig vor, denn wir telefonierten nur im äußersten Fall miteinander, was in all dieser Zeit höchstens zweimal vorgekommen war. Sie sagte, es sei nichts Besonderes passiert, es sei nur so, daß mein Vater auf Reisen sei und sie mit mir über etwas reden wolle. Ich bat sie, mir eine Andeutung zu machen, aber sie wollte nicht. So fuhr ich an diesem Morgen mit dem Kopf voller Probleme los. Auf der einen Seite Piero, den ich weggeschickt hatte, auf der anderen die Zia, die mich das Schlimmste befürchten ließ. Ich kam zu Haus an, und eine Frau öffnete mir, Fedra. Das war äußerst seltsam. Obwohl wir uns nie gesehen hatten, umarmte sie mich sehr heftig. Meine Anspannung stieg, denn diese herzliche Umarmung von einer Fremden und die Zia in Tränen aufgelöst ließ mich befürchten, meinem Vater sei etwas Schlimmes zugestoßen. Wie immer weinte die Zia still vor sich hin und redete nicht. Fedra machte einen wesentlich ruhigeren Eindruck, sie beruhigte die Zia und wollte mich in einen anderen Raum bringen, um mir alles zu erklären. Da fuhr die Zia auf und schrie, sie, sie sei diejenige, die mir alles erklären müsse, denn sie hätte mich großgezogen und sie hätte mich lieb. Fedra versuchte wieder, sie zu beruhigen, und ich wurde immer nervöser.

Schließlich bat mich Fedra in die Küche, und wir ließen die Zia weinend zurück. Ich verstand das alles nicht und wollte nur eine Erkärung, und zwar sofort. Aber Fedra ließ sich Zeit. Sie bat mich, mich zu setzen, bot mir einen Kaffee an, eine Zigarette, alles Dinge, an die ich in diesem Moment als letztes dachte, denn ich hatte eine unbeschreibliche Angst, die durch ihr Verhalten nur noch größer wurde. Endlich fing sie zu reden an. Ich dachte, sie käme gleich zum Kern der Sache, aber sie sprach von mir, davon, daß sie meine Geschichte kenne und wie sie sie erfahren habe. Ich hörte ihr schweigend zu. Am liebsten hätte ich ihr gesagt, sie solle sich ein bißchen beeilen, aber die Tatsache, daß sie die Frau meines Vaters war, hielt mich zurück, und sie redete weiter um den heißen Brei herum. Ich wurde es langsam leid und gab ihr das zu verstehen. Sie war beleidigt und glaubte, ich hätte etwas gegen sie, obwohl ich sie gar nicht kannte. Ich erklärte ihr sehr freundlich, ich hätte überhaupt nichts gegen sie, ganz im Gegenteil, ich wäre sehr froh, daß sie die Frau meines Vaters geworden sei, denn auch er habe nach allem ein wenig Glück und Liebe verdient. Ich hatte das gesagt, weil mir Fedra eine sehr sensible Frau zu sein schien und ich sie durch mein Benehmen vielleicht verletzt hatte. Es war auch nicht ihre Schuld, daß ich mit Piero gestritten hatte, daß er es nicht schaffte aufzuhören und daß ich so angespannt war ... Sie wollte zu mir nur ein freundschaftliches Verhältnis haben, dieser Wunsch erschien mir völlig normal. Ich sagte ihr, ich sei ihr sehr dankbar für all die Liebe, die sie meinem Vater gäbe. Ihre Reaktion darauf war seltsam, sie antwortete mir:

»Und ich? Brauche ich etwa keine Liebe?«

Ich schwöre dir, ich verstand sie nicht. Ich war sehr nett zu ihr gewesen. Mir schien, ich hätte nichts Schlimmes gesagt. Ich antwortete ihr, natürlich habe auch sie das Recht, geliebt zu werden. Aber sie beharrte darauf, jeder habe das Bedürfnis nach Liebe und ein Recht darauf. Also glaubte ich endlich zu verstehen. Mein Vater hatte anscheinend seine Gewohnheiten auch nach der Hochzeit nicht aufgegeben und betrog sie wohl. Das arme Mädchen. Ich suchte schon nach Worten, um sie zu trösten, doch sie lachte nervös auf, als hätte ich die größte Dummheit der Welt von mir gegeben, und fügte hinzu, wenn überhaupt, wäre es höchstens umgekehrt. Ich dachte an meinen Vater, der betrogen wurde, an meinen Vater, der sich verliebt hatte und betrogen wurde. Schon der Gedanke daran tat mir weh. Er würde wieder leiden müssen, aber diese Fedra vor mir zu sehen, die schon selbst genug darunter zu leiden schien, ließ es mir nicht richtig erscheinen, sie noch mehr zu belasten. Ich haßte sie nicht dafür, daß sie meinem Vater weh tun würde, im Gegenteil, ich fühlte mich ihr sogar irgendwie verbunden und sagte ihr, es sei nicht ihre Schuld, wenn sie sich in einen anderen verliebt habe, sie müsse einfach nur ehrlich zu meinem Vater sein und ganz unbesorgt ihre Liebe leben.

Was hatte ich Falsches gesagt? Konnte man denn diese Worte wirklich mißverstehen? Ich hatte auch auf der Grundlage meiner eigenen Erfahrungen geredet. Ich sah ein Mädchen vor mir, noch sehr jung, das meinen Vater geheiratet hatte. Sie hatte ihn glücklich gemacht, aber ohne es selbst zu sein. Das erschien mir nicht richtig. Nur das sagte ich ihr, ich schwöre es dir. Um sich herauszureden, wird sie dir erzählt haben, ich hätte sie in was weiß ich welcher Hinsicht getäuscht, aber ich habe nichts anderes gesagt, ich schwör es dir.

Und überhaupt, du kannst es dir sicher vorstellen, ich war mit meinem Kopf bei Piero. Ich verstand ihr Problem, und ich hatte Mitgefühl, aber sonst war nichts.

Sie begann, mich zu umarmen und zu küssen. Im ersten Moment erschien mir das normal. Stell dir vor, ich empfand sogar eine gewisse Zärtlichkeit für sie. Ich dachte, ich wäre der erste, der ihr Verständnis entgegenbringt und ihr nicht noch mehr Schuldgefühle machte. Wie hätte ich auch darauf kommen sollen, daß sie verliebt war. Sicher, sie war verliebt, aber in mich? Ausgerechnet mich wollte sie. Den Sohn ihres Mannes. Und wie konnte sie nur glauben, daß ich sie wollte? Selbst wenn ich Interesse an Frauen gehabt hätte, hätte ich keinen Moment an sie gedacht. Sie war die Frau meines Vaters! Und außerdem, war ihre Liebe überhaupt echt? Mir kam sie nur wie eine sexhungrige Nymphomanin vor. Ich glaube nicht, daß ich sie so behandelt hätte, wenn sie ernsthaft und ruhig mit mir über diese Liebe gesprochen hätte. Ich hätte ihr verständlich gemacht, daß sie so nicht an mich denken durfte, daß sie mich zwar nicht wie einen Sohn betrachten mußte, aber doch als einen Freund, an den sie sich wenden konnte, wenn sie Hilfe brauchte. Ich hätte sie ganz sicher verstanden und ihr geholfen. Aber sie gebärdete sich wie eine Besessene. Sie zog sich aus und versuchte, auch mich auszuziehen, sie hielt mich fest. Da erst begriff ich, was sie von mir wollte, und ich empfand nur noch Abscheu. Ich versuchte, mich loszumachen, aus der Küche zu rennen, aber sie hatte sich an mir festgeklammert.

Schließlich gelang es mir, mich von ihr zu befreien, die Zia kam angerannt und sah uns in dieser Situation. Die Zia wußte alles, sie war es gewesen, die mich angerufen hatte, aber sicher hatte sie nicht erwartet, Fedra halb nackt zu sehen. Sie hatte nicht geglaubt, daß es so enden würde. Ich empfand nur noch

Ekel. Während ich ging und die Zia mich anflehte, ihr zu verzeihen, redete Fedra immer weiter. Sie beschimpfte mich und schrie, mein Vater würde einem Schwulen wie mir niemals Glauben schenken. Ich hatte keine Absicht, meinem Vater davon zu erzählen. Ich hatte großes Mitleid mit ihm, weil er sich diese Frau ausgesucht hatte und sie liebte. Ich wollte ihm nicht weh tun, und ich sagte das auch, sowohl der Zia als auch ihr. Aber das Schicksal wollte, daß alles anders kam.

Als ich das Haus verließ, war ich völlig am Ende. Mir war nichts mehr geblieben. Ich war zwar meinem Vater gleichgültig geworden, aber mir lag immer noch an seinem Glück. Er hatte eine Frau geheiratet, die ihn früher oder später sowieso unglücklich gemacht hätte. Die Zia hatte sich mit ihr verbündet, gegen meinen Vater und gegen mich. Piero war nicht mehr bei mir. Welchen Sinn hatte mein Leben jetzt noch? Die Vorstellung, mein Vater würde weiter mit dieser Frau leben, die ihm mit Sicherheit nichts erzählen und bei ihm bleiben würde, bereit, ihn bei der ersten Gelegenheit zu betrügen, bedrückte mich. Nein, ich glaubte nicht, daß sie in mich verliebt war, und es interessierte mich auch nicht. Wenn sie keinerlei Skrupel hatte zu denken, sie könnte mich haben, wer weiß, wie oft sie ihn dann noch betrügen würde. Vielleicht hatte sie es schon getan ... Wie leid mir mein Vater tat. Da plötzlich stand er vor mir. Er schaute mich von oben bis unten an, um sich zu vergewissern, daß wirklich ich es war, in dieser Straße, vor seinem Haus. Ich schaute ihn lächelnd an und grüßte ihn. Da fuhr er auf mich los: »Was hast du hier zu suchen?«

Ich hatte vergessen, daß mein Vater mich nicht mehr sehen wollte. Das, was vorgefallen war, hatte ihn mir so nahe gebracht ... ich dachte, auch er wüßte es. Mein Vater allerdings wußte gar nichts. Er sah nur eines: Kaum hatte er das Haus verlassen, war ich da. Ich wußte nicht, was ich ihm antworten sollte.

»Ich hab dir gesagt, du hast keinen Fuß mehr in dieses Haus zu setzen. Was treibst du hier? Was willst du? Wir wollen dich hier nicht mehr sehen ... wir sind sehr glücklich ohne dich.«

Da war es, das Wort ›glücklich‹, und ich dachte daran, welches Leben mein Vater mit dieser Frau haben würde. Deshalb erzählte ich ihm alles. Mein Vater ließ mich erst gar nicht ausreden, bei jedem Wort überschüttete er mich mit Schimpfwörtern, während ich versuchte, es ihm schonend beizubringen. Den Namen Fedra hatte ich noch nicht richtig ausgesprochen, da packte er mich schon an der Jacke.

»Ich verbiete dir, ihren Namen auch nur auszusprechen.«

»Sie war es, die mich sehen wollte. Weil ...«

»Du Lügner. Sie kennt dich ja gar nicht, sie weiß noch nicht mal, daß du existierst!«

»Das glaubst du. Sie weiß genau, daß ich existiere, und wie! Sie war es, die mich sehen wollte.«

»Du lügst!« rief er und ohrfeigte mich, während rundum die Leute auf uns aufmerksam wurden.

»Auch wenn du es mir nicht glauben willst ... Es ist die Wahrheit. Sie hat mir gesagt, sie sei verliebt in mich. Sie hat sich vor mir ausgezogen. Du mußt mir glauben! Sie wollte auch mich ausziehen.«

Da geriet mein Vater völlig außer sich. Er ging wie ein Berserker auf mich los und deckte mich mit Faustschlägen und Fußtritten ein. Keiner der Leute ringsum machte Anstalten, ihn festzuhalten. Dann kamen die beiden aus dem Haus, die Zia und sie ... Die Zia ging sofort dazwischen, und sie rannte zu mir. Mein Vater wiederholte ihr, was ich ihm gesagt hatte, und sie, über mich gebeugt, bestätigte ihm, es sei die Wahrheit, und versuchte immer noch, mich zu streicheln und mir das Blut abzuwischen. Ich war keineswegs glücklich über ihr Geständnis, im Gegenteil, es schien mir, daß sie meinem Vater damit Schimpf und Schande antat. Nicht nur, daß sie ihm sagte, sie liebe einen anderen, und dieser andere sei ich, obendrein kniete sie auch noch in aller Öffentlichkeit neben mir nieder. Ich stieß sie weg, ich wollte sie nicht bei mir haben, aber sie kam wieder. Als mein Vater diese Szene sah, begann er die Wahrheit zu begreifen, denn Fedras Worte hatte er wahrscheinlich noch nicht einmal gehört. Also ging er jetzt auf sie los, während die Zia wieder versuchte einzugreifen. Mir wurde klar, daß meine Anwesenheit überflüssig war. Mein Vater wollte nichts mehr mit mir zu tun haben, natürlich würde er, nur weil ich ihm die Wahrheit gesagt hatte, mich nicht wieder bei sich haben wollen. Ganz im Gegenteil, jetzt haßte er mich nur noch mehr, denn in irgendeiner Art und Weise war immer ich der Grund für sein Unglück. Ich stand mit Mühe auf und versuchte wegzugehen. Fedra, die sich wie wahnsinnig gebärdete, versuchte mir zu folgen. Aber es war gar nicht nötig, daß ich sie wegstieß, mein Vater hielt sie an den Haaren fest. Ich ging fort, während die Leute das Schauspiel weiter genossen. Ich ging ...

Ich kehrte in meine leere Wohnung zurück. Ich war verzweifelt. Mehr als jemals zuvor hätte ich jetzt Piero nötig gehabt, um mich trösten und umarmen zu lassen. Aber Piero war nicht da, nur eines erinnerte noch an ihn: seine Pillen ... Ich nahm drei davon und schlief etwa zwei Stunden. Der Schmerz war noch immer so heftig wie zuvor, ich hätte einschlafen und nie mehr aufwachen wollen. Ich war so klar im Kopf, mein Geist so überwach, je mehr ich versuchte auf andere Gedanken zu kommen, um so mehr wurde mir klar, daß es mir nicht gelingen würde. Es stimmt, ich hatte meine Arbeit, Hilfsarbeiter auf dem Bau, zwei, drei Tage in der Woche harte Arbeit, und die übrigen Tage nicht das geringste zu tun. Ich mußte mir eine andere Beschäftigung suchen, etwas Sicheres, denn auf Pieros Monatslohn konnte ich nicht mehr zählen. Vor allem etwas, was mich ganz in Anspruch nehmen und nicht spüren lassen würde, wie allein ich war. Ich dachte darüber nach, und die Vorstellung, etwas anderes zu machen, lenkte mich ein wenig ab, dann jedoch fiel ich wieder in meinen Kummer zurück und fühlte mich wieder überflüssig, zu nichts nutze. So fing es an. Ich hatte noch das Armband. Ich verkaufte es und bekam fünfhunderttausend Lire dafür, ein Spottpreis, aber ich machte keine Einwände, ich brauchte das Geld. Ich ging in die Bar, in der Piero arbeitete, aber ich suchte nicht ihn. Ich sah ihn, und auch er sah mich, aber keiner von uns beiden machte einen Schritt auf den anderen zu. Wenn damals Piero zu mir gekommen wäre, mit mir geredet hätte, vielleicht wäre dann alles anders gekommen ... Ich sah Don Raffaele mit seinen Freunden an einem der Tische sitzen, näherte mich ihm und sagte, ich müsse ihn sofort alleine sprechen. Er dachte, es ginge wieder um Piero. Er hieß die drei anderen bleiben, wo sie waren, und ging mit mir hinaus. Er sprach als erster: »Nun, junger Mann, da kann man nichts machen. Da müßtest du ihn schon auswechseln ...«

Ich fiel ihm gleich ins Wort. »Don Raffaele, ich bin nicht hier, um über Piero zu sprechen. Er kann machen, was er will, das interessiert mich nicht. Es ist für mich.«

»Was soll das heißen, für dich?«

»Don Raffaele, tun Sie nicht so, als ob Sie mich nicht verstehen würden. Ich will was für mich.«

»Junger Mann, du bist sauber, mit solchen Sachen hast du

nichts zu tun. Was kommt dir da in den Sinn? Du selbst bist zu mir gekommen und hast mich gebeten, Piero nichts zu geben.«

»Jetzt hab ich meine Meinung geändert. Ich habe begriffen, daß Piero recht hatte. Hören Sie, ich kann bezahlen, zumindest etwas, ich glaube, das Geld reicht aus. Verlieren wir keine Zeit mehr, geben Sie es mir.«

»Aber du weißt ja nicht mal selbst genau, was du willst.«

»Ich will etwas, das ... Ich will etwas, um mich besser zu fühlen, um an nichts mehr denken zu müssen, um mich nicht mehr so alleine zu fühlen.«

»Ja, heiliger Himmel, nimm dir halt ein Mädchen.«

»Don Raffaele, ich suche keinen Rat. Ich weiß, was ich brauche.«

»Wie du willst, junger Mann. Wieviel hast du?«

»Fünfhunderttausend. Reicht das?«

»Weißt du wenigstens, wie du damit umgehen mußt?«

»Wie meinen Sie das?«

»Die Spritze. Weißt du Bescheid?«

»Ich weiß überhaupt nichts, aber wenn es alle schaffen ...«

»Also gut, komm mit.«

Er rief einen der drei Männer heraus, und wir stiegen in sein Auto, ein sehr großes Auto, eine schwarze Limousine, und sie brachten mich aufs Land. Kein Mensch war zu sehen. Don Raffaele fragte mich, ob ich mir dessen auch sicher sei, was ich da tun wollte, und ich antwortete ja. Der andere zog eine Brieftasche heraus und entnahm ihr ein Stück Silberpapier, so wie das in den Zigarettenschachteln. Das Silberpapier war mehrmals gefaltet, er öffnete es sehr behutsam. Ich sah das Pulver, und es kam mir sehr wenig vor.

»Junger Mann, das ist eine Dosis. Wenn du das alles nimmst, bringen sie dich mit dem Notarzt ins Krankenhaus.

Machen wir es so. Du bekommst von mir eine Probe gratis. Wenn du damit zufrieden bist, kannst du wieder zu mir kommen, dann allerdings mit Geld in der Tasche.«

»Und die Spritze?«

»Hör zu, für das erste Mal ist es besser, wenn du es schnupfst.«

»Schnupfen?«

»Ja, mit der Nase.«

Er ließ es mich ausprobieren, mit einer Menge Heroin, die mir zuerst lächerlich klein vorkam. In Wirklichkeit aber war es mehr als genug. Ich blieb noch für drei Minuten klar im Kopf, dann veränderte sich die Landschaft um mich herum, alles veränderte sich. Ich war in eine neue Dimension eingetreten, betäubt, wirr im Kopf. Ich hörte, wie Don Raffaele mit mir redete, ich hörte den Klang seiner Stimme, aber wie von weit her. Sie brachten mich nach Hause. Meine Erinnerung ist sehr verworren, ich weiß nicht mehr, ob ich öffnete, ob sie mir die Schlüssel suchten. Ich erinnere mich nur noch an dieses Gefühl der Betäubung, endlich, weit weg von allem ... Als ich wieder zu mir kam, lag ich auf dem Bett. Nur wenige Stunden waren vergangen. Die Wirkung war noch nicht ganz vorüber, aber ich hatte sehr angenehme Gefühle. Das war es, was ich brauchte. Für den Rest des Tages hielt dieses Gefühl an, dann kam die Nacht, und von neuem kamen die quälenden Gedanken zurück. Ich holte Pieros Pillen und schluckte fünf davon. Es gelang mir, ein wenig zu schlafen, aber es war bei weitem nicht dasselbe, mein Schlaf war unruhig, es war nicht mehr dieses »sich weit weg fühlen von allem«, was die Droge mir verschafft hatte. Ich verbrachte die Nacht, indem ich alle zwei Stunden Pillen nahm. Morgens um acht waren die Pillen zu Ende. Ich mußte mich übergeben, und dann ging ich wieder in die Bar.

So kam auch ich dazu. Und auch ich begann zu stehlen und auf der Straße zu betteln. Ich konnte nicht mehr arbeiten, mit diesem Gefühl in mir war es mir unmöglich geworden. In immer kürzeren Abständen ging ich in die Bar. Ich sah Piero, ich wußte, daß er es wußte, aber inzwischen kümmerte mich gar nichts mehr, auch er nicht. Diese Geschichte dauerte bis vor ein paar Monaten an. Fünf Jahre auf diese Weise. Doch in Wahrheit waren sie nicht alle gleich, diese Jahre. Als Piero bemerkte, daß ich nun alle Merkmale eines Drogenabhängigen hatte, fand er schließlich den Mut, auf mich zuzugehen und mit mir zu reden. Er wollte mich überzeugen aufzuhören, er, der nie aufgehört hatte. Er bat mich, wieder zu ihm zurückzukommen und zusammen mit ihm zu leben, auch deshalb, weil ich noch nicht einmal mehr das Geld hatte, die Pension zu bezahlen, die Telefonrechnung, noch nicht einmal, um mir etwas zu essen zu kaufen. Er meinte, wir sollten zusammen versuchen, damit aufzuhören.

Wie oft habe ich ihn ins Krankenhaus gebracht. Wie oft hat er dasselbe für mich getan. Jedesmal schworen wir uns, aufzuhören. Und jedesmal fing einer von uns wieder damit an, und der andere wartete nur darauf, um eine Ausrede dafür zu haben, das gleiche zu tun. Unsere sexuelle Beziehung? Auch sie war nicht mehr dieselbe, nichts interessierte uns mehr. Nein, wir hatten keine Angst vor Aids, denn wir bliesen uns gegenseitig einen, aus Gewohnheit, und vor allem, um keine Zeit zu verlieren. Unser Leben bestand daraus, Geld heranzuschaffen, zu stehlen und Don Raffaele zu suchen. Was sich schließlich veränderte? Sie griffen uns auf. Es gab eine Art Razzia in der Bar. Don Raffaele kam natürlich sauber aus der Sache raus. Wir nicht. Sie brachten uns auf das Kommissariat. Da begriffen wir endlich, wenn es uns nicht gelänge, ein für allemal Schluß zu machen, würden wir auch kein gemeinsames Leben mehr miteinander haben. So schlossen wir uns für eine Woche in eine Wohnung ein und lebten von den Vorräten, die wir hatten, ohne ein einziges Mal die Wohnung zu verlassen. Jetzt sind wir schon ein ganzes Stück weiter. Aber wir kontrollieren uns gegenseitig, wir wissen, wie leicht es ist, rückfällig zu werden, und das wollen wir auf keinen Fall. Wir lieben uns viel öfter als früher, wir lieben uns in einer fast verzweifelten, ausschließlichen Art und Weise. Wir hoffen, aus der Sache herauszukommen... Wir gehen beide jeden Nachmittag in dieses Drogenzentrum. Wir arbeiten, und sie geben uns dafür zu essen. Piero hat seine Arbeit in dieser Bar aufgegeben. Morgens arbeiten wir jetzt tageweise als Maurer. Wir hoffen, daß wir es schaffen werden, wir müssen es schaffen.«

»Und von deiner Familie hast du nie wieder etwas gehört?«

»Meine Familie ist Piero. Ich habe meinen Vater und die Zia geliebt. Aber sie haben mich verlassen, weil ich nicht so war, wie sie es wollten. Das ist keine Liebe. Piero hat mich nie verlassen.«

»Und Fedra?«

»Für mich bleibt sie eine Fremde. Ich glaube, inzwischen wird sie es auch für meinen Vater geworden sein, es sei denn, sie hat erreicht, daß er ihr verziehen hat, und sie ist in diesem Haus geblieben.«

»Fedra ist Nonne geworden.«

»Was soll das heißen?«

Die Geschichte von Ippolito hatte mich mit einem sehr bitteren Gefühl zurückgelassen. Ich wußte nicht genau, wem ich jetzt eigentlich Vorwürfe machen sollte. Ippolito hatte recht, wenn er sagte, das Benehmen seines Vaters sei nicht richtig gewesen. Vor allem erschien mir die Vorstellung, es könnte ihm an einem totalen Verständnis für den eigenen Sohn mangeln, geradezu absurd. Fedra hatte keine Schuld, auch wenn Ippolito ihr niemals das, was sie getan hatte, verzeihen würde. Ippolito ebenfalls nicht, und die Zia sowieso nicht. War es also wirklich allein Teseos Schuld?

Er war weder ein guter Vater gewesen noch ein guter Ehemann, aber es schien so, als ob alle ihn lieben oder doch zumindest respektieren würden und Rücksicht auf ihn nähmen, während er nur an sich selbst dachte. Was ihn anbetraf, war ich entschieden voreingenommen. Ich hatte das Gefühl, als liefe ein Krimi vor mir ab. Würde es am Ende wirklich einen Schuldigen geben? Die Zia sagte, es sei Teresas Schuld gewesen, Fedra sprach vom Schicksal, das man akzeptieren müsse, Ippolito gab niemandem die Schuld, sprach aber auch niemanden frei.

Ich hatte nun fast alle Beteiligten gehört und hatte mich von einem überzeugt: Alle gemeinsam waren sie vom Unglück verfolgt gewesen. Ich gab niemandem die Schuld, aber, ehrlich gesagt, empfand ich keine große Achtung für Teseo. Ich beschloß, noch einmal mit Marianna zu reden. Jetzt kannte ich sowohl die Vergangenheit als auch die Gegenwart von Fedra und Ippolito. Wir mußten unser Gespräch dort fortsetzen, wo wir es unterbrochen hatten. Also fuhr ich zu Marianna. Ich fand sie voller Angst. Sie hatte ja von meiner

Absicht, mit Fedra und Ippolito zu reden, gewußt und wartete nun darauf, was ich ihr von ihnen berichten würde. Sie hätte mich zwar nie offen danach gefragt, das war nicht ihre Art, aber man sah es ihr an. Ich erzählte ihr, daß ich mich mit beiden getroffen hatte, und sie sagte kein Wort darauf. Das machte mich ärgerlich. Deshalb erzählte ich ihr nichts von dem, was ich wußte. Ich versuchte, das Gespräch wieder aufzunehmen, aber sie antwortete mir nur, nun wüßte ich ja bestens Bescheid, es gebe also nichts mehr hinzuzufügen, sondern nur noch zu vergessen. Ich sagte ihr, ich würde gerne etwas über Teseo erfahren, und sie meinte, Ippolito und Fedra hätten mir mit Sicherheit schon alles über ihn gesagt. Schließlich begriff ich, wie unnütz es war, noch weiter in sie einzudringen, und ging. Es war ganz offensichtlich, Marianna hatte Angst vor Teseo. Sie wollte weder in seiner Anwesenheit reden noch hinter seinem Rücken. Sie wollte nichts mehr tun, was ihm in irgendeiner Art und Weise mißfallen könnte. Also faßte ich einen Entschluß: Ich würde mich direkt an ihn wenden.

Ich bin wieder in Teseos Haus. Marianna habe ich von meinem Vorhaben unterrichtet, und natürlich ist sie alles andere als begeistert davon. Sie meint, es würde schon genügen, nur diese beiden Namen auszusprechen, und Teseo würde sehr wütend werden. Ich habe ihr geantwortet, ich hätte nichts zu befürchten. Sie versucht, ihn zu rechtfertigen. Sie sagt, früher sei er nicht so gewesen, der Kummer habe ihn mürrisch und mißtrauisch gemacht. Er wolle nur noch in Ruhe und Frieden leben. Warum solle ihm das nicht vergönnt sein? Marianna spricht stets in dem gleichen, leicht klagenden Tonfall. Was ich immer noch nicht verstanden habe ist, warum diese Frau noch bei Teseo bleibt. Aber da kommt er gerade herein. Ich bin schon gewappnet, als Marianna mich ihm vorstellt. Als erstes bemerke ich, daß Teseo Mariannas

Wange mit einem Kuß streift. Die beiden leben also zusammen. Jedenfalls stellt mich Marianna Teseo vor und versucht ihm in Erinnerung zu rufen, wessen Tochter ich bin. Jetzt erinnert Teseo sich, reicht mir die Hand und fragt dann, an Marianna gewandt, was denn passiert sei, was der Grund sei, warum ich sie in ihrem Haus aufgesucht habe.

Ich antworte ihm an Mariannas Stelle: »Signor Teseo, ich werde Ihnen den Grund erklären, warum ich hier bin. Ich weiß, daß Sie von gewissen Dingen nichts mehr hören wollen, aber jetzt müssen Sie mir einen Augenblick zuhören. Ich kenne alle Ereignisse, die dieser Familie zugestoßen sind ... Nein, auf Marianna dürfen Sie nicht böse sein, sie hat mir nichts sagen wollen. Ich habe Ippolito und Fedra getroffen, und sie haben mir gesagt ... Nun ja, jeder von ihnen hat mir seine Version erzählt. Ich möchte aber gerne auch von Ihnen wissen, wie sich alles zugetragen hat.«

Teseo versucht sich zu beherrschen.

»Wenn die schon geredet haben, wem nutzt es dann noch, wenn auch ich etwas dazu sage?«

»Es geht nur darum, zu begreifen, was wirklich passiert ist. Es geht darum, gewisse Verhaltensweisen zu verstehen.«

»Und weshalb hast ausgerechnet du so ein großes Interesse daran?«

»Ich habe, solange ich mich erinnern kann, über Sie reden hören, über euch alle, aber es waren immer nur irgendwelche Gerüchte. Schon seit ich mit meiner Familie hier weggezogen bin, empfinde ich diese Neugier auf die Wahrheit.«

»Aber ich will nicht darüber reden. Das alles ist für mich Vergangenheit, ich will nicht mehr daran erinnert werden.«

»Bei dem, was Fedra und Ippolito erzählt haben, kamen Sie nicht besonders gut weg. Nicht etwa, daß die beiden Sie irgendwie beschuldigt hätten, aber ...«

»Das fehlte gerade noch, daß sie mich auch noch beschuldigen. Tatsache ist, ich war immer viel zu gutmütig.«

»Warum haben Sie dann Ippolito aus dem Haus geworfen und wollten nichts mehr von ihm wissen?«

»Weil er sich schlecht benommen hat. Vor allem mir gegenüber. Weißt du, was es heißt, einen Sohn großzuziehen, alle Hoffnungen in ihn zu setzen, um dann eines Tages festzustellen, alles war umsonst?«

»Aber Ippolito hatte ein Recht auf sein eigenes Leben.«

»Ach so? Auf diese Weise? Nach allem, was er wußte, was ich wegen seiner Mutter mitgemacht hatte? Nach allem, was ich durchlitten habe? Aber natürlich, du kennst mich nicht. Du weißt nicht, wie ich bin. Sicher, bevor ich Franca kennenlernte, war ich noch ein junger Spund. Ich hatte keine Geldsorgen und keine Probleme mit den Mädchen. Ich hab damals schon gearbeitet, denn ich hatte keine Lust, in die Schule zu gehen. Seit ich ein Kind war, hab ich gearbeitet. Mein Vater hat mir da nichts erspart. Mit den Mädchen hatte ich mein Vergnügen. Ja, warum sollte ich es nicht zugeben? Ich war ein hübscher Junge, und sie hofften, ich würde sie heiraten. Aber sie gefielen mir nicht. Franca hingegen . . . Eine Frau, wie du keine findest. Sie war schön, aber nicht nur äußerlich, heute sehen sie ja alle gut aus. Sie war auch innerlich schön, sie war rein. Sie kannte keinen Neid, keine Eifersucht, sie mochte alle Menschen. Nur mit ihr war ich wirklich glücklich, in dieser Zeit hatte ich alles, was ich mir erträumte. Es ging uns gut, sehr gut, die Leute beneideten uns um unser Glück. Und noch waren wir beide alleine. Stell dir vor, als Franca mir sagte, sie sei in anderen Umständen. Ich hoffte, es wäre ein Sohn, der mir ähneln und mir Gesellschaft leisten würde, wenn er es vielleicht ein bißchen leid wäre, immer nur bei ihr zu sein. Es leid sein, bei ihr zu sein? Wie hätte man das jemals leid sein können? Sie konnte einfach alles. Wenn du sie anschautest, war sie zierlich und mager, aber sie hatte eine Kraft, eine Kraft, selbst ich ... Manchmal kam ich nach Hause und sah, daß alle Möbel umgestellt waren. Sie war es, die sie umgestellt hatte, sie scheute keine Mühe. Und sie fiel einem nie zur Last. Wenn es mir mal schlecht ging, tat sie alles, um mich auf andere Gedanken zu bringen. Auch als sie schwanger war. Sie war nicht eine dieser Frauen, die sich weiß Gott was einbilden. Nie wollte sie was Besonderes. Sie aß das, was sie für mich kochte, und beschwerte sich nicht. Als sie im siebten Monat war, kauften wir die Ausstattung für das Kind. Ich wollte sie in Weiß, denn man konnte ja nie wissen, es konnte ja auch ein Mädchen sein. Aber sie bestand darauf, alles in Blau zu kaufen, denn sie fühlte, daß es ein Junge war. In manchen Augenblicken hatte ich fast Angst, es würde ein Mädchen werden, ich hatte Angst, sie würde enttäuscht sein. Also versuchte ich, sie auf diese Möglichkeit vorzubereiten. Ich sagte ihr: »Franca, stell dir doch mal vor, wie schön es wäre, ein Mädchen zu haben. Ihr könntet dann immer zusammensein, auf mich warten, wenn ich von der Arbeit nach Hause komme, sie würde dir im Haushalt helfen.« Aber davon wollte sie nichts wissen. Im Gegenteil, sie wurde wütend. Nun ja, richtig wütend wurde sie nicht, dazu war sie nicht fähig, aber sie hielt mir den Mund zu, weil sie wußte, daß ich das alles nur wegen ihr sagte. Sie legte meine Hand auf ihren Bauch und sagte: »Fühlst du nicht, welche Fußtritte er mir versetzt? Es kann nur ein Junge sein.« Wir hatten viel Spaß miteinander. Wir verbrachten unsere Tage damit, zu lachen und Pläne für dieses Kind zu machen. Wir waren uns einig, daß es studieren sollte. Ich, ehrlich gesagt, wollte, er würde Arzt, denn die verdienen einen Haufen Geld, sie aber wollte unbedingt einen Ingenieur oder einen Architekten, damit er die schönsten

Häuser baute, und ich zog sie damit auf: »Was hast du davon, wenn er all die schönen Häuser für die anderen baut?« Nichts ging ihr über ein schönes Zuhause. Sie wollte immer nur zu Hause sein, nie ausgehen, jeden Tag hatte sie eine neue Idee, um das Haus zu verschönern. Bei der Auswahl des Kinderzimmers führte sie sich wie verrückt auf. Alle gefielen ihr, aber sie, sie wollte nur das Beste. Ja, sie war sehr sparsam, aber sie liebte das Schöne, die Qualität. Jede Verschwendung war ihr zuwider, aber für ihren Sohn und für mich war ihr nur das Beste gut genug. Sie verwöhnte uns mit allem nur Erdenklichen, und mindestens einmal im Monat gab es einen Anlaß zum Feiern.

Als Ippolito dann zu Hause geboren wurde... es war einfach unglaublich. Ich war nicht bei ihr, ich war in einem anderen Zimmer. Marianna war bei ihr, aber, und es schien geradezu unglaublich zu sein, ich hörte keinen einzigen Schrei. Ruhig und lächelnd vor wie nach der Geburt, und ich rede von einer Minute danach. Sie lachte. Sie sagte: »Siehst du, hatte ich nicht recht? Es ist ein Junge! Schade, daß wir nicht gewettet haben.« Ich weiß nicht, wie viele solcher Frauen es gibt auf der Welt. Und nicht etwa, daß sie mich nach Ippolitos Geburt beiseite geschoben hätte. Sie liebte ihn, sie liebkoste ihn, sie sorgte für ihn und ließ ihn nicht aus den Augen, aber in unserer Beziehung hatte sich nichts verändert. Sie vergaß nie, mir das Dessert für den Abend vorzubereiten, sich um mich zu kümmern. Wenn es mir schlecht ging, führte sie sich wie besessen auf. Sie bestand darauf, daß ich sofort ins Bett ging, und beeilte sich dann, mir eine ihrer Arzneien zuzubereiten. Wie viele Rezepte sie kannte... Sie heilte mich immer, egal wie. Sie ließ mich keinen Augenblick alleine. Mit ihr zu leben war der schönste Traum, den sich ein Mann nur vorstellen kann. Und dann kam die Zeit, in der wir zu dritt lebten. Zusammen kümmerten wir uns um unseren Sohn. Damals war es nicht üblich, daß der Vater seiner Frau bei der Pflege des Kindes half. Aber sie ließ es mich sogar als schön empfinden, dem Kind die Windeln zu wechseln. Und es waren noch nicht einmal die Windeln, die man heutzutage benutzt. Wenn wir drei zusammen ausgingen, die wenigen Male, in denen es mir gelang, Franca zu überzeugen, ihre Hausarbeit liegenzulassen, diese wenigen Male waren ein richtiges Fest. Die Leute blieben stehen, um unseren Sohn zu bewundern, alle wollten ihn sehen, anfassen, küssen. Es konnte nicht andauern ... Wir waren zu glücklich, es konnte nicht so bleiben. Es begann, ihr schlecht zu gehen. Sie versuchte, es vor mir zu verbergen, aber man sah es ihr an. Ich bestand darauf, sie zu einem Arzt zu bringen. Als er mir sagte, sie habe einen Tumor, daß dieser Tumor ihr Todesurteil sei, stürzte die Welt für mich ein. Ich wollte es nicht glauben. Ich ließ tausend verschiedene Analysen machen, wir gingen zu vielen Ärzten, aber das Resultat war immer dasselbe. Meine Franca war zum Sterben verurteilt. Es wäre mir lieber gewesen, sie hätte es nicht gewußt, aber sie konnte in meinem Innersten lesen. Es gelang mir nicht, ausreichende Erklärungen für alle diese Untersuchungen und die ständigen Kontrollen zu finden, denen sie sich unterziehen mußte. Es war ein schlimmes Erbe, welches die Schönsten und Besten in ihrer Familie dahingerafft hatte.

Ich glaubte, der Gedanke an den Tod würde sie erschrekken, sie könnte nicht mehr so fröhlich und liebevoll sein wie vorher. Ich jedenfalls, wenn ich gewußt hätte, mir bliebe nur noch kurze Zeit zu leben, hätte mich vor allem auf mich konzentriert. Ich hätte versucht, die Zeit, die mir noch verblieb, so gut zu leben, wie ich könnte, und vor allem hätte ich wahrscheinlich von allen Verständnis erwartet, alle für mich beansprucht. Ich glaube, das ist ganz normal. Jeder würde das so machen, oder? Aber sie war ganz anders. Sie dachte nur an mich und das Kind. An unser Glück. Sie sagte mir ständig, ich müsse nun Ippolito die doppelte Liebe und Zuneigung geben, denn ich müsse für ihn Vater und Mutter zugleich sein, bevor ich nicht die passende Frau gefunden hätte. Die passende Frau. Das hieß, eine, die sie ersetzen könnte, die ihren Platz einnehmen könnte, aber wo sollte ich eine wie sie finden? Und außerdem, wollte ich das denn? Am liebsten hätte ich den Rest meines Lebens damit verbracht, mich an sie zu erinnern, an sie zu denken, um sie zu weinen. Das galt natürlich nur für die ruhigeren Augenblicke. Denn es gab auch Momente, auch als sie noch lebte, in denen ich mich am liebsten vor ihr umgebracht hätte, um nicht leiden zu müssen, um nicht den Moment erleben zu müssen, in dem sie tot sein würde, in dem sie uns verlassen hätte. Sie merkte, daß mir solche Gedanken durch den Kopf gingen. Sie wußte, wie sehr ich sie liebte und den Gedanken nicht ertragen konnte, der Tod würde sie mir für immer nehmen, ohne daß ich etwas dagegen tun konnte. Sie verstand das, und liebevoll, aber fest wies sie mich zurecht: »Nicht mal für einen Augenblick darfst du daran denken, dich auch davonzumachen. Weißt du, das erlaube ich dir nicht. Du mußt an Ippolito denken, du mußt stark sein. Du darfst nicht sterben.«

Genau. Ich mußte leben. Auch wenn der bloße Gedanke daran, sie im Bett nicht mehr neben mir zu haben, mich wahnsinnig machte. Es war die schlimmste Art des Todes, die einem passieren kann, wenn es überhaupt einen besseren oder schlechteren Tod gibt. Jeden Tag, den sie länger lebte, mußte ich Gott danken und hoffen, immer weiter auf ein Wunder hoffen. Wieviel habe ich in dieser Zeit gebetet. Und dann, kurz vor ihrem Tod, die größte von allen Illusionen. In den letzten Tagen konnte sie nicht einmal mehr sprechen. Ich hatte ihr herrliches blondes Haar eines nach dem anderen ausfallen sehen. Es ging ihr immer schlechter ... und dann, ganz plötzlich, schien es ihr besserzugehen. Wir waren alle um ihr Bett versammelt, sogar Ippolito. Wir wollten nicht, daß er sie so sähe, wir wollten, daß er seine Mutter so schön, wie sie vorher war, in Erinnerung behielt. Aber Ippolito, als hätte er alles verstanden, und er war erst drei Jahre alt, rührte sich nicht weg von ihrem Bett. Wir waren um sie versammelt, auch Marianna war da, sie war immer um sie, obwohl es meiner Schwiegermutter in dieser Zeit sehr schlechtging. Franca rief uns nahe zu sich heran. Sie streichelte Ippolito über den Kopf und fing dann an, mit uns zu reden. Sie war so ruhig, während sie sprach, daß wir uns alle wieder Hoffnungen machten, wieder einmal. Es war die größte aller Enttäuschungen.

Sie fühlte, der Tod war nahe, und sie war heiter. Ihr Blick war klar. Ich erinnere mich, wir sagten zu ihr: »Siehst du, es geht dir besser. Jetzt wirst du bestimmt wieder gesund werden.« Sie lächelte uns an, denn sie wußte es besser als wir. So starb sie, ohne daß wir es überhaupt bemerkt haben. Denn wir nahmen an, das Wunder, um das wir so lange gebetet hatten, wäre wahr geworden. Wirklich, wir glaubten, sie würde wieder gesund werden. War das ein böser Streich? Hatte der Herrgott sich ein Vergnügen daraus gemacht, mich bis zum letzten Augenblick hoffen zu lassen, anstatt alle Hoffnungen aufzugeben, nur damit ich noch mehr litt? Ich war fassungslos, ich schüttelte sie, ich rief sie, es war unvorstellbar, daß sie einfach so gegangen war, ohne mir die Zeit zu geben, zu begreifen, zu akzeptieren. Aber würde ich das jemals akzeptieren, würde ich es jemals begreifen können? Wie kann man auch nur versuchen zu verstehen, wenn der schönste, der liebste, der zärtlichste Mensch der Welt wegen eines unbegreiflichen göttlichen Ratschlusses gehen muß? Du kannst es nicht verstehen, du denkst nur, es ist eine Ungerechtigkeit, und du hast eine ohnmächtige Wut auf alle, die leben, auf dich selbst, weil du nicht tot bist, auf Gott, weil er es zugelassen hat. Wie sollte ich leben können ohne sie? Ich weiß, es gibt Leute, die, wenn jemand stirbt, kurze Zeit Trauer tragen und dann alles vergessen. Ich bin heute noch in Trauer. Wieder zu arbeiten anfangen? Woher sollte ich den Mut nehmen, mit dem Wissen, daß sie mich bei meiner Rückkehr nicht mehr erwartet, um mich mit einer ihrer unvermeidlichen Überraschungen zu empfangen.

Zum Glück zog Marianna zu uns. Vielleicht sollte ich nicht sagen »zum Glück«, denn es fiel mit dem Tod meiner Schwiegermutter zusammen. Ich beneidete meine Schwiegermutter. Ich hatte schon angefangen, sie zu beneiden, seitdem ich von Francas Krankheit erfahren hatte, denn sie war schon ein bißchen verworren im Kopf und begriff nicht mehr so richtig, was um sie herum vor sich ging. Und dann befreite der Tod sie von allem. Ich hingegen war immer bei klarem Bewußtsein. Ich hatte nie eine Ruhepause, denn der Schmerz war mein ständiger Begleiter, er verließ mich nie. Wie konnte ich mich um unseren Sohn kümmern, ich, der noch nicht einmal mehr für sich selbst sorgen konnte? Ich, der die Tage damit verbrachte, auf dem Sofa zu sitzen, mich nach dem Warum zu fragen und zu weinen. Im Gegenteil, Ippolito anzuschauen tat mir noch mehr weh, denn er erinnerte mich an die glücklichen Augenblicke, die nie mehr wiederkehren würden.

Er, Ippolito, machte mir keine Sorgen, er war ein liebes Kind, gehorsam, er versuchte sogar, mich mit allen Mitteln zum Lachen zu bringen. Ich zwang mir dann ein Lächeln ab, aber es gelang mir nicht immer, und ich sah, daß der Junge darunter litt. Ja, er tat mir leid, aber in meinem tiefsten Inneren interessierte mich nichts und niemand mehr. Es stimmt nicht, daß der Schmerz die Menschen vereint, das ist eine große Lüge. Der Schmerz macht einen nur egoistischer, er weckt in einem den Wunsch, sich um sich selbst zu kümmern und den anderen weh zu tun. Ich will damit nicht sagen, ich hätte es absichtlich getan. Das gilt auch für Marianna ... Auch sie versuchte mich aufzumuntern, mich zum Lächeln oder auf andere Gedanken zu bringen. Sie kochte besondere, ganz ausgefallene Gerichte, und ich sagte nie, nicht ein einziges Mal, danke. Aber nicht, weil ich sie damit verletzen wollte. Ich wollte mich nicht verstellen, ich sah nicht ein, warum ich es hätte tun sollen. Gott hatte gewollt, daß ich leide. Sollte ich plötzlich so tun, als wäre nichts geschehen?

Meine Frau war gestorben, nun gut, ich hatte sie genug beweint und sollte mich jetzt ins Vergnügen stürzen? Sicher, manch anderer hätte so gedacht, aber wer so denkt, hat nie wirklich den Menschen geliebt, der ihm genommen wurde. Die Leute sind gemein und niederträchtig. Zwischen der Möglichkeit, über jemanden gut oder schlecht zu denken, bevorzugen sie mit Sicherheit letzteres. Denn das Gute an sich, ohne ein Minimum an Berechnung, erscheint ihnen als etwas Unmögliches. Und wenn derselbe Schmerz über einen langen Zeitraum hinweg zu sehr nach außen gezeigt wird, hält man ihn für gespielt. Ich spreche nicht nur von fremden Leuten, die ich vielleicht hätte verstehen können, sie kannten mich nicht, ich spreche von Freunden, von Verwandten ... Ich hatte bemerkt, was sie über mich und Marianna dachten, aber ich tat so, als merkte ich nichts, denn sonst hätte ich mein Verhalten ändern müssen. Aber Marianna, die mich sehr gerne mochte, griff diesen Vorwand schnell auf.

Schau mich nicht so an, Marianna, ich hab es immer gewußt. Ich weiß, dir ist es egal, was andere Leute über dich denken. Du brauchtest nur diesen Vorwand, um mich zu zwingen, wieder auszugehen, wieder am Leben teilzunehmen. Ich tat so, als ob ich dir glaubte, auch weil es nicht richtig war, daß du wegen mir ins Gerede kamst. Und ich gab ihnen, was sie haben wollten. Ich spielte ihr Spiel, das, was sie von mir erwarteten. Aber glaubst du vielleicht, ich war mit dem Herzen dabei? Nein, ich spielte ein grausames Spiel. Ich wollte mich an allen rächen. Sie hatten mich zu einem anderen Leben gezwungen, sie ließen mich nicht in Frieden mit meinem Schmerz. Das hatten sie nun davon.

Ich mußte mich mit anderen Frauen sehen lassen, um Marianna über jeden Zweifel zu erheben. Also begann ich damit, aber ich war schließlich kein Narr. Sie hätten mich gerne eingefangen, die lieben Mütter und Väter. Du hättest sie nur sehen sollen, wie sie strahlten, wenn ich sie besuchte, und wie es der Zufall so wollte, waren da auch die Töchter, nett angezogen, lächelnd, hübsch und wohlerzogen. Ich machte ihnen meine Komplimente... Allen machte ich meine Komplimente. All den wunderschönen Ehefrauen, Töchtern und Nichten. Aber mehr auch nicht. Ich hielt sie alle zum Narren, Gehörnte und Beglückte. Denn es war nicht so, daß ich mir nur die Töchter nahm, bei weitem nicht! Manchmal opferten sich auch die Mütter für das zukünftige Wohl ihrer Töchter auf. Und wenn ich ihnen dann wieder den Laufpaß gab, indem ich ihnen das einzige Mal die Wahrheit sagte, daß nämlich keine jemals Francas Platz einnehmen würde, waren sie darüber nicht mehr so beglückt, aber reden konnten sie darüber mit niemandem. Schließlich konnten sie nicht zu ihren Ehemännern gehen und ihnen erzählen, sie hätten ihnen die Hörner aufgesetzt, um ihre Töchter zu verheiraten, und wären sitzengelassen worden. Und auch die Töchter konnten nichts sagen, einmal, weil sie Angst vor der Reaktion des Vaters hatten, und dann, was noch wesentlich wichtiger war, weil sie sich dadurch bloßgestellt hätten. Wo hätten sie dann noch jemanden finden sollen, der sie heiratete?

Im übrigen verhielt ich mich sehr vorsichtig. Ich sprach mit niemandem darüber. Denn in solchen delikaten Angelegenheiten ist oft schon ein Wort zuviel und kann zur wahren Falle werden ... Außerdem ließ ich mich nie mit den heiratsfähigen Mädchen sehen, ich fuhr mit ihnen zu weit entfernten Plätzen, im Dorf ließ ich mich mit anderen Frauen sehen. Mit solchen, deren Ruf schon befleckt war und die deshalb nichts von mir hätten erwarten können.

Aber Marianna hatte Angst. Sie meinte, früher oder später würde es böse enden, ich käme nicht immer so ungeschoren davon. Vor allem wünschte sie sich, ich würde mir ernsthaft eine Frau suchen, ein anständiges Mädchen treffen, was mich gern hätte. Da siehst du, wie sie ist. Vielleicht liegt es schon in ihrer Familie, sich für das Wohl der anderen aufzuopfern. Denn sie hatte mich sehr gern, natürlich nicht wie eine normale Schwägerin, aber nicht ein einziges Mal versuchte sie, mich für sich selbst zu interessieren. Genausowenig benahm sie sich, wie es jede andere Person an ihrer Stelle getan hätte. Sie war weder eifersüchtig, und wenn sie es war, ließ sie es sich nicht anmerken, noch versuchte sie, mich von anderen Frauen fernzuhalten, absolut nicht. Sie war nur besorgt um mich, die Sache könnte schlimm für mich enden.

Sie hätte mich gerne wieder verheiratet gesehen, mit einer netten Frau, die Ippolito eine Mutter gewesen wäre. Denn sie wollte nicht, daß Ippolito sie für seine Mutter hielt, sie hatte zu große Achtung vor Franca. Aber hätte ich mich mit einem dieser Mädchen oder einer der Frauen verheiraten sollen, denen man schon von weitem ansah, daß sie nur deshalb mit mir zusammen waren, weil sie darauf aus waren, von mir geheiratet zu werden? Eine von diesen hätte in dem Bett schlafen sollen, das ich mit meiner Franca geteilt hatte? Eine von diesen hätte diesen Sohn versorgen sollen, den ich und meine Frau gewollt und mit all unserer Kraft geliebt hatten? Niemals. Das hätte ich niemals zulassen können. Sicher, vor Marianna gab ich klein bei, um sie zu beruhigen, aber für mich selbst hatte ich meine Entscheidung schon getroffen, und ich war fest entschlossen, sie auch nicht mehr zu ändern.

Wir drei würden zusammenbleiben, das war unsere wahre Familie, alles andere war nur eine Fassade, etwas, was ich tun mußte, nicht zuletzt auch, um dieses Rachegefühl in mir zu befriedigen. Du wirst dich jetzt fragen, warum ich dann nicht Marianna geheiratet habe. Ich habe daran gedacht. Es hätte uns allen gutgetan, es hätte wieder Ruhe und Fröhlichkeit in die Familie gebracht, und außerdem wußte ich, sie hatte mich wirklich gern. Aber in dieser Zeit war ich überzeugt, so etwas dürfe es ohne Franca nicht mehr geben. Und ganz ehrlich gesagt, ich liebte Marianna nicht, ich hätte es nicht ertragen können, sie statt ihrer Schwester im Bett zu haben. Vielleicht, wenn ich sie damals geheiratet hätte, wäre das alles nicht passiert. Das heißt, das Schicksal hat es so und nicht anders gewollt.

Ich habe dir fast alles über mein Leben erzählt. Wieviel ich rede ... Ich dachte nicht, daß ich dazu in der Lage wäre. Aber weißt du, es tut auch gut, sich selbst an die weniger angenehmen Dinge zu erinnern. Es tut gut ... Das also war das Leben, das ich damals führte, und der Versuch, meine Familie von den anderen Frauen abzugrenzen. Manchmal gelang es mir, manchmal nicht. Die Male, wo es nicht funktionierte, war es immer wegen der Frauen, die ich als Deckmantel benutzte.

Du hast deinen Umgang mit ihnen, du umarmst sie vielleicht sogar in aller Öffentlichkeit, denkst, sie erwarten sich nichts weiter, aber sie haben sich schon längst ihre eigene Rechnung gemacht. Für mich waren es Frauen wie alle anderen auch, und es machte mir nichts aus, mich in ihrer Gesellschaft zu zeigen, im Gegenteil, ich führte sie ja absichtlich vor. Wenn sie dann merkten, diese Geschichte dauerte an und ging sogar über ein paar Monate, begannen sie, sich Hoffnungen zu machen. So ganz unrecht hatten sie nicht. Gut, sie waren keine jungen Mädchen mehr, doch wenn es ihnen schon mal passierte, einen Mann zu treffen, der sie genauso wie irgendeine andere Frau behandelte, und dieser Mann noch dazu ein Witwer war, bildeten sie sich wer weiß was ein. Und da sie nichts zu verlieren hatten, machten sie Szenen, wenn ich sie verließ. Das tat ich immer dann, wenn ich bemerkt hatte, daß ihre Phantasie begann, mit ihnen durchzugehen, aber dann war es meistens schon zu spät.

Sie ließen sich auch durch nichts mehr beeindrucken, es war ihnen völlig egal, was ich ihnen über Franca erzählte, wie sehr ich sie geliebt hatte, sie wollten nichts davon wissen ... Es gelang ihnen, meine Telefonnummer herauszufinden, und sie traktierten die arme Marianna mit Telefonanrufen und beschimpften sie. Als sie mir zum ersten Mal davon berichtete, suchte ich die Verantwortliche auf und stellte sie zur Rede. Aber sie schien genau das erwartet zu haben, denn je wütender ich wurde, desto öfter rief sie an. Ich verbat mir das, aber je mehr Vorwürfe ich ihr machte, um so aufdringlicher wurde sie. Also dachte ich, es sei besser, sie gewähren zu lassen, mit der Zeit würden sie schon von alleine damit aufhören. So sah mein Leben aus.

Hat Ippolito dir gesagt, es wäre so für ihn gewesen, als hätte es mich gar nicht gegeben? Es ist die Wahrheit, aber ich arbeitete auch. Das sogar vor allem. Ich hatte mich in die Arbeit gestürzt, um nicht mehr denken zu müssen. Es waren natürlich nicht diese Frauen, die mich daran hinderten, öfter zu Hause zu sein, so wie er es gewollt hätte, sie dienten mir nur als Fassade. Natürlich war ich nicht auf sie angewiesen. Aber mich zu Hause aufzuhalten fiel mir damals sehr schwer. Zuerst wollte ich nur in der Erinnerung an Franca leben, dann wollte ich nur noch vergessen. Wenn ich so darüber nachdenke, habe ich eigentlich mein ganzes Leben mit dem Versuch verbracht zu vergessen.

Es war nicht leicht. Vor allem abends, wenn ich nach Hause zurückkam. Ich versuchte immer, so spät wie möglich heimzukommen, nur um zu vermeiden, mich alleine, ohne sie, in dieses Bett legen zu müssen. Ich stürzte mich in die Arbeit, um zu vergessen. Trotzdem dachte ich an Ippolito, an seine Zukunft. Ich wollte für ihn all das, was ich selbst nicht gehabt hatte, wie jeder andere Vater auch, denke ich. Nicht nur, was das Lernen anbetraf, auch wenn Ippolito sehr gut in der Schule war und keinerlei Probleme machte. Ich rede vom Leben. Ich ... Ich wollte ihm ersparen, leiden zu müssen. Ich erträumte mir für ihn ein glückliches Leben, ich versuchte, jeden Schmerz von ihm fernzuhalten. Vielleicht hatte ich sogar tief in meinem Inneren Angst davor, er würde sich verlieben. Sicher, die Liebe hatte mir die schönsten Stunden meines Lebens beschert, aber mit wieviel Leid hatte ich dieses Glück bezahlen müssen. Mein ganzes Elend ist aus der Liebe entstanden. Jedesmal, wenn ich jemanden liebte, ist immer etwas geschehen, was mich nicht nur hat leiden lassen, sondern mich sogar von dem geliebten Menschen trennte. Ich kann dafür keine Erklärung finden. Es ist ein Fluch, der mich verfolgt, aber eines ist sicher ... Ich war nicht dafür bestimmt zu lieben ... Das bilde ich mir nicht nur ein ...

Ich habe Franca geliebt und habe sie verloren, ich habe Ippolito geliebt und habe ihn verloren, ich habe Fedra geliebt und habe sie verloren. Sicher, du wirst sagen, mit Ippolito war das etwas anderes, ich habe ihn nicht verloren, ich habe ihn rausgeworfen. Aber es ist nicht ganz so. Ich sprach vorhin davon, was ich mir für ihn erträumte. Ich wollte eigentlich nicht, daß er sich verliebte, ich hätte es vorgezogen, er wäre zwar hinter den Mädchen hergewesen, aber er hätte sich in keine von ihnen verliebt. So was ist nur dann möglich, wenn einer viele Mädchen kennt. Doch ein Junge, der nicht ausgeht, nicht lebt, der trifft nicht viele Mädchen und glaubt dann, die erstbeste, schön oder häßlich, sei die Frau seines Lebens. Nicht, daß ich nicht wollte, er würde eine Familie gründen, sicher wollte ich das, ich wollte auch Enkelkinder haben, aber so spät wie möglich. Erst sollte er sich amüsieren. Aber immer wenn ich mit ihm darüber sprach, hörte er gar nicht hin. Wie oft habe ich in diesen Jahren, auch wenn es gegen meine Natur war, denn ich bin ein sehr verschlossener Mensch, versucht mit ihm ein Gespräch zustande zu bringen.

Vor allem das Thema Mädchen sprach ich immer wieder an, aber es war nur eine Art Einstieg, um ihm näherzukommen, ich hätte auch gerne über andere Dinge mit ihm gesprochen. Als Ippolito dann älter wurde, dachte ich oft an die Worte seiner Mutter. Sie hatte gewollt, es würde ein Junge, damit er mir Gesellschaft leisten sollte, wenn ich ihrer überdrüssig geworden wäre. Ich war ihrer nicht überdrüssig geworden, sie war von mir gegangen. Jetzt schien es mir so, als ob diese Worte sich bewahrheiten müßten. Ich würde meine Tage damit verbringen, mit meinem Sohn zu reden, ihm zuzuhören, ihm zu raten. Doch über was sollte ich mit ihm reden? Was konnten wir noch gemeinsam haben nach sechzehn Jahren, die wir nicht miteinander geredet hatten?

Manchmal fragte ich ihn nach der Schule, aber da gab es wenig zu sagen, denn entweder antwortete er mir: ›Alles in Ordnung, mach dir keine Sorgen‹, und damit war das Gespräch beendet, oder er ging ins Detail und erzählte mir, irgendein Lehrer hätte ihn etwas gefragt, und er hätte die Antwort gewußt. Aber ich hatte keine Schulbildung, ich verstand noch nicht einmal, wovon er da eigentlich redete.

Ich dachte, einen Jungen in seinem Alter könnte außer der Schule nur noch eines interessieren, die Mädchen. So sprach ich mit ihm nur über Mädchen und versuchte sein Vertrauen zu gewinnen. Doch Ippolito verschloß sich nur noch mehr, es schien ihm lästig zu sein. Ich glaubte, er sei sehr schüchtern und zurückhaltend. Er war immer nur zu Hause, und das machte mir Sorgen. Endlich, eines Tages sagte mir die Zia, Ippolito sei ausgegangen. Und von da an ging er jeden Tag aus. Oft kam ich früher zurück, um auf ihn zu warten, ich hätte gern mit ihm geredet. Aber mir genügte schon sein Gesichtsausdruck, und ich verstand, er war verliebt. Ich hatte Angst, er würde leiden müssen. Ich hatte große Angst, dieses schlimme Schicksal bliebe auch meinem Sohn nicht erspart. Aber er schien sehr glücklich zu sein. Ich gab mich damit zufrieden zu wissen, es ging ihm gut, und fragte nichts weiter.

Aber Ippolito wurde von neuem traurig und betrübt und hatte zu nichts mehr Lust, er ging auch nicht mehr aus. Ich hätte gerne das Mädchen kennengelernt, was daran schuld war, daß es meinem Sohn so schlechtging. Zumindest hätte ich mit ihm reden wollen, ihn trösten, ihm sagen, er solle sich keine Sorgen machen, aber Ippolito ließ das alles nicht zu. Er schloß sich in sein Zimmer ein, nahm sich ein Buch, und wenn er hörte, daß ich mich seinem Zimmer näherte, machte er sofort das Licht aus und tat so, als ob er schliefe. Wie weh tat es mir, meinen Sohn so zu sehen, zerstört von der Liebe.

Dann kam dieser Tag. Der Tag, an dem Ippolito wieder ausging. Es hätte eigentlich sowohl für ihn als auch für mich ein glücklicher Tag sein müssen. Statt dessen ... Einer meiner Freunde sagte es mir, aber im Dorf wußten es schon alle ... Ippolito und ein anderer Junge hatten sich vor dem Rathaus geküßt wie ein ganz normales Paar, vor den Augen aller Leute. Ich wollte ihm nicht glauben. Ippolito war kein Homosexueller, und außerdem kannte ich viel zu gut seine Schamhaftigkeit, um zu glauben, er könnte jemals so etwas getan haben, vor allen Leuten. Es war einfach unmöglich. Aber dieser Freund sagte mir, er hätte es mit seinen eigenen Augen gesehen, er hätte sogar mehrmals hingeschaut, um auch wirklich sicher zu sein. Wie lange also waren sie dort geblieben, um vor aller Augen die Schwulen abzugeben? Ich war wie vor den Kopf geschlagen, ich fühlte mich entsetzlich. Ich ließ ihn schwören, daß er die Wahrheit sagte, aber er meinte nur, wenn ich ihm nicht glauben wolle, gäbe es genug Leute, die es mir bestätigen könnten. Ich verstand überhaupt nichts mehr, das alles schien mir völlig absurd zu sein. Warum sollte mein Sohn so etwas tun? Er konnte genausogut heimlich seine Homosexualität leben, statt dessen hatte er mir mit Absicht weh getan, mir nichts gesagt und es mich aus dem Mund anderer Leute erfahren lassen, die ihn gesehen hatten oder die es von anderen wußten, das heißt, fast das ganze Dorf. Warum hatte er sich so benommen? Er hatte immer versucht, mich glücklich zu machen, mich zufriedenzustellen, mir in allem zu gehorchen.

Was war geschehen? Das konnte nicht mein Ippolito sein. Sicher hatte ihm jemand irgendwas gegeben, irgendeine Droge, die ihn völlig verwandelt hatte. Ich war sehr wütend, aber da war ein Teil von mir, der nicht glauben konnte, daß sich alles so abgespielt hatte, etwas in mir, was nur darauf wartete, daß er nach Hause käme und mir alles erklärte, wenn er wieder klar im Kopf war. Wirklich, ich konnte nicht glauben, mein Sohn würde so etwas tun. Er konnte nicht homosexuell sein. Ich war gesund, ich war ein Mann, ich hatte ihm nie einen anderen Weg gezeigt als den normalen. Außerdem hatte er nicht dieses feminine Gehabe der Homosexuellen, und schließlich, warum sollte er es mir auf diese Weise beibringen? Auf die grausamste Art.

Es mußte dafür eine Erklärung geben, und ich fieberte dieser Erklärung entgegen. Je länger ich auf Ippolito wartete, um so schlechter ging es mir. Denn mein Freund hatte noch erwähnt, die beiden Jungen seien anschließend in ein Auto eingestiegen und weggefahren. Wohin? Mit jedem Gedanken befürchtete ich das Schlimmste. Einmal stellte ich mir vor, mein Ippolito müßte diesem Verrückten wer weiß an welchen Ort folgen, dann wieder sah ich meinen Sohn vor mir, der sich in den Arsch ficken ließ . . . Schau mich an. So viele Jahre sind vergangen, aber ich brauche bloß daran zu denken, und ich kann es immer noch nicht fassen. Es geht mir immer noch schlecht, aber an diesem Abend ging es mir noch tausendmal schlechter. Marianna kann dir das bestätigen. Und das war nur das, was ich mir anmerken ließ, ganz zu schweigen von dem, wie es in mir aussah . . . Das wußte nur ich alleine. Trotzdem war ich sicher, Ippolito würde mir voller Reue eine Erklärung dafür geben, alles würde sich mit einer entsprechenden Ansprache meinerseits erledigen, und diesmal würde er mir zuhören müssen! Endlich kam Ippolito nach Hause.

Es war schlimmer, als ich mir jemals vorgestellt hatte. Ich stand auf, um ihm entgegenzugehen, und Marianna versuchte weinend zu vermitteln. Aber Ippolito schien keineswegs überrascht zu sein. Ich sagte ihm, was ich erfahren hatte, und forderte von ihm eine Erklärung. Es war völlig anders, als ich es erwartet hatte. Er schaute mir ohne Angst direkt in die Augen und sagte, es sei die Wahrheit, er sei verliebt in diesen Jungen, und diese Beziehung dauere schon sehr lange. Ich mußte ihm wie ein Idiot vorkommen, denn ich antwortete ihm nichts. Ich ließ ihn reden, ohne ein Wort zu sagen. Und er redete und redete immer weiter. Er sagte, es täte ihm sehr leid, er hätte es mir sagen wollen, aber er habe Angst gehabt, mir weh zu tun. »Es tut mir leid, dich enttäuscht zu haben, aber ich bin nun mal so gemacht, ich kann daran nichts ändern ...«

Nein, auf ein solches Geständnis war ich nicht gefaßt, so ruhig und sicher, ohne jede Furcht und Scham. Da endlich reagierte ich. Ich hörte gar nicht mehr hin, fühlte mich nur wieder einmal um meine Liebe betrogen, um meine Träume, um meine Illusionen. Das konnte ich ihm nicht verzeihen. Ich ging mit Worten und Fäusten auf ihn los, mit den Füßen, mit allem, was mir in die Hände kam.

Und er, er blieb regungslos stehen, er wollte noch nicht einmal, daß Marianna ihn verteidigte. Er sagte: »Nein, Zia, bitte, laß ihn sich abreagieren, was anderes bleibt ihm sowieso nicht mehr übrig. Denn ändern kann er mich nicht mehr.« Verstehst du, was er mir da sagte? Sogar mein Ausbruch war überflüssig geworden, es war, als würde er mir ins Gesicht lachen. Ich hatte ihn aus Wut geschlagen, das ist wahr, vor allem deshalb, aber etwas in mir hoffte, ich würde ihn irgendwie überzeugen können, normal zu werden, wenn ich ihn schlug. Denn hatten nicht alle anderen ein ruhiges Familienleben, hatten sie nicht alle normale Söhne? Warum konnte ich keinen normalen Sohn haben? Aber mit meinen Prügeln erreichte ich gar nichts. Zu meiner Wut gesellte sich das tausendmal schlimmere Gefühl, völlig und endgültig geschlagen zu sein.

Also sagte ich ihm, er solle gehen. Es war nicht mehr die

Wut, die da aus mir sprach, es war die Hoffnung. Ja, denn ich hoffte, wenn ich ihn vor eine so drastische Entscheidung stellte, würde er seine Sicherheit verlieren. Ich hoffte, vor die Wahl gestellt zwischen einem solchen Leben oder der Familie, würde er die Familie wählen, seinen Vater. Doch auch darin wurde ich enttäuscht. Ippolito war sofort bereit, die Koffer zu packen, er versuchte nicht einmal, mich umzustimmen, nicht ein einziges Mal. Marianna schon, sie versuchte mich zu überzeugen, meinen Entschluß zu ändern, aber er, er sagte kein einziges Wort. Vielleicht hatte er nur darauf gewartet. Als er in sein Zimmer ging, um den Koffer zu packen, blieb ich regungslos sitzen. Ich konnte nicht glauben, daß er mich wirklich für diesen Jungen verlassen wollte. In meinem Kopf ging alles durcheinander, ich fühlte mich so niedergeschlagen. Als er damit fertig war, schaute ich ihn nicht einmal an. Ich wartete darauf, er würde jeden Moment etwas zu mir sagen, »Papa, ich kann nicht gehen. Papa, ich bleibe bei dir«, aber er sagte nur »Ciao«. Um mich noch lächerlicher zu machen, um mir zu zeigen, daß ich ihm nichts, aber auch gar nichts bedeutete, daß er vor niemandem Angst hat. Was sollte ich tun? Ich ließ ihn gehen. Später hörte ich, daß er mit diesem Jungen in eine andere Stadt gefahren war. Ich kannte die Eltern dieses Jungen seit langer Zeit. Früher hatten wir uns gegrüßt. Nun, nachdem das alles passiert war, schauten wir uns haßerfüllt an. Jeder glaubte, schuld habe der Sohn des anderen. Wir redeten darüber nicht ein einziges Mal miteinander, im Gegenteil, wir versuchten uns aus dem Weg zu gehen. Aber das war es, was wir uns eigentlich hätten ins Gesicht schreien wollen.

Keiner von uns konnte akzeptieren, daß der eigene Sohn vielleicht aus freier Wahl so geworden war. Aber er, der Vater des anderen Jungen, konnte die Sache leicht verschmerzen, er hatte eine Frau und eine Tochter. Mir dagegen, was war mir noch geblieben, jetzt, wo mein Sohn gegangen war? Ich konnte nur noch an diese Geschichte denken, ich fragte mich ständig, wo ich einen Fehler gemacht hatte, ob es möglich war, daß ich ihn, auch ohne es zu wollen, auf diesen Weg gebracht haben könnte. Aber es war nicht meine Schuld, ich war normal. Allerdings war meine Wut jetzt noch größer geworden. Es schien mir, als wären die Augen des ganzen Dorfes auf mich gerichtet. Ich mußte beweisen, daß es nicht meine Schuld war, aber vor allem mußte ich es mir selbst beweisen. So fing ich wieder an, mit Frauen zu verkehren.

Ich erinnere mich, beim ersten Mal war es fast wie eine Prüfung für mich, fast so, als wäre es wirklich das allererste Mal. Ich hatte große Angst zu versagen, es nicht zu schaffen. Anfangs blockierte mich diese Angst, was meine Furcht zu versagen natürlich nur noch steigerte. Also war da wirklich etwas, was bei mir nicht in Ordnung war, also war alles nur meine Schuld gewesen. Doch Gott sei Dank hatte mich diese Frau auch in anderen Momenten gekannt, und sie half mir, auch wenn sie es auf ihre Weise tat. Sie wollte die Psychologin spielen. Nicht, daß sie nicht verstanden hätte, was mir da passiert war, es ärgerte mich nur, an die Geschichte mit meinem Sohn erinnert zu werden. Deshalb packte mich die Wut, mein Stolz bäumte sich auf, und ich wurde wieder so wie früher. Aber ich wollte nichts mehr mit diesen Frauen zu tun haben. Alle kannten die Geschichte mit Ippolito, und sie hätten alle ihr Urteil über mich gefällt. Doch eine Zeitlang machte ich noch so weiter, gerade lange genug, um Teresa kennenzulernen, dann zog ich es vor, das Dorf zu wechseln.

Die Geschichte mit Teresa, die Marianna ein Dorn im Auge ist, ist eine Geschichte wie alle anderen auch, die ich in dieser Zeit gehabt habe. Nur daß ich nach dem, was mit Ippolito passiert war, die Gesellschaft von weniger feinen, um nicht zu sagen ziemlich vulgären Damen bevorzugte. Nicht, daß ich mit ihnen dem unausweichlichen Vergleich von Vater und Sohn entging, aber ich ersparte mir zumindest die Lektionen in Psychologie. Es war eine unbedeutende Geschichte... Teresa hatte schon eine gewisse Vergangenheit. Sie war immer verlassen worden, es war ihr sehr schlechtgegangen, kurzum, sie war ein armes Frauenzimmer. Sie ertrug es nicht, daß auch ich mir mit ihr nur ein bißchen die Zeit vertreiben wollte. Deshalb kam sie hierher und machte Marianna eine Szene, bei der sie anscheinend auch Verwünschungen ausstieß. Es ist nicht so, daß ich an solche Dinge nicht glaube, aber ich kann mir nicht vorstellen, sie allein soll die Schuld haben an allem, was passiert ist. Denn Franca ist gestorben, bevor ich sie kennengelernt habe, ohne daß ich irgend jemandem was getan habe. Und dasselbe gilt auch für Ippolito. Ich kannte sie damals noch gar nicht. Vielleicht hatte Teresa anfangs eine große Wut auf mich. Das kann schon sein, aber dann hat auch sie den Passenden gefunden und geheiratet. Es ist ihr gelungen, sich von einem Habenichts schwängern zu lassen, und sie hat es schließlich geschafft, von ihm auch geheiratet zu werden. Es mag zwar nicht gerade das gewesen sein, was sie sich vorgestellt hatte, aber jetzt geht es ihr gut, und sie ist versorgt. Glaubst du, die denkt noch an uns? Vielleicht trauert sie noch ein bißchen dem Leben nach, was ich ihr hätte bieten können, aber das wird auch schon alles sein.

Doch damit ist die Reihe meiner Enttäuschungen noch nicht zu Ende. Ich war dafür geboren, um mein Glück betrogen zu werden. Seit Ippolito gegangen war, hatte ich nichts mehr von ihm gehört. Ich wußte noch nicht einmal, wo er geblieben war. Nein, um bei der Wahrheit zu bleiben, das wußte ich, denn der Mann, der die Fahrscheine der beiden geknipst hatte, hatte es am nächsten Tag im ganzen Dorf herumerzählt. Aber mehr wußte ich nicht. Ich dachte oft an ihn, welches Leben er dort wohl führen würde, an einem Ort, den er nicht kannte, er, der nie aus unserem Dorf herausgekommen war, der nie gearbeitet hatte. Ich versuchte diese Gedanken beiseite zu schieben und wiederholte mir immer wieder, daß im Grunde er es war, der sich dieses Leben gewählt hatte, er hatte es nicht anders gewollt. Ich wußte nicht, daß Marianna mit Ippolito in Kontakt geblieben war. Ich hatte ihr gesagt, ich wolle diesen Namen nicht mehr ausgesprochen hören, und sie weinte jeden Tag. Als sie mit dem Weinen aufhörte, dachte ich, sie hätte sich nun damit abgefunden. Woher sollte ich wissen, daß sie Briefe von ihm bekam. Als sie es mir sagte, regte ich mich nicht wirklich auf. Es tat mir nur leid, daß er nicht das Bedürfnis gehabt hatte, an mich zu schreiben, sich an mich zu wenden. Aber ich schob auch dieses Gefühl beiseite, denn ich wollte hören, wie es ihm ging.

Marianna entfachte wieder meine Hoffnungen. Sie erzählte mir, sie habe diesen besagten Brief von Ippolito erhalten, und glaube, er sei sehr bedrückt. Er schrieb zwar, alles sei in bester Ordnung, aber sie hatte gespürt, ganz so war es nicht. Er hatte ihr von normalen Auseinandersetzungen zwischen zwei Leuten geschrieben, die miteinander lebten, aber das reichte aus, um sie zu täuschen und damit auch mich. Sie sagte, Ippolito schiene sehr traurig zu sein, er frage immer nur nach mir, und vielleicht hätte er sich inzwischen sogar von diesem Jungen getrennt. Ein Wort von mir würde genügen, und er käme wieder nach Hause zurück.

Vielleicht war es ein Fehler von mir, mich wieder einmal täuschen zu lassen, aber mein Sohn fehlte mir. Ich selbst rief ihn an. Er schien sehr glücklich darüber zu sein, meine Stimme zu hören, er fragte mich, wie es mir ginge, und wiederholte immer wieder, wie leid ihm alles täte, aber davon, nach Hause zurückzukommen, sagte er kein Wort. Vielleicht war er zu stolz dazu, und im Grunde genommen war ich es ja gewesen, der ihn rausgeworfen hatte. So schob ich alle Bedenken beiseite und bat ihn, nach Hause zurückzukommen. Er fiel aus allen Wolken, er konnte es nicht glauben, er konnte diese Wandlung nicht verstehen. Ich verstand seine Verblüffung nicht. Ich dachte, er sei vielleicht verlegen und überglücklich.

Dann sagte er mir: »Papa, du würdest mich also wirklich akzeptieren, obwohl du weißt, wie ich bin, obwohl du weißt, daß ich zusammenbleiben würde mit...?« Er sprach den Namen des Jungen aus. Hier begann ich rotzusehen. Wollte er mich für dumm verkaufen? Trieben denn alle ihr Spiel mit mir? Ich sagte ihm, ich wüßte, sie hätten sich getrennt. Er antwortete mir, sie hätten nur ein paar Auseinandersetzungen gehabt, aber sie liebten sich sehr. Verstehst du, was er mir da sagte? Mir, seinem Vater? Sie ›liebten‹ sich ... Ich legte sofort auf und schrie Marianna an. War nun auch sie gegen mich? Machte auch ihr es Spaß, mich zu täuschen, nur damit es mir noch schlechterging?

Was hab ich dir alles an den Kopf geworfen, stimmt's, Marianna? Und sie sagte kein Wort. Es tat ihr sehr leid, sie hatte wirklich geglaubt, alles würde wieder in Ordnung kommen. Sie traf keine Schuld, ich weiß es. Sie handelte so, weil sie mich einfach zu gerne hat, aber an irgend jemandem mußte ich meine Wut auslassen. Also fing ich wieder von neuem an, alles zu vergessen und mir keine Illusionen mehr zu machen. Ippolito war für mich gestorben. Ich hatte zu viel gelitten wegen ihm.

Ich begann wieder auszugehen. Die Geschichten mit den

Frauen vom Ort ekelten mich nun wirklich an, und so fing ich an, mich in anderen Dörfern umzusehen. Aber jetzt konnte ich es nicht mehr so machen wie vorher, denn dort kannte ich niemanden. Eines Tages hielt ich mich in einem kleinen Dorf auf. Ich wollte ein paar Grundstücke kaufen, denn ich wußte, die Preise dort waren wirklich sehr günstig. Man sagte mir, ich solle mich an einen Bauern wenden, der sich in seiner Freizeit auch manchmal als Makler betätigte. Wie du siehst, vernachlässigte ich nie meine Arbeit, es war die einzige Sache, in der ich wirklich gut war und wo mir alles gelang.

Also ging ich zu diesem Bauern, um mit ihm zu reden, und dort sah ich Fedra, seine Tochter. Ich erkannte sofort, daß das kein Mädchen für ein kurzes Abenteuer war und dann Schluß. Sie war wunderschön. Ganz anders als Franca. Sie war von einer rassigen Schönheit, wie ein ungebändigtes Fohlen. In dieser Zeit brauchte ich gerade das, jemanden, der mich wieder das Leben lieben lehrte. Ich verliebte mich in sie und bat gleich ihren Vater um ihre Hand. Er war ein Bauer, aber für seine Tochter erträumte er sich für die Zukunft ein reiches und bequemes Leben. Sein zukünftiger Schwiegersohn sollte auch einigermaßen gebildet sein, denn Fedra war gebildet, sicher, immer im Vergleich zu den anderen Leuten im Dorf. Sehr gebildet war ich bestimmt nicht, aber ich schwor ihrem Vater, ich würde sie wie eine Königin behandeln, ich würde es ihr nie an etwas fehlen lassen, und sie würde von allen respektiert und geachtet werden. Mit Recht wollte er vorher Erkundigungen über meine finanzielle Situation einholen, dann sprach er mit ihr.

Fedra liebte mich nicht, sie sagte das sofort, aber sie war bereit, mich zu heiraten. Sie war ehrlich, und ich stellte mir vor, mit der Zeit und mit meiner Zuneigung zu ihr würde ich es erreichen, daß sie mich zumindest liebgewinnen würde.

Wir heirateten sofort. Es blieb gerade die Zeit, Marianna zu benachrichtigen, die Trauzeugen zu finden, ausschließlich von ihrer Seite, da ich ja niemanden hatte, und dann kam sie mit mir nach Hause, um mit mir zu leben. Ich behandelte sie wirklich wie eine Königin, ich wollte nie, daß sie Hausarbeiten machte. Sie schien zufrieden zu sein und sehr dankbar. Sicher, sie liebte mich nicht, und ich merkte das, besonders im Schlafzimmer, aber ihre Gegenwart reichte aus, um mich wie ein anderer Mensch zu fühlen. Mit ihr hatte ich wieder angefangen zu leben. Fedra war nicht Franca, das ist klar. Fedra kochte nicht für mich, darum kümmerte sich die Zia, sie hielt keine Überraschungen für mich bereit, wenn ich nach Hause kam. Am ersten Tag war ich ein wenig enttäuscht, als ich feststellte, es würde nie wieder so sein, wie es mit meiner ersten Frau gewesen war. Aber das war nur am ersten Tag, dann fand ich mich mit der Tatsache ab, daß Fedra ein vollkommen anderer Typ Frau war als Franca, und ich liebte sie auch für diese Verschiedenheit. Ich erzählte ihr nichts von Ippolito, ich wollte nicht, daß sie von all dem Unglück erfuhr, was mir widerfahren war. Sie wußte nur von Franca, denn es war unmöglich, ihr das zu verschweigen, aber ich stellte nie einen Vergleich zwischen ihr und meiner ersten Frau an, und auch Marianna spielte nie auf die Schwester an. Marianna nahm sie liebevoll auf, mit ehrlicher Zuneigung. Sie war für sie Schwester, Mutter und Vertraute zugleich. Auch Fedra war gerne mit ihr zusammen. Ich sah sie immer beieinanderhocken und miteinander schwatzen.

Ich war sehr glücklich ... Mir schien, als wäre diese Zeit der Leiden nun endlich vorbei, und auch für mich wäre nun wieder der Moment gekommen, glücklich zu sein. Dann begann Fedra sich zu verändern ... Sie war nie besonders ... leidenschaftlich gewesen, aber jetzt suchte sie geradezu nach

Ausflüchten, nicht mit mir zusammenzusein, sie wollte nicht mehr angerührt werden ... Ich dachte, es wäre meine Schuld, vielleicht hatte ich sie mit meinem Wunsch, ein Kind zu haben, erschreckt. Sie wollte nicht, denn sie fühlte sich zu jung dazu, und das stimmte auch. Ich dachte, das sei der Grund. Aber trotzdem verstand ich sie nicht. Immer öfter sah ich sie mit rot verweinten Augen und abwesendem Blick. Ich fragte sie, woran sie gerade denke, und wenn sie mich überhaupt hörte, antwortete sie, »An nichts ...« Und dann kam dieser Abend.

Ich mußte am nächsten Morgen mit dem Flugzeug abreisen ... Es war eine wichtige Geschäftsreise, aber das Wetter war miserabel, und ich wäre am liebsten nicht geflogen. Fedra benahm sich sehr seltsam an diesem Abend. Normalerweise in diesen Fällen, wenn ich ihr sagte, ich hätte Angst, bei einem solchen Wetter zu fliegen, versuchte sie mich zu überzeugen, zu Hause zu bleiben, denn sie befürchtete, mir könnte etwas zustoßen. Diesmal jedoch war sie diejenige, die darauf bestand. Sie warf mir vor, ich hätte ihr einen Hut versprochen, der ihr sehr gut gefiel, obwohl sie wirklich nicht der Typ war, der auf so was großen Wert legte. Sie erinnerte mich auch daran, daß sie immer an große Entbehrungen gewöhnt gewesen sei ... Ich konnte ihr diese Laune nicht abschlagen, sie hatte mich nie um etwas gebeten. Ich hätte mir nur gewünscht, sie wäre zumindest an diesem Abend etwas liebevoller zu mir gewesen. Natürlich nicht wegen des Hutes. Ich machte diese Reise für sie, obwohl ich Angst hatte, reiste ich trotzdem ab. Ich hätte mir gewünscht, wenigstens ein wenig umarmt zu werden, ein bißchen menschliche Wärme, wenn schon nicht Liebe.

Doch sie benahm sich noch eigenartiger als sonst. Sie wollte noch nicht einmal ins Bett kommen. Ich fühlte mich so alleingelassen, zurückgestoßen. Schließlich kam sie ins Bett, und wir schliefen miteinander. Es war immer schön, mit ihr zu schlafen, sie war noch so jung, aber an diesem Abend war es traumhaft. Sonst blieb sie immer regungslos, und ich hatte fast das Gefühl, mit einer Statue zu schlafen. Doch an diesem Abend war es anders. Sie war lebhaft, leidenschaftlich, man spürte, es machte ihr Spaß. Wieder war ich glücklich, und wieder hatte ich mich getäuscht. Ich glaubte, sie wäre dabei, sich in mich zu verlieben. Wie hätte ich auch wissen sollen? Am nächsten Morgen reiste ich ab, glücklich. Während der ganzen Fahrt im Auto dachte ich nur an sie, an ihre Freude, wenn ich ihr den Hut mitbringen würde, und an meine, sie glücklich zu sehen. Sie war wie eine Tochter für mich, es machte mir Spaß, sie zu verhätscheln und zu verwöhnen. Die Tatsache, daß sie mich nie um etwas bat, hatte mich nicht daran gehindert, ihr Geschenke mitzubringen und sie zu überraschen. Doch jetzt endlich hatte sie selbst mich um etwas gebeten. Was konnte also schöner sein, als ihr ihren Wunsch zu erfüllen? Ich kam am Flughafen an, und man sagte mir, viele Flüge seien wegen des schlechten Wetters gestrichen worden, meiner war einer davon.

Es tat mir leid, ihr nun nicht den Hut mitbringen zu können, aber ich war überglücklich, nach Haus zurückzukehren und sie mit meiner unerwarteten Rückkehr zu überraschen. Im Flughafen ging ich in ein Geschäft und kaufte ihr eine Uhr. Dann setzte ich mich wieder ins Auto und fuhr zurück. Nach Hause waren es eineinhalb Stunden Fahrtzeit. Ich beeilte mich. Ich gab Gas und dachte an sie, an diese Nacht, an ihr Gesicht, wenn sie mich plötzlich wieder vor sich sehen würde. Endlich war ich angekommen. Ich stieg sofort aus dem Auto aus und lief aufs Haus zu, doch kaum hatte ich ein paar Schritte gemacht, sah ich einen jungen Mann.

Das konnte doch nicht er sein ... Ich schaute genauer hin ... Es gab keinen Zweifel, es war Ippolito. Er hatte mich sofort erkannt. Als er mich grüßte, schaute er mich traurig an. Ich war nicht nur überrascht, ich war auch erbittert. Mein Sohn kam also nur in mein Haus, wenn er sicher war, mich dort nicht anzutreffen. Ich ließ ihm keine Zeit, etwas zu sagen. Ich war erregt, wütend, überrascht. Ich herrschte ihn an, was er hier in meiner Abwesenheit zu suchen habe. Er war verlegen, aber er behielt immer noch diesen Gesichtsausdruck bei. Er wußte nicht, was er mir antworten sollte. Ich verstand diese traurige Miene nicht. Er mußte sich doch freuen, mich zu sehen, es konnte also nur bedeuten, ich war ihm ganz egal, er kam nur wegen seiner Zia her.

Also wurde ich böse. Ich sagte ihm, er habe bei uns nichts mehr zu suchen, wir hätten nun endlich unser Glück gefunden. Da fing er zu reden an. Er sagte die absurdesten Dinge. Fedra habe gewollt, daß er herkäme, Fedra sei verliebt in ihn, sie hätte sich vor ihm ausgezogen. Ich hörte ihm nicht mehr zu und begann auf ihn einzuschlagen, aber er hörte nicht auf zu reden. Er sagte, es täte ihm leid, mir weh tun zu müssen, aber es sei die Wahrheit. Ich mußte ihn zum Schweigen bringen. Ich hätte ihn umgebracht, nur damit er aufhörte, solche Lügen über meine Frau zu verbreiten. Fedra kannte ihn nicht, sie wußte nichts von ihm. Aber er machte immer weiter, nichts konnte ihn zum Schweigen bringen. Fedra und Marianna kamen angerannt. Als ich sie sah, sagte ich ihr, was Ippolito über sie gesagt hatte. Ich hörte noch nicht einmal ihre Antwort. Sie kniete neben meinem Sohn nieder und streichelte ihn, er stieß sie weg, und sie versuchte wieder, ihn zu streicheln, ihn zu küssen. Es war also wahr ... Auch sie ... Auch sie hatte mich verraten, ich hatte auch sie verloren. Und ich war so schnell ich nur konnte zu ihr nach Hause zurückgekommen, hatte die Uhr im Auto gelassen, um sie an der Hand zu nehmen und sie damit zu überraschen. Ich, der sie geliebt hatte. Ich wollte sie umbringen. Marianna versuchte mich zurückzuhalten. Ich versetzte ihr Fußtritte, aber weißt du, was sie machte?

Sie stieß nicht mal einen Schmerzenslaut aus und lief wie ein Hündchen wieder zu Ippolito zurück. Als Ippolito dann aufstand und gerade dabei war zu gehen, sah ich, wie sie ihm hinterherlaufen wollte, da hielt ich sie an den Haaren fest. Marianna, immer sie, warf sich dazwischen. Sie überzeugte mich, wegzugehen. Ich sagte ihr, wenn ich zurückkäme, würde ich Fedra umbringen. Die Leute wußten nicht mehr, wo sie zuerst hinschauen sollten. Ippolito war gegangen. So teilten sie sich zwischen mir auf, der sich ebenfalls auf den Weg machte, und Fedra und Marianna, die ins Haus zurückgingen.

Ich ging in eine Bar und versuchte mich zu betrinken. Aber die Gedanken und die Bilder blieben. Ich wußte nicht mehr, auf was ich noch hoffen sollte. Ich liebte sie, ich wollte sie nicht verlieren. Hätte ich ihr verzeihen können? Ich glaube ja. Ich blieb noch einige Zeit in dieser Bar. Als ich aber spürte, daß ich mich wieder einigermaßen beruhigt hatte, hielt ich es dort nicht mehr aus. Ich wollte nicht mehr alleine sein, ich wollte nach Hause. Also ging ich. Als ich ankam, setzte ich mich und fing zu weinen an. Marianna kam, setzte sich neben mich und versuchte mich zu trösten. Sie sprach mir gut zu und meinte, alles würde wieder in Ordnung kommen, Fedra würde sicher bei mir bleiben, sie hätte mich gern, sie würde alles bereuen. Fedra hätte mir diese Dinge sagen müssen, ich wartete darauf, daß sie etwas sagte, aber sie schwieg. Immer noch saßen Marianna und ich da, weinten und hielten uns in den Armen. Als Fedra dann zu reden anfing, sagte sie schreckliche und grausame Dinge. Sie sagte, sie habe mich nie geliebt, sie würde bestimmt nicht mehr bei mir bleiben, auf der Stelle würde sie gehen. Ich hielt das nicht mehr aus, ich wollte nicht an den Punkt kommen, wo ich sie angefleht hätte, ihr zu Füßen gefallen wäre, und wenn ich noch länger geblieben wäre, hätte ich es vielleicht wirklich getan. Ich ging ins Schlafzimmer, warf mich aufs Bett und weinte. Sie kam herein. Ich hoffte noch immer, sie würde mit mir reden, sie würde bleiben, aber sie öffnete den Schrank und die Schubladen und packte ihre Sachen. Ich wollte nicht, daß sie mich weinen sah. Ich versteckte mein Gesicht, ich drückte es ins Kopfkissen.

Dann ging sie. Ich blieb noch eine Weile auf dem Bett liegen, dann plötzlich stieg in mir der Wunsch auf, ihr hinterherzuschauen, sie zurückzurufen. Ich glaubte, sie sei nicht mehr auf der Straße. Ich schaute aus dem Fenster, und da sah ich sie, alleine, mitten auf der Straße. Ich wollte sie rufen und hätte es fast getan, aber da kam ein Junge, ich erkannte ihn, es war der Sohn unserer Nachbarin. Er ging ins Haus, und sie ging die Straße hinunter. Sie kam mir so klein vor, mit diesem riesigen Koffer, den sie schleppte. Sie kam am Ende der Straße an und drehte sich einen Moment um, ich glaube nicht, daß sie mich gesehen hat. Ich rief leise ihren Namen, aber sie war schon um die Ecke gebogen. Eine halbe Stunde lang stand ich noch mit der Hoffnung, sie würde wieder auftauchen, am Fenster. Dann ging ich zurück und fing wieder zu weinen an.

Zum ersten Mal betrat Marianna das Schlafzimmer und sagte mir, ich solle mit ihr kommen, sie würde mir einen Kamillentee machen. Wir setzten uns aufs Sofa und tranken diesen Kamillentee. Ich hatte immer noch die Decke um, die sie oft benutzt hatte, auch in dieser Nacht, als sie nicht ins Bett kommen wollte. Es war kalt, auch wenn es noch nicht Abend war. Wir wickelten uns in diese Decke ein, legten die Arme umeinander und verharrten so schweigend.

Ich wartete noch immer darauf, daß Fedra zurückkäme. Dann verlor ich auch diese Hoffnung. Jetzt ist mein Leben ruhig, denn ich liebe nicht mehr. Marianna und ich leben zusammen. Sie schläft mit mir in einem Bett, auf dem Platz, der erst Franca gehörte und dann Fedra. Ich liebe sie nicht, und sie weiß es.«

»Habt ihr denn von Fedra und Ippolito nie wieder etwas gehört?«

Teseo antwortet mir: »Nein, nichts...«

»Und wir wollen auch nichts mehr von ihnen hören... Wir leben jetzt in Frieden ... endlich!« fügt Marianna hinzu.

So verlasse ich also ihr Haus und überquere die Via Laniosa. Sie ist anders, als ich sie in Erinnerung hatte. Viele dieser Türen, die früher immer offen waren, sind jetzt geschlossen. Man sieht keine Leute mehr vor den Häusern auf ihren Küchenstühlen sitzen und den Gesprächen der anderen lauschen. Ich weiß nicht einmal, wer jetzt hier wohnt oder ob die Häuser überhaupt noch bewohnt sind. Die Kinder haben geheiratet und sind woanders hingezogen. Die Eltern sind tot oder im Altersheim. Nichts mehr ist von der großen Familie übriggeblieben, falls es überhaupt jemals diese große Familie gegeben hat.